KB235849

사랑을 노래하라

문이당 문화비평④

사랑을 노래하라

박덕규 지음

문이당

책머리에

사랑을 노래하라. 내가 이런 식 제목의 책을 내게 되리라는 생각
은 예전엔 하지 못했다. 인간은 마땅히 더 많은 이웃을 사랑하며 살
아야 하지만, 그걸 쉽게 겉으로 말하는 방식으로 해서는 결코 제대
로 된 사랑이 될 수 없다는 내 믿음이 워낙 강해서다. 어쩌면 내가
널 진정으로 사랑하고 있다는 사실을 네가 잘 모른 채 내게 칼을 들
이대면서 나를 경계하는 일이 있더라도, 내 몸이 마침내 너에게로
가서 진정 너를 감싸 안게 될 때까지는, 사랑한다느니, 사랑해야 한
다느니, 사랑을 노래해야 한다느니 하는 말을 삼가야 한다고 나는
생각하고 있었다. 그리하여 나는 사랑을 말하기보다, 보다 진정으로
사랑을 할 수 있기 위하여, 내 안에 또는 우리들 내부에 들어 있는
원한과 분노와 음모와 죽음을 드러내는 것이 우선 더 중요하다고 판
단했다. 특히 내가 지난 수년간 비평가로서보다 소설가로 활동하면
서 발표한 소설들은 그런 색채를, 설사 유머러스하고 풍자적인 이야
기를 표면화하는 경우에라도, 아주 강하게 드러낸 것들이었다.

사랑을 노래하라. 그럼에도 불구하고 이런 제목을 떠올린 것은,
내가 그러고 있거나 말거나 간에 여전히 사랑의 말들이 날로 넘쳐
나고 있기 때문이다. 사랑이 제일이야 하면서 달콤한 사랑의 노래
를 들려주고는, 실제로 사랑을 제대로 하고 있는가 확인하지도 않
고 묻지도 않고 스스로 행하지도 않고, 자신의 노래에 귀기울이는
자들의 환호만으로 자기 만족에 이르는 가객(歌客)들이며, 또는 그
래 우리도 이제 사랑을 해야 해, 하고 그 사랑의 노래에 환호하는

것으로써 역시 자기 만족에 이르는 군중들이 날이 갈수록 많아지고 있기 때문이다. 거리거리에 사랑의 노래가 넘쳐 흐르는데도, 아무에게도 마음을 열고 있지 않고 남의 말, 남의 불편, 남의 꿈, 남의 좌절에 눈을 돌리지 않고 있는 사람들이 더욱 넘쳐나기 때문이다.

사랑을 노래하라. 그러니, 이 말은 그 흔한 사랑의 노래를 의미하는 것이 아니라, 그런 노래, 그런 말이 아닌, 진정으로 말 그대로의 사랑의 노래를 의미한다. 이 사랑의 노래를 위해, 허상으로 존재해 왔던 사랑의 노래를 추방해야 한다고 소리지르는 무수한 발성연습을 겸해야 했으니, 사랑을 노래하라, 내 이 말은 처음부터 아이러니일 수밖에 없다. 나는 이 책에 실린 어느 한 편의 글에서「문학을 죽여서 문학을 살리자!」라고까지 했다. 또, 한없이 가벼운 글쓰기라도 좋으니 삶을 제대로 짚어주고 있는 글이 필요하다고 했고, 너무 무거워 지긋지긋해진 글이라도 좋으니 우리 현실의 허위를 뚫어 보이는 글이 필요하다고 했다. 그런 건 사랑의 노래가 아니잖아, 하고 비판받아도 좋으니 진정한 사랑의 의미를 깨우쳐주고 실천으로 이끌게 하는 노래가 진정한 사랑의 노래라고 나는 말하고자 했다.

내게는 이 책과 유사한 것으로, 본격 문학평론집에 준한다고 볼 수 있는 책이 두 권, 편하게 읽히는 문학에세이집에 해당하는 책이 한 권 있는데, 이번 책은 그 중간 유형쯤의 자리에 설정해 두고, 문학이 문화 일반의 변화와 영향 수수관계에 놓임으로써 발생되는 사회문화적 의미를 점검하는 글을 많이 모았다. 즉 이번 책은, 내가 문학을 담론화할 때 주로 고려하게 된 세 가지 문제, 즉 글쓰는 이로서의 직접적인 체험(이제는 주로 소설가로서의 체험)을 바탕에 둔다는 점, 문학을 에워싸고 있는 포괄적인 문화영역과의 관련을 따진다는 점, 그리고 궁극적으로 문학이 교육적 효과를 중시해야 한다는 믿음 등과 크게 관련이 있다. 이런 뜻이 이번 책에는 실제로 사랑이라는 테마로 제법 집중되어 나타났다는 특징이 있다. 그중 소설작품을 구체적으로 다룬 것들을 1장에, 시작품과 구체적으로 연관된 것들을 3장에 넣었고, 2장에는 주로 짧게 쓴 비평적 에세이들을, 4장에는 매체 변혁기를 겪고 있는 문화적 혼돈기에 문학이 살아남을 방도를 다층적으로 따져본 평론들을 실었다.

이런 유의 책이, 일단은 부담 없이 읽힐 수도 있다는 장점에 비해 공적인 권위가 떨어진다는 약점이 크게 부각될 수도 있는데, 그 점에 대해 변명 삼아 감히 말하건대, 내 글의 권위를 죽여서 내 글이 말하고자 하는 본뜻이 읽는 이를 움직일 수 있게 될 거라는 희망을 건 결과로 보면 좋겠다. 문제는 내 노래가 아니라 네 마음인 것이다. 맨 처음 사랑의 노래를 부른 내가 사라지고, 그 사랑의 노래도 사라지고, 다만 진정한 사랑을 사는 네가 살아남아 주기를!

1999년 2월

박 덕 규

사랑을

제1장 사랑의 방법, 사랑의 행동

노래하라

가벼워야 하는 이유, 무거워야 하는 이유

1. 내 소설은 가벼운가 무거운가

내가 소설가로 변신을 하고 나서 문학인들이 모인 사석에서 받은 비판은 주로 이런 것이었다. 가볍다, 장난스럽다, 콩트 같다, 너무 사소한 얘기를 썼다 등등. 나는 마음속으로 반문했다. 그래서, 그것이 나쁘다는 건가?

그리고 나는 바라기를, 내 나이가 만만찮고 소설가 이전의 문단 경력 또한 그렇지만, 제발 내 작품을 가벼움을 자랑으로 삼는 신세대 작가군에 포함시켜 주었으면……! 그러나 그후, 내 작품은 어쩌다가 '괜찮은' 작품 부류에 끼여 언급되거나 다른 지면에 뽑혀 재수록되는 중에도, 나와 비슷한 연배의 다른 작가들은 잘도 포함되는 그 부류에 한 번도 섞여든 적이 없다. 그렇다면 내 소설은 가벼운 소설이 아니라 구세대적인 소설이라는 얘기인가?

하기야, 내 소설에 관심을 두는 사람들이 많은 편도 못되는 마당에 더 얘기할 것도 없겠다. 다만 소설가로서의 내 욕망은, 내 소설이 왜 가벼워야만 했고, 그러면서도 결국 가벼움을 자랑삼을 정도까지는 안된 것일까에 대해 누군가 한번쯤 생각해 주었으면 반갑겠다는 것.

최근의 우리 소설에 대해, 어떤 사람은 그 가벼워짐을 경계하고 어떤 사람은 그 둔중함을 지겨워하고 있는 듯하다. 우리 소설이 가벼워지고 있다는 지적은, 세상에 대한 진지한 성찰이나 자기 문장에 대한 충실한 연마의 부족을 경계하는 내용일 것이다. 반대로 우리 소설이 너무 둔중하다는 얘기는, 시대적 변화나 세태적 감각을 외면하는 구시대적인 인식이나 현실감에 바탕을 두지 않은 표현력을 꼬집은 말임에 틀림이 없을 것이다. 그렇게 본다면 우리 소설계는 지금, 겉으로는 재미있는 듯한데 알맹이가 없는 가벼움과, 뭔가 속에 중요한 내용이 그득한 듯도 한데 잘 전달되지 않는 그런 무거움 사이의 간극을 막을 길 없는 단계에 이르러 있다고 봐도 좋지 않을까. 즉, 왜 가벼워야 하고 왜 무거워야 하는지 전혀 모르는 소설들이 판을 치고 있는 것 같다는 말씀!

2. 성석제 식 세상 읽기

가볍게 잘 읽히는 소설로는 성석제의 소설이 당장 꼽힌다. 연전에 이미 뜨내기 깡패들의 우스꽝스러운 삶을 다룬 장편 〈왕을 찾아서〉(웅진출판)와 역시 뜨내기 깡패의 종말을 담은 단편 「내 인생의 마지막 4.5초」를 앞세운 소설집 〈새가 되었네〉(강)를 낸 바 있는 그는, 이번에는 진짜로 '가볍고' 재미있는 엽편소설 묶음집 〈재미나는 인생〉(강)에다가 또 농담처럼 진행되는 소설(평론가 이

광호의 표현) 모음집 〈아빠 아빠 오, 불쌍한 우리 아빠〉(민음사)를 연이어 펴냈다.

그 소설들을 일별해 보면 성석제가 잘 내세우는 인물들은 깡패나 작부나 부랑자 따위로, 소위 자본주의 세상에서 보면 소외된 계층의 사람들이다. 그런 사람들을 다루는 우리의 소설은 대개 그들이 어째서 소외받고 살아야 하는가에 초점이 맞춰져 있게 마련이었다. 당연히 그들을 에워싸고 있는 사회경제적 구조가 설명되거나 암시되는 것이 상례였다. 그것에 비해 성석제 소설은 그들에게 그런 유의 '이데올로기'를 얹어주기는커녕, 그들이 어쩌다가 덮어쓰게 되는 '이데올로기' 자체도 현실살이에서 나타나는 보편적이고 통속적인 현상일 뿐이라는 사실이 더 강조된다.

그렇게 볼 때, 그들 주인공들이 소외된 계층의 사람들이라는 말도 어폐가 있다. 그의 인물들 중에는 가난한 사람도 많지만 부자도 있고, 무식한 사람도 많지만 그렇지 않은 사람도 있다. 중요한 것은 그들이 깡패든 공무원이든 작부든 여염집 유부녀든 모두 평등하게 다루어지고 있다는 것이다. 현실에서는 흔하게 볼 수 있는 인물도 소설 속에서 다루어지는 순간 어떤 형태로든 작가가 채색한 남다른 의미의 옷을 입게 마련인 데 반해, 성석제 소설의 경우에는 모두가 그 '남다른 의미'가 똑같이 제거돼 있다. 그들은 소설적 스토리를 완성하는 입체적인 인물이기보다 현실살이에서 우연히 발견되었다가 관심 밖으로 밀려나는 그런 사람들이다. 성석제의 소설은 그렇듯 굳이 이야기로 만들어 전할 필요도 없는 인물들의 우연한 인생사를 다루고 있다.

우연히 채택된 인물들의 하찮은 이야기라는 사실이 강조되는 사이, 그 인물들의 행동은 현실에서와는 달리 무척이나 의외스럽고 생뚱맞을 수 있는 것, 여기서 유머가 발생될 수밖에 없다. 자, 그 유머러스한 한 장면을 함께 볼까.

　　아빠는 당당한 걸음걸이로 마루로 걸어나왔다. 마루에 나와
있던 엄마에게서 빗자루와 쓰레받기를 잡아채고 형에게서는
걸레를 받아든 다음 마루에 쓰러진 나를 향해 다가왔다. 아빠
는 몸을 구부려 내 몸을 뒤집었다. 그 순간, 내 입에서 남은 구
토물이 울컥 솟아나왔고 입가에서 바닥까지 굵은 라면 가락이
천천히 흘러내렸다고 한다. 천천히, 아주 천천히. 멈칫하던 아
빠의 입에서 화살처럼, 대포알처럼 구토물이 쏟아져 나온 건
그로부터 오 초 후였다. 몸에 아빠의 구토물을 뒤집어쓰자 내
입에서도 용암처럼 구토물이 솟아 아빠의 안면을 정확히 가격
했다.

— 「아빠 아빠 오, 불쌍한 우리 아빠」

　　아버지의 권위가 어느결에 와해되고 아들의 반항심도 무화되어
버리는 가운데서 발생되는 유머. 똑똑한 자와 무식한 자의 경계,
가진 자와 못 가진 자의 경계가 없어지는 그 지점에서 발생되는
유머. 그것은 세상의 모순을 웃음으로 감싸안는 해학정신이라 할
만하고, 이런 해학정신을 보기 좋게 빛내면서, '이데올로기'를 내
세우거나 등장인물에 '남다른 의미'를 채색시키고자 골몰하던 종
래 소설이 가지는 서사성을 가볍게 뛰어넘어버린 소설은 드물었
다. 성석제의 소설이 한없이 가벼워도 좋은 근거도 여기서 갖게
된다.

3. 김원우식 사랑법

그야말로 상당한 인내심을 가지고 읽어야 할 무거운 소설로 치면 작가 김원우의 이름을 떠올려서 잘못될 게 없다. 그의 소설집 〈산비탈에서 사랑을〉(강)은 그런 예상에서 조금도 빗나가지 않는 작품이다. 표면적으로 당장 보아도, 어떤 주인공, 어떤 화자가 내세워져도

> 내 성정의 일부가 그 나물에 그 밥 같다면 맞는 말이고, 나머지 일부는 그에 대한 반발로 똘똘 뭉쳐져 있다고 해야 할 것이다.

> 글읽기의 재미만큼이나 글쓰기의 고충은, 그게 너의 현재의 한시적 생업이라기보다 일상 그 자체인 셈인데, 너의 비정상적인 정신 건강을 적절히 되돌려놓는 좋은 수단 이상의 어떤 치료제 구실을 하고 있다.

와 같은 문체로 서술을 이끌어가는 김원우의 작가적 특징이 변함없이 나타나 있다.

그러나, 이 소설집의 표제작인 중편 「산비탈에서 사랑을」은 의외로 연애소설이다. 더구나 베스트셀러 서가에서 흔히 볼 수 있는 "너를 찾으러 가는" 이야기이다. 인테리어 회사 '마티에르'의 공동 창업자 중 한 사람인 노총각 '나'가 방송 촬영장 제공 문제로 알게 된 방송국 구성작가인 '너'와의 사랑을 완성해 가는 이야기. 방송사에 촬영장을 갖다댈 정도의 인테리어 회사 사장급인 남자와 텔레비전 방송사 구성작가와의 연애 이야기라면 이건 충분히 '부르

'주아' 스런 분위기로 재미를 얻을 수 있고 그래서 마땅히 부드럽고 가벼워야 할 내용이 아닌가. 게다가 여자 쪽은 이혼녀이고 남자 쪽은 총각이라면 아주 통속적일 수도 있는 내용.

그럼에도 불구하고 이 소설은 여전히, 바로 그런 내용인지 어떤지 쉽게 파악할 수 있는 소설이 아니다. 단순히 문체 때문이 아니다. 후배 하나와 함께 길고 긴 지리산 종주를 행하고 있는 '나'는 실로 지리하고도 조금조금씩, '너'를 처음 만나고 마침내 결혼이 예정된 사이가 되기까지를 회상하고 있다. 즉, 이 소설의 가장 중심적인 줄거리는 '나'의 현재 산행의 이유를 밝히는 그 과정에 있다. 그 산행의 이유란 무엇인가? 쉽게 한 몸이 될 수 있음에도 몸을 섞지 않은 연인 사이인 '나'와 '너'의 관계란 것이, '나'의 표현에 따르면 "이제 겨우 손잡고 숨소리 정도만 서로 입김으로 알았을 뿐"인 사이다. 왜 "그렇게나 늦느냐"고 불만인 '나'의 여동생에게 '나'는 이렇게 답하고 있다.

"늦다고? 나는 그래야 된다고 생각해. 이 세상의 속물들 발상에다 나를 맞춰가며 살아갈 마음이 점점 안 생긴다는 것도 요즘 내 화두야."

아주 단순화시켜 말하면, '너'에 대한 '나'의 사랑을 이 세상 속물들처럼 쉽게 만나 쉽게 뜨거워지는 사랑과 같이 진행시킬 수 없다는 얘기다. 이 사랑은 속물들이 하듯 쉽게 뜨거워진다든지 "한쪽이 다른 한쪽을 일방적으로 억압"하는 결과를 만든다든지 하는 그런 사랑이 아니라, 평등한 사랑, 억압 없는 사랑이라야 한다는. '나'의 화두를 꼼꼼하게 다 드러내자면, 참으로 꼼꼼하고 세세하게 빈틈없이 따지는 문체가 필요할밖에. 그러니 소설은 더욱 무거워지고 지루해지게 마련. 이때 그 무거움은 고스란히 값진 것이랄 수밖에 없는 게 아닌가. 진정 수식이 많고 우회적인 어법이 자주 동원되는 김원우 특유의 문체가 이 「산비탈에서 사랑을」에서 더욱 근거 있게 빛나고 있다.   (1997)

이혼하는 여자, 이혼 안하는 여자

　이런 소설도 페미니즘소설이라고 할 수 있는가라는 질문을 어떤 여성 작가의 소설을 앞에 두고, 독자로부터 받게 되는 경우가 자주 있다. 여자 주인공이 이혼을 감행하거나 불륜을 저지르거나 하지 않는 내용의 소설은 페미니즘소설이 아니다라고 생각하는 사람들이 그만큼 늘어나 있다는 얘기다. 소위 페미니즘이 발휘되었다고 할 수 있는 문학작품들 속에, 기존 가부장제 사회의 남성 중심 이데올로기가 여성의 주체적 권리를 억압해 왔음을 알려주는 여자 주인공들의 '반란'이 이혼이나 가출이나 불륜 따위의 내용으로 펼쳐져 있기가 보통이었다는 얘기다. 사실 그렇다. 그 동안 여성이 아내나 어머니나 여자로 살아가는 문제 이전에 인간으로서의 정체성을 가지지 못하고 살았다는 유의 자각을 보여주는 아주 손쉬운 방법이, 그런 모순을 느끼게 된 여성이 구체적으로 아내로 엄마로 자신을 얽어매려 하는 주변의 지배적인 기대를 저버리는 행동, 즉 이혼이나 가출이나 불륜 따위의 내용을 내세우는 일이랄 수 있다.

그리하여 우리 여성 작가들의 소설들이 갈수록, 그런 구체적인 행동을 발휘하는 여성들을 자주 그려내고 있다.

가령, 그런 구체적인 행동을 직접 드러내는 여성 인물들을 좀처럼 창출하지 않는 작가로 알려진 신경숙의 대표적인 작품 「풍금이 있던 자리」 같은 소설에서조차도, 사랑이라는 이름하에 쉽게 수용할 수도 있을 어느 유부남과의 해외행을 끝내 거부하게 되는 한 미혼여성의 내면을 부각시키고 있다. 그 행동은 표면적으로는 이혼이나 불륜에서 벗어나는 것이긴 하지만 그 내막은 남성들의 자기 중심적인 세계 해석(가정을 버리지도 않고 애인도 놓치지 않으려는 그 유부남의 태도)에 정면으로 대항하는 행동이었다. 그것은 즉, 자기 정체성에 대한 자각적 태도를 견지하는 일을 사랑하는 남자와 함께 사는 일보다 우위에 놓고 있음을 보여주는 일종의 정신적 이혼이라 할 수 있는 일이었다. 또다른 한 유명 여성 소설가는 소설 속에 이런 일기를 쓰는 여자를 등장시키기도 했다.

> 나는 연애하고 싶다. 남자에게 심각한 얼굴로 헤어지자고 한 뒤 술을 마시고 싶다. 같이 자자고 요구하는 남자에게 눈물만으로 사랑을 확인해 달라며 폼잡고 싶다.
>
> — 은희경, 「빈처」

소설 속의 여자는 모범적이라고 할 만한 주부이고, 그 남편 또한 그렇다고 볼 수 있는 인물이라, 그들의 가정은 그런대로 평화롭다. 따라서 그 여자는 당연히 불륜을 행하거나 이혼을 저지르거나 하지 않을 뿐만 아니라, 끝내는 불륜과 탈출을 꿈꾸는 자신을 진정시키고 자신의 조건을 감싸안는다. 그럼에도 불구하고 소설 속의 그 여자는 남편이라는 보호막 속에서 희생과 인내로 살아갈 수 있는 여자는 이미 아닌, 자신의 의지대로 남편과 가정을 포함해 그 누구, 그 어떤 대상도 스스로 선택할 수 있는 인물로 바뀌어 있다.

이 점은, 김인숙 소설집 〈유리구두〉(창작과비평사)에 오면 그 작가에 대한 선입견 그대로, 조금 더 명료해진다. 주로 이혼녀나 남편과 별거 중인 여자, 독신녀가 주인공들인 그 소설들에, 바로 이혼의 문제, 성적인 문제가 주요한 모티브가 되는 것은 말할 것도 없다. 「그 여자의 자전거」에서 남편은 아내에게 상의도 제대로 하지 않고 파견 근무를 결정해 중국으로 나가 있는 상태다. 혼자 남게 된 아내는 우연히 자전거를 타게 되면서 부딪치게 된 남자에게 성적인 관심을 둔다. 그 여자는 어느새 남편을 "점점 낯설어져 가는 한 남자의 얼굴…… 더이상은 이해할 의욕도 충동도 생기지 않는 그 똑같은 얼굴……"이라고 생각하고, 그런 남편과의 삶을 "끊임없는 일상의 반복"이라며 자신의 "선택을 지겨워하고 있다". 그럴 즈음 나타난 남자에게 그 여자는 "저 남자와 간음을 하고 저 남자의 아이를 갖고 싶다"는 욕망까지 품는다. 「그림 그리는 여자」에서의 주인공도 이혼녀. 평범한 직장인인 남편과의 7년 생활을 건조한 삶이었다고 떠올리는 이 여자에게 새로운 남자가 있었는데, 그 남자마저도 여자의 '신경안정제 중독증'을 못 견뎌 떠난 후 중심을 잡지 못하고 방황한다. 「나비의 춤」에서의 여자도 이혼녀. 「유리구두」의 여자는 독신녀로, 섹스만이 자신의 "마지막 가능성"이라고 말하고 있다. 그러나 문제는 이혼이나 섹스 또는 섹스에 대한 욕망 따위가 아니라, 그러는 과정에서의 자기 존재에 대한 자각에 있다. 가령, 「유리구두」에서 자신의 소아마비 다리에 맞는 자기만의 구두를 찾는 일("절망과 분노의 시대에 젊음을" 바친 일), 또는 "광장에서의 열정"(1980년대의 민주화 운동 따위를 의미한다)과 같은 또다른 '가능성'을 찾기 위한 주인공의 몸부림을 소설에

서 더 문제삼은 예가 그렇다(따라서 김인숙 소설에서의 여성 문제
는 다른 여성 작가들과는 달리, 거의 운동권 체험 세대의 자기 정
체성 확인이라는 문제와 결부되고 있다).

  이렇게 되면 이혼이나 불륜 따위가 소위 페미니즘의 주요 쟁점
이 아님을 아주 편하게 이해할 수 있을 것이다. 이즈음에서는, 역
시 이혜경의 소설집 〈그 집 앞〉(민음사)을 주목할 필요가 있다. 보
조적 인물로 등장하는 몇몇 여성을 제외하면 이 소설들의 여자들
은 대부분, 남성들의 뿌리 깊은 가부장의식과 그 구체적인 행동으
로 인해 피해받은 삶을 영위해 오고도 자신에게 굴레지어진 가정
이라는 테두리를 벗어나지 않는다. 특히 그 여자들은, 살면서 아버
지로 대표되는 남자들로부터 씻을 수 없는 상처를 안는다.「그 집
앞」「노래하는 여자 노래하지 않는 여자」「떠나가는 배」「가을빛」
에서의 주인공들이 모두 소실의 자식 아니면 그에 준하는 가족 구
성원으로, 그로 인해 그늘진 성장사를 경험했거니와, 현재 삶 역시
도 남편 중심의 가정 생활 때문에 고통을 겪고 난 처지다. 그러면
서도 그 여자들은 그 남자들을 향한 구체적이고 직접적인 '반란'
행동을 감행하지 않는다.「그늘바람꽃」에서 초점 화자인 효임에게
관찰되는 소희는 죽은 남편의 그늘 속에서 아주 조심스럽게 사랑
의 싹을 틔우고 있는 중이지만, 그 결실 맺기는 아무래도 힘들 것
처럼 보인다. 남들이 주는 술 잘 받아 마시고 동네 여자들과 수다
잘 떠는 아내(소희)에게 따끔하게 야단치기를 잊지 않았던 남편이
남긴 다음과 같은 일기 토막들이 그녀를 짓누르고 있기 때문이다.

  아내로서의 예의를 다해야 사랑받을 수 있다는 걸 언제 깨
  달을 것인지.

또한, 「노래하는 여자 노래하지 않는 여자」에서 짐승 같은 남자들(아버지, 이혼한 남편)에게서 벗어나 독신이 된 여자가 "남자하고 자고 말" 것을 다짐하지만 그 역시 성사될 것 같아보이지 않는다. 「그 집 앞」에서의 여자는 시어머니와 남편으로부터 자꾸 마음이 닫혀 고립되어 나오게 되지만, 다시금 그 조건 속에서 "다시 한번 살아내리라"고 다짐하고 있다. 억압받고 버림받고 홀로 되고도 그 조건 속에서 살아내려고 하는 여자들이 이혜경 소설의 여자들이다.

이런 소설이 돋보이게 되는 것은 결코, 이혼 안하고 불륜 안 저지르는 여자들 이야기이기 때문이 아니다. 그 소설들이 돋보이는 것은, 그 여자들이 '여자'라는 조건 위에 얹어진 짐이나 운명 같은 것을 바로 자기자신이 누구인가를 확인하는 과정에서 알아내 우리를 깨우쳐주고 있기 때문이다. 그 여자들이 이렇게 말할 땐, 정말 가슴이 저릿해 오고도 남음이 있다.

　　여자들이 남자보다 많이 우는 건, 몸 안에 빈 곳이 있기 때문일지도 몰라. 아이가 들어선 동안만 채워지고 공동으로 남은 곳, 슬픔이 그 공간을 공명해서 더 슬픈 걸 거야.
　　　　　　　　　　　　　　　　　　　　　　　　—「귀로」

그러니, 이혼하는 여자나 이혼 안하는 여자냐 문제로 페미니즘 소설로서의 자격을 묻지 말고, 그 내면에서 들려주는 진정한 여자들의 목소리를 듣자.　　　　　　　　　　　　　　　　　　(1998)

우리는 모두 목련공원으로 간다

'목련공원'이라는 곳을 아시는가? 그곳은 공원은 공원인데 산 사람들이 일상에서 잠시 벗어나 산책을 하고 휴식을 취할 수 있는 그런 곳이라기보다는, 죽은 사람들이 묻히는, 옛 이름대로라면 공동묘지라고 불러야 할 곳 중의 하나다. 공동묘지에다 왜 공원이라는 이름을 붙일까. 한때 이를 의아스럽게 여긴 적이 있는데, 나이가 들다 보니 그게 절로 다 이해가 된다. 죽는다는 게 별게 아니고 살다가 그 삶에 견딜 수 없을 만큼 지친 사람이 가서 영원히 쉬는 거라는 생각이 내게 거의 자연스러워졌다. 공원이란, 일상에 찌든 때를 잠시나마 손쉽게 씻을 수 있게 조성해 놓은 곳이니까, 영원한 휴식처인 묘지들의 집합소, 공동묘지를 공원묘원이라 이름하는 것 이상으로 아예 꽃들이 향기를 뿜는 공원쯤으로 이름하는 게 당연하달 수 있는 게 아닌가. 그리하여 그 공원에 더욱 운치 있는 이름이 붙게 마련이다. 목련공원, 작가 이승우는 그런 이름을 붙였다. 서울 근교에 모란공원이라는 공원묘원이 있는데, 아마도 그걸 염두에 두고 쓴 게 아닌가 한다. 실제로 이승우의 소설 「목련공원」에서 화자는 서울의 전철 2호선 강변역에서 내려 허겁지겁 택시를 타고(아내가 좌석버스를 타라고 일러주었건만 늑장을 부리다가) 남양주에 있다는 공원묘원 목련공원으로 가고 있는 것이다.

별거 중인 아내에게서 받은 전화는 화자의 손윗동서 되는 이의 장례식에 참석하라는 내용이었다. 화자의 손윗동서 되는 이는 15년 전에 결혼해서 필사적으로 살아 천신만고 끝에 집을 장만한 것이 몇 달 전이었다. 그리고는 암 선고를 받고, 이제 부음의 주인공이 된 인물이다. 그의 장례식에 참석하러 뒤늦게 택시에 오른 화자는 뜻밖의 탈영병 사건 때문에 길 위에 갇히는 신세가 되고 만다. 화자는 점점 초조해지는데, 그것은 아내가 통보한 장례식 참가 지시를 어기게 될 것 같다는 불안감 때문만이 아니라, 결코 잊을 수 없으면서 그러나 결코 다시 맞부딪쳐서는 안될 옛 애인의 결혼식이 바로 그곳 목련공원에서 열리는데, 장례식 대신 그 결혼식에 참석하게 될 것 같은 예감 때문이었다.

화자에게 가정 파탄을 초래하게 만들어놓고는 6개월 만에 결혼식을 한다고 화자에게 청첩장을 보내온 그 여자는 목련공원 앞에 있는 목련찻집을 경영하는 사람이었다. 화자는 그 여자에게 정신없이 빠졌고, 그 여자는 갈수록 과감하게 그를 요구했다. 그 여자는 묘지 산책이 취미였으며, 사각의 철망 안에 커다란 사마귀를 키우고 있었으며, 나아가 그 철망 안에 생쥐를 넣고 사마귀와 결투하게 하며 희열을 느끼는 기벽의 소유자였다. 짐작대로 그가 그 여자와 벌이는 정사마저도 변태적이다. 마치 그것은 교미 중인 암사마귀가 수사마귀를 먹어치우는 것과 같은 '지독한 사랑'이다. 첫 정사 때 그 여자는 그의 귀를 물어뜯어 피를 흘리게 하고는 철철 흘러내리는 그 피를 '흡혈귀처럼' 빨아먹었다. 그런 뒤로 그는 그 여자를 더욱 잊지 못해 찾아들고, 그 여자는 한술 더 떠 그의 집에까지 전화를 걸어댄다. 다음은 그가 그 여자와 치른 마지막 정사 장면이다.

햇빛은 묘비명마다에 떨어지고, 그 비석들 위에 놓인 고지서들 위에도 떨어졌다. 고지서를 싸고 있는 투명한 비닐 봉지들이 햇빛을 받아 눈부시게 빛나고 있었다. 바람이 불면 흔들리기도 했지만 비석에서 떨어져 나갈 정도는 아니었다. 그것들, 그 고지서들은 이승과 저승을 꺾쇠처럼 물고 있었다. 그 장면은 묘지 역시 현실의 일부이며, 죽음 또한 일상의 한 부분임을 실감나게 증언하고 있었다. 그리고 우리는 햇살이 눈부시게 쏟아지는 그 현실의 한복판에서 일상의 한 부분을 치렀다. 밀린 관리비 청구서가 비석에 단단하게 붙어 있는 누군가의 무덤 앞에서 그녀와 나는 옷을 다 벗고 정사를 벌였다. 햇살을 받은 그녀의 흰 가슴은 봉분처럼 부풀어올랐다. 나는 그 위에 얼굴을 묻었고, 그녀는 여느 때보다 뜨겁게 달아올라 몸부림을 쳤다. 그 흥분의 절정에서 이 세상 것들이 죽음에게 먹히고 있다는 느낌이 당연한 것처럼 들었다.

무덤 위에서, 묘비에 단단하게 부착된 채 바람에 날리고 있는 관리비 고지서들을 보며 벌이는 정사다. 한국소설사상 유례를 찾아볼 수 없을 이 그로테스크한 장면을 어떻게 이해해야 할까. "이승과 저승을 꺾쇠처럼" 물고서 "묘지 역시 현실의 일부이며, 죽음 또한 일상의 한 부분임을 실감나게 증언하고" 있는 그 고지서처럼, 무덤 위에서 일상의 한 부분인 정사를 감행하는 그 남녀들처럼, 우리는 모두 죽음 속에서 삶을 행하고 있는 것이 아닐까. 그리하여,

결국 화자를 장례식 아닌 결혼식에 오게 만든 그 여자는, 이번에는 총을 든 탈영병에게 끌려가는 신부가 되어서도(게다가 그 여자는 검은 웨딩드레스를 입고 있다) "그 절박한 위기의 순간에, 미쳐 날뛰는 것 같은 남자의 손에 끌려가면서도" 미소를 짓고 있다.

15년 만에 집을 장만하고는 암으로 죽은 동서, 무덤 위에서 황홀한 정사를 치르는 남녀, 동서의 장례식에 가려다 애인의 결혼식에 참석하게 된 화자, 언제 사살될지 모를 탈영병에게 끌려가면서 미소를 짓는 신부…… 이들이 연출해 놓은 이 낯선 소설적 정황은 무엇보다, 삶의 울타리 안에 갇혀 영원히 존재할 수 있는 불멸의 꿈을 꾸고 있는 인간들의 자기 기만에 충격을 가하고 있다. 그 정황은, 작가 이승우로서도 그렇고 한국소설로서도 대단히 새로운 것임을 알 필요가 있다.

우리는 모두 '목련공원'으로 가는 존재이면서 헛된 욕망에 사로잡혀 그걸 부정해 왔다. 그러고 보면, 공원묘지가 어째서 공원묘원이 되고 모란공원 또는 목련공원이 될 수 있는가에 대해서도 우리는 그걸 잘 알면서도 너무 무신경하게 살아오지 않았는가. 이제, "이 세상 것들이 죽음에게 먹히고 있다"고 생각해 보라. 죽음이 우리 곁에서 우리 삶을 야금야금 먹어치우고 있다고 생각해 보라. 그것은 끔찍한 고문이면서 동시에 더 자주 더 진지하게 자신을 성찰할 계기를 마련해 줄 일이기도 할 것임에 틀림이 없다.

이승우의 소설집 〈목련공원〉(문이당)에는 표제작인 「목련공원」 외에도, 현실에서는 표나게 드러나지 않지만 여전히 현실이 운용되는 질서나 제도나 법칙에 관련하는 어떤 기운이나 정신세계를 그리고 있는 소설들이 함께 실려 있어서 우리의 기대에 값하지만, 이 「목련공원」으로부터 이승우도 거듭나고, 한국소설도 거듭날 수만 있다면 더욱 좋겠다.　　　　　　　　　　　　　　　　(1998)

운명 탐색의 미학
— 한수산의 두 편의 초기 단편을 중심으로

1. 한국 모더니즘소설의 한 계보

"참 싱싱해 뵈죠?"

이렇게 시작되는 한수산의 데뷔 단편 「사월의 끝」과 함께 경제개발 시대로부터의 한국 모더니즘소설이 있다고 말하면 지나칠까?
"참 싱싱해 뵈죠?"라고, 마치 이성의 친구에게 말하는 듯한 친근하고 밝은 어조, 특히 '참 싱싱해'라는 말이 주는 경쾌하기 이를 데 없는, 그리하여 날렵한 언어 감각과 예민한 감수성이 한껏 발휘되리라고 기대하게 만드는 분위기 조성, 소설의 첫머리를 간단한 대화로 장식하여 대화하고 있는 등장인물과 그 상황에 대한 궁금증을 자아내게 하는 기교 등등이 도시의 청춘남녀를 묘사하는 대표적인 소설 양식의 일부로 설명되기에 합당한 사례가 아닐까.
그러나, 소설의 첫머리가 도시의 청춘남녀를 감각적으로 묘사하

는 그 소설 전체를 암시하고 있다 해서 그것을 모더니즘소설의 대
표 유형이라 여기는 속단은 금물. 어떤가 하면 「사월의 끝」은 위의
첫 문장의 뒤를 잇는,

> (1) 다방 안으로 들어와 앉은 등산복 차림의 여자들을 보면서
> 형수는 말했다. 밖에는 문득 새옷을 갈아입고 싶게 만드는 사월
> 의 오후가 화사하게 가로수 위에서 반짝거리고 있었다.

라는 대목에서부터, 마지막

> (2) 우리들은 다방을 나왔다. 사월 마지막 날의 바람이 우리
> 를 감싸고 새로 피어난 나뭇잎을 흔들며 지나갔다. 나는 천하
> 대장군을 들고 서서 대학병원이 유리창마다 햇빛을 받고 반짝
> 거리는 것을 바라보았다.
> 우리는 횡단보도를 건너갔다.

에 이르기까지, 소설의 표면 내용이 주인공들이 손님으로 다방 안에
있다가 다방 밖으로 나간, 도시의 좁은 공간과 일상의 짧은 시간 위
에 서 있는 게 아닌가. 한수산의 작품세계를 정교하게 분석하고 있
는 김화영의 평론 「모래와 안개, 그리고 섬으로 가는 길」의 설명을
그대로 따오면 "「사월의 끝」의 스토리는 '나는 형수와 함께 다방에
서 형을 기다린다' 이다. 그리고 스토리의 결말은 '형이 늦어지므로
형수와 나는 다방에서 밖으로 나온다' 이다". 그 표면의 현재적 줄거
리가 이처럼 지극히 사소하다면, 당연히 해야 할 중요한 이야기는
과거 사건의 개입을 받고서야 비로소 드러나게 된다는 얘기다.
　「대설부」는 어떤가. 형의 애인이 "그냥 들러보고 싶어" 나와 만

나는 서울 근교 도시의 기차역 부근의 한나절이 배경으로 제시되어 있다. 김화영 식을 빌리면 「대설부」의 스토리는 '나는 죽은 형의 애인과 역사에서 만나 형의 죽음에 대해 대화하며 역 주변에 머문다'이다. 그리고 스토리의 결말은 '여자가 돌아갈 시간이 되어 함께 역으로 간다'이다. 형의 사인(死因)에 대한 의문이라는 심상찮은 사연이 제시되어 있기는 하지만 그것이 직접적으로 드러나는 심상한 일은 아무것도 없다. 즉 「대설부」도 「사월의 끝」처럼 짧은 시간, 좁은 공간에 별 의미 없어보이는 사람들의 만남과 헤어짐의 사연을 표면에 채색한 소설인 셈이다.

이 같은 유형은 한수산만의 것이 아니다. 일찍이 '감수성의 혁명'을 이루었다는 김승옥의 첫 단편 「생명연습」(1962)을 보면,

　　　"저 학생 아나?"

로 시작된 다방 안의 정경이 끝까지 이어지며 표면 시간 위에서 펼쳐지는 학교 앞 젊은 대학생 풍속이 어느덧 주제의 뒷배경으로 깔리고 복잡한 과거사가 현재를 결정지은 중요한 사연으로 제시되는 양식을 취하고 있음을 보게 된다. 아니면, 최인호의 1971년작인 「타인의 방」에서도 한 사내가 어느 날 자신의 방이지만 낯설기 짝이 없는 방에 와 있음을 체험하는 그 좁은 공간 짧은 시간에 소설의 표면적인 시공이 집약되어 있음을 보게 된다. 요컨대 도시 일상에 갇힌 젊은 모습을 전경에 내세우되 그 배면에 무한히 복잡한 시간과 공간의 사연들을 담아내고 있는 이러한 양식을 적어도 도시소설의 한 면모로 볼 수는 있을 터이다.

그런데, 의미 없는 일상사를 나열하는 표면 줄거리를 가지되 실제 주안점은 그 표면을 넘나드는 개인의 내면의식에 두게 되는 것

이 모더니즘소설 양식의 속성임을 상기시켜 보자. 도시의 한 공간과 일상의 한 순간을, 이를테면 「사월의 끝」 등에서 보듯이 다방에 있다가 나왔다는 식의 사소한 도시 일상을 포착하여 그것을 소설의 표면적 줄거리로 삼고 주인공의 의식을 추적하여 과거와 현재를 무수히 교차시키는 수법이야말로 고스란히 모더니즘소설 양식의 핵심에 가 닿아 있는 게 아닐까.

그러나 우리는 김승옥의 「생명연습」이나 최인호의 「타인의 방」을 한국 모더니즘소설의 정점이라 말할 수 있을지언정, 특히 한수산의 「사월의 끝」이나 「대설부」를 모더니즘소설의 대표라 불러야 할 것인가에 대해서 명백히 가부를 말할 단계에 이르러 있지 않다. 그럼에도 불구하고 이 글의 첫머리에서는 왜 「사월의 끝」과 더불어 경제개발 시대로부터 한국 모더니즘소설이 있을지 모른다고 하였던가. 「사월의 끝」이 분명 모더니즘소설이면서 도시 젊은이의 일상을 전경화하고 있는, 이름하여 도시소설이랄 수 있음은 이미 말하였다. 문제는, 위에 예든 김승옥으로부터 70년대의 최인호, 조해일, 조선작, 송영 등으로 이어 내려온 한국 산업화 시대의 모더니즘소설 전통 또는 도시소설 중심의 모더니즘 전통이 하나의 모순과 더불어 존재해 왔으며, 바로 그 모순 속에서 「사월의 끝」과 「대설부」를 앞세운 한수산의 이름이 박범신, 이외수, 이문열 등을 앞뒤로 달며 그 계보를 이어왔다는 사실이다.

2. 도시소설의 대중적 트임

60~70년대의 산업화 시대를 배경으로 하는 한국 모더니즘소설의 두드러진 한 흐름이던 도시소설 속에는 어떤 모순이 깃들여 있

었나. 그 모순이라면 어떤 것일까. 그들의 모더니즘소설 전통은 공통적으로 마땅히 모더니즘 전통 속에서 축적시켜 두터움을 견지했을 수도 있었을 이청준 식의 형이상학적 상상력이나 이제하 식의 환상적 리얼리즘(이제하 자신의 표현), 오정희 식의 심리주의적 묘사, 그리고 조세희 식의 사회학적 상상력 등과 크게 연계되지 못한 채 일견 세련되고 감각적이긴 하지만, 여러 사회 조건에 처한 젊은 주인공들을 표피적으로 해석하고 있는 도시소설들을 양산해 온 감이 짙다. 이런 도시소설들이 결국 소설 대중화 시대를 열어놓은 원동력이 되었다는 점에서 그것의 공과를 말할 수도 있으리라.

「사월의 끝」과 「대설부」의 주인공들이 어쩌면 한국사회가 가진 독특한 문화구조가 깊이 반영되고 있지 않은 젊음으로, 그러나 세련되고 감각적인 포즈로 치장되고 있다는 점에서 한수산 역시 70년대 이후의 대중적인 도시소설 작가로 발돋움할 특장을 미리 가지고 있었던 셈이 아닐까.

우선 손쉽게 앞에서 예든 문장 (1)과 (2)로 돌아가면, "밖에는 문득 새옷을 갈아입고 싶게 만드는 사월의 오후가 화사하게 가로수 위에서 반짝거리고 있었다"와 "사월 마지막 날의 바람이 우리를 감싸고 새로 피어난 나뭇잎을 흔들며 지나갔다"로, "사월의 오후"와 "사월의 바람"이 주체어가 되고 그것들이 나와 우리를 "새옷을 갈아입고 싶게 만"들고, "감싸고" 있는 것으로 서술된다. 대번에, 인물의 심리 변화를 사물의 움직임에 기대어 감각화시켜(위의 경우라면 자연의 움직임이 인물의 감각 중에서도 특히 가장 말초적인 감각이라 볼 수 있는 촉각을 스치고 있는 것으로 표현되어 있다) 표현하는 감각적 묘사문체의 특징을 엿볼 수 있다. 감수성이 풍부한 작가의 문체란 당연히 감각적인 비유와 묘사가 두드러질 터인데, 「사월의 끝」이나 「대설부」의 경우 그 감성들이 도시화된, 더욱이 도시 공간에서 익명화된 젊은이들의 표피적인 일상을 훑어가는 지극히 훌륭한 도구가 되고 있음을 보게 된다.

「사월의 끝」의 인물들은 창 밖으로 대학병원이 보이는 대학교 앞 다방에 마주앉아 있다. 남자는 그 대학의 영문과 고학년 학생인 것이 거의 틀림없다. 여자는 아마도 그 대학의 대학원에서 민속학 관련 학문을 전공한 바 있는, 남자의 젊은 형수이다. 그외에는 그들의 신분에 대한 정보를 더 얻어낼 수가 없다. 대학생 남자와 그의 형수 사이에 마땅히 매개될 형에 대한 정보가 어느 정도 있을 법한데, 그 형은 어떤 직업의 사람이며 적어도 그를 기다리는 두 사람 앞에 나타나지 못하는 어떤 일을 하고 있는 사람이라는 정도의 정보조차 없다. 「대설부」에서도 이와 흡사하다. 남자는 이과(전자공학 관련학과) 대학생으로 기말고사를 마치고 서울 근교의 외가로 와 지내는 중이고, 그를 찾아온 여자는 형의 애인으로 그 신분이 명확히 제시되어 있지 않다. 그들의 만남을 가능하게 한 것이 건축사였던 형의 건축현장에서의 실족사라 그것이 두 사람 사이의 주 화제가 되기도 한다. 그러나 대충 그뿐, 형이 죽은 후, 형이 한번도 얘기한 적이 없었던 여자와 내가 현실적으로 필요한 사연 없이 몇 차례 만난 사실에 기대어 현재의 만남의 근거를 만들어 보이고 있다. 마땅히 그들이 만나는 공간은 서울의 대학교 캠퍼스이거나 다방이거나 서울의 산책로이거나 도시 근교의 유원지 같은 곳이다. 여자의 가족이 어떻다거나, 앞으로의 장래 문제가 어떻다거나, 또는 여자가 먼저 의문을 제기했던 형의 자살설에 대한 해명을 위해 고심한다거나 어떤 현실적인 행동을 보여주지도 않고, 다만 도시의 거리에서, 그 뿌리를 잘 알 수 없는 상처를, 때로는 허황한 말놀이로 때로는 대단히 사변적이고 지식인적인(그러니까 대학물

먹은 티를 내는) 대화로 서로 아파하고 달래고 있다. 그러니까, 그들은 도시 공간에서 떠도는 익명의 도시인들인 셈이다. 도시 속의 그들에게는 그들 각각이 가질 수 있는 사회적 역할이 주어져 있지 않다. 그들의 현재는 익명화되고 단지 과거의 시간만이 우연스럽게 환기되고 있으며, 그 과거와 현재 사이의 인과관계는 전혀 없는 것처럼 서술된다. 그들 젊은이들의 현재는,

   (3) 다방의 음악은 사월을 노래하고 있다. 사월이 가면 가야 할 사람. 오월이 오면 울어야 할 사람.
  "형수님. 사월이 가면 무엇이 올까요?"
  "글쎄요. 군사 혁명이 오겠죠."
  형수는 정치적이다.
  "사월이 가면 마지막 토요일인 가정의 날이 오겠죠."
  나는 참 가정적이다. 미혼, 성실남(誠實男), 배우자 구함.
  "아버지가 가면?"
  형수의 말에
  "어머니가 오겠죠. 아니지, 생명보험금 탄 돈이 오겠죠."라고 나는 대답한다.
  "그럴까요? 아들이 오는 거겠죠."
  형수는 종교적이다. 한 세대는 가고 다시 한 세대가 오되 땅은 영원히 있도다……. 이십오일, 그날이 다가와서 우리는 다시 링 위에 올라선 그녀를 보았었지. 수술을 하셔야겠습니다. 그러나 의사로서 책임 없는 말같이 들리시겠지만 자신을 가질 수는 없습니다. 최선은 다해보겠습니다. 오늘이라도 입원을 하시죠. 하얀 가운이 일어섰다. 아녜요, 내일 하겠어요, 아니 모레……. 우리는 KO당한 선수를 탈의실로 데려가듯 그녀를

둘러싸고 나왔다. 갑자기 햇살이 한없는 무게를 가지고 우리
들의 어깨 위에 내려앉았다.

　(4) 걷자고 한 건 자기였으니 구두를 닦아주겠다면서 들어온
다방에서 그녀는 다섯 살쯤 어린 얼굴이 되었다. "이 삼각형을
중심으로 어디에나 원을 하나 그려보세요." 그녀가 내미는 종
이 위에 내접하는 삼각형을 그려넣으며 나도 세 살쯤 어려졌
다. 그녀는 웃으며 "불안하세요?" "불안해지고 싶은데요." 그녀
는 종이 위의 삼각형을 가리켰다. "삼각형 속의 원은 의지하고
싶은 욕망을 말해주는 거예요. 뭔가에 숨어버리고 싶은, 그것
은 불안하기 때문이에요. 원을 보세요. 정확하게 삼각형의 세
변을 가지고 있지요? 불안한 마음이 오히려 주의력을 집중시
켜 준 거예요." 나는 웃어버렸다. 글쎄, 밖에 눈이 내릴 것만 같
군요. 이런 날은 이상한 예감을 느껴요. 몸의 어느 한 부분에만
햇빛이 비치고 있는 것 같은……. 그래, 햇빛이었다. 머리카락
한 올까지도 선명하게 비춰주던 햇빛. 연구실의 조교가 내 어
깨를 치며, 누가 찾아왔어, 했을 때 나는 무심히 일어나 그가
가리키는 실험실로 들어갔었지. 커튼을 내린 어둑한 실내에 문
에서부터 비쳐 들어오던 길고 긴 햇빛의 줄기들……. 그 문에
서 있는 여자가 있었어. 여자의 모습은 선명하게 햇빛 속에 박
혀 있어서 마치 후광을 받고 서 있는 것 같았지. 어두운 실내로
들어오는 빛을 가르며 내려뜨려진 그녀의 긴 그림자를 밟으며
다가갔을 때, 여자는 미동도 없이 서 있었다. 저를 찾아오셨읍
니까? 여자의 고개가 천천히 꺾였다. 형을 많이 닮았군요. 그
때 형이 속삭였어. 인사해, 아는 여자야.

에서 보는 바와 같이 지극히 무의미해 보이는 말장난 행위와 더불어 나타나 있다. 「사월의 끝」 중 (3)에서 "형수는 정치적이다"라고 했다 해서 실제로 형수가 정치적인 일에 관심이 많은 사람이라는 뜻으로 볼 수 있는 아무런 정보도 따르지 않고 있음을 보게 된다. 내가 가정적이고 형수가 정치적이거나 아니면 그 반대이거나 아니면 서로 같이 무정부주의적이거나 세속적이거나 모두가 같은 얘기다. 「대설부」 중 (4)에서도 마찬가지다. 삼각형 안에 그린 원이 불안하여 남에게 의지하고픈 무의식을 반영하는 것이라 할지라도, 다방에 앉아 낙서를 하며 수준 높은 심리학개론을 펼친다 해도 그것들은 모두 심심풀이의 말장난이나 다름없다. 이 말장난들은 김승옥의 「서울, 1964년 겨울」(1964)에서의 "꿈틀거리는 것을 사랑하십니까?"로 시작되는 말장난을 떠올리게도 하지만 그보다 더 한층 젊은 도시세태의 사소함에 한정되어 있다. 물론 모든 말장난이 기성품을 풍자하는 기능을 가지고 있다고 본다면 이 말장난도 당시의 시대적 배경에 있는 군사문화 시대의 금기이며, 산업 불균형이 초래한 구직난, 팽배해진 황금만능주의 등 기성 제도와 고정관념을 풍자하고 있는 것이라고도 볼 수 있지만, 그렇다 해도 그 장난의 주체자들이 모두 도시 공간에서 아무 생산성을 가지지 못하는 젊은이들의 현실도피적인 세태풍자요 카타르시스 이상의 어떤 것을 담고 있지 않다는 점은 인정할 수밖에 없게 된다. 위 두 소설을 포함하여 70년대의 많은 도시소설들이 그런 정도의 사소함을 표면에 내세우고 있으면서도 어떻게 쉽사리 소설 대중화의 길을 열 수 있었을까.

그 사소하고 표피적인, 그러나 감각과 재치로 무장된 말장난은 어쩌면 도시 중심으로 몰려드는 시대의 대중들(특히 도시 소비문화 편입자들)의 무의식적 상승심리와 관련을 맺게 되는 도시적 감각과 재치로 작용되지 않았을까. 이 표피적인 도시세태 면모 위에, 더구나 앞에서 말했듯이 (1)과 (2)와 같이 예민한 감각 변화를 세심하게 묘사해 가는 여성적인 문체가 이에 얹어지고, 대개 대중 소비사회를 강력하게 열어가는 젊은 문화 상류층 여자들의 삶을 추적하는 이야기를 담아 최인호의 〈별들의 고향〉이며 조해일의 〈겨울 여자〉며 조선작의 〈완전한 사랑〉, 그리고 한수산의 〈밤의 찬가〉 따위의 도시소설들이 쉽게 대중성을 확보할 수 있었던 것이 아닐까. 어떤 유형의 소설이든 대중화의 길을 열었다는 점만큼은 존중되어야 할 터인데, 마땅히 점검되어야 할 문제는 그 대중성이 대중들의 허위의식을 얼마나 직시하고 있느냐는 것. 이 문제에 대해 답하거나 답하지 않으면서 우리의 도시소설들이 있어왔던 것이다.

어쨌거나 한수산의 초기 단편들이 이미 그러한 도시소설 색채를 강력하게 띠고 있다는 점은 흔쾌히 짚어낼 수 있다. 다시 (3)과 (4)를 향하면, 무의미해 보이는 말들이 오히려 도시화 시대의 대중감각을 유지하게 한다는 것에서 한걸음 더 나아가, 그 표피성 뒤로 교묘하게 과거의 시간을 환기시키고 뭔지 명확하지 않은 사념을 불러일으키는 진지한 표정을 지어 보일 때 그 진지함은 앞서의 사소함이 가져다준 친근함 때문에 예상 외로 큰 울림을 가져다준다는 점을 주목할 수 있겠다. (3)에서 정치적·가정적·종교적 식으로 말장난을 이어가다가 어느새 말없음표의 부호로 장난을 마감하고 지금 이 시간 형수가 여기 앉은 이유를 밝히는 내용이 간단한 과거 장면으로 전환 제시된다. 이십오일은 절망에 가까운 병의 수술을 의사로부터 권유받은 날이고, 오늘은 수술 입원을 하기 위해 찾아온 날이라는 만만찮은 무게의 정보가 제시되고 있는 것이다. (4)에서는 다방에 앉은 남녀가 무의미한 장난을 하다가 그 무의미한 대화의 연속인지 아니면 과거 두 사람 사이에 있었던 대화였는지 알 수도 없게 대화 부호 없는 대화체의 문장이 "글쎄, 밖에 눈이 내릴 것만 같군요"로 시작되다가 다시 말없음표를 거쳐 그들이 처음 만나던 때의 일이 짧게 제시되고 있다. 도시소설의 대중적 트임의 한 사례를 우리는 한수산의 초기 두 단편을 통해서도 잘 엿볼 수 있는 것이다.

3. 근원적 운명을 감싸는 방법

그러나 이것만으로는, 한수산 소설의 동시대적 위치와 특징을 설명했다고는 볼 수 있을지언정, 아직 그만이 가지는 본질적인 의미를 따져보지는 못했다고 봐야겠다. 더욱이 여기에 「사월의 끝」과 「대설부」만이 선택된 이유도 밝혀져야 할 것 같다. 거의 같은 시기에 발표된 소설일 뿐 아니라 소재적인 면에서도 흡사한 데가 많은 이 두 작품은 특히 두 가지 면에서 한수산의 문학세계를 상징한다고 볼 수 있다.

첫번째는, 앞서 자주 말했듯이 문체에 관한 것이다. 한수산의 문체가 (1)과 (2)에서 봤던 것처럼 인물의 변화를 자연의 움직임으로써 감각화시키는 감각적 묘사 문체라는 특징을 가지고 있다고 했는데, 그것이 더 특징적으로, 그 감각적 묘사 자체를 하나의 세계관으로 삼는 데까지 나아가고 있다는 점을 확인할 차례다. 물론 문체가 세계관을 반영한다는 관점에서 보면 이 소설들의 문체는 주제성을 암시적으로 드러내는 모더니즘소설의 대표적인 문장으로 삼아버려도 무방한 것이기도 하다. 그러나 좀더 깊이 살펴보자. 가령, 위의 (3)과 (4)에서 보듯이 그의 문장은 소설 전개상 중요한 계기가 될 사건이 제시되는 지점에서는 오히려 생략과 시간 혼융

이 심하게 행해져 있음을 볼 수 있다.

　(3)에서, 의사도 책임질 수 없는 병을 수술해야 할 처지를 확인하는 며칠 전의 일이 몇 마디 대화로 간단히 이어지는데 그 병의 이름이나 과연 어느 정도의 치명적인 병인지 하는 정보를 보태지 않고 있다. 더욱이 형수와 나 사이에서 매개된 인물인 형의 존재가 '우리'라는 말 안에 포함될 뿐 역시 형의 신분이나 심리(오늘 형수가 수술 입원을 하는 때에조차도 나타나지 않고 있는) 등이 묘사되지 않고 있다. 그리고는 다시 그 병이 치명적임을 암시하는 감각적 묘사 "갑자기 햇살이 한없는 무게를 가지고 우리들의 어깨 위에 내려앉았다"가 빛을 내고 있다. 형수의 병은 무슨 병이며 왜 생긴 병이며 형은 그것에 대해 어떻게 생각하고 있을까. 암시적으로 알릴 정보라 해도 그것들은 지나치게 은폐되어 있다. 필시 형수의 치명적인 병이 형수의 실수 때문인 것으로 암시하는 "한 여자의 과오가 만든 부끄러움을 알 뿐이다"라는 진술 또한 그 진술 뒤에 어릴 적 누나의 죽음에 얽힌 비화가 역시 분명하지 않게 회상되고 있음으로 해서 혼란스럽게 보인다. 그뿐인가. 이 소설에는 당연히 제공되어 있었어야 할 많은 정보들이 은폐된 채 때로는 암시적으로 때로는 혼란스럽게 소설의 전면으로 가끔씩 부상한다. (4)에서도 말장난하던 남녀를 과거로 이끄는 것은 시제를 잘 알 수 없는 대화에서 현실을 잇는 '햇빛'이다. 햇빛이라는 자연의 움직임을 인물 행위의 동인으로 삼아버림으로써 서사적으로 내세워야 하는 다양한 정보를 생략해 버리는 문체가 한수산의 문체다. 형이 죽고, 얼마 후 형의 생전에 들어본 적이 없었던 형의 애인이 햇빛을 후광으로 하여 나를 찾아왔다. "형을 닮았군요"라고 여자가 말하는 것은 과거의 실제 현실이고 "그때 형이 속삭였어. 인사해, 아는 여자야"의 형의 속삭임은 그때의 환청으로, 여자의 말에서 형의 체취

를 강하게 느꼈다는 것의 암시다.

바로 햇빛, 안개, 바람 등 자연의 움직임에 사건 전환의 계기를 맡겨버리거나, 현실에 처해 있는 인물에 대해 그 원인을 생략해 버리는 문체적 수법은 도시감각을 앞세우는 대중적인 장편소설들뿐 아니라 〈부초〉〈유민〉 등 스토리 중심의 서사 공간에 와서도 세심한 필치의 감각적 문체로 빛을 내고 있고, 그의 작가적 명성을 잘 이어오게 했던 중단편소설에서도 여전히 이어져 있다. 예를 들면, 1982년작인 「모래 위의 집」에서 연속적으로 반복되면서도 분명한 정보를 제공해 주지 않는 "아버지는 오지 않았다"의 문장이나, 「타인의 얼굴」(1990)에서의 분열 인칭 서술 등이다. 시간과 시간 사이를 넘나들게 하는 감각적 묘사며 단문에 기댄 생략법으로써 근원을 알 수 없는 비극(위 두 편을 한정시켜 보면 형의 보호를 받지 못하는 형수의 치명적인 병이나 형의 애인에게서 자살로 유추되는 형의 실족사 등과 그 이면에서 암시되는 나와 형의 불화 등)을 말하는 한수산의 문체는 전체적으로 젊고 발랄하고 가벼운 느낌을 주면서 소설 속으로 빨려들게 하는 마력을 가지게 된다. 그리고 그것이 곧바로 세계관이라는 말은 그 근원을 알 수 없는 비극을, 그야말로 운명을 설명해 내지 못하는 인간의 근원적인 비극과 그 비극을 표피적으로나마 감싸고 살아갈 수밖에 없다는 숙명으로 바꾸어 인식하고 있다는 뜻이다.

두 번째로, 그의 그런 세계관은 죽음의 문제와 결부되어 암시되고 있다는 점을 말할 수 있다. 「사월의 끝」을 보면 죽음 앞에 서 있는 형수 얘기가 전면에 나와 있는 것 외에도 나의 회상에 의해 세 가지 죽음의 내용이 보태져 있다. 누나의 병사, 할아버지의 장례, 여자 친구의 임종 등이 그것들이다. 그 죽음의 내용은 죽을병에 걸린 것으로 보이는 형수와의 짧은 현재 공간 위로 죽음의 빛을 드리우고 있다. 「대설부」에서는 주지하다시피 형의 실족사가 주된 모티브로 제기되어 있다. 역시 김화영의 예리한 지적에 따르면 「안개시정거리」에서도 아버지의 죽음에 가까운 부재성이 암시되고 있고 "「빛의 갑옷」은 장인의 죽음을, 「겨울숲」은 전사한 아들을 기다리며 서성거리던 아버지의 죽음을, 「날개와 사슬」은 젊은 시절 자신의 마음을 사로잡았던 작가 다자이 오사무의 죽음을 다루고" 있으며 「모래 위의 집」에서의 아버지의 부재 역시도 죽음을 의미하고 있다. 이 많은 죽음들은 도대체 다 무엇인가. 이것이 주로 「사월의 끝」의 장승설화나 누나의 죽음 등에서 엿보이는 근친상간 모티브에 관련된 것임은 이미 여러 편의 글에서 지적되고 있는 것인데, 문제는 그것이 전체적으로 낭만적이고 환상적인 분위기 속에서 독특한 미학 체계를 만들고 있다는 것이다.

(5) "우리 여길 나갑시다."

그리고 나는 계속하려 했다. 내일 입원을 합시다. 아니면 형이 오지 못할 곳으로 갑시다.

그때, 그녀가 일어섰다.

"네, 나가요. 저 혼자 입원을 하겠어요."

형수는 가만히 웃었다. 훗날 누가 미소를 보았느냐고 묻는다면 나는 보았다고 대답하리라.

(6) 나는 고통을 피해온 것일까. 아니다. 남이 뛰어넘지 못하도록 내 성을 쌓았을 뿐이다. 그리고 쓰러뜨릴 수 있는 적막을 안으로 끌어들였던 것이다.

저 여자의 체험과도 같은 그러한 타인과의 합일이 가능한 것일까.

그것이 가능하다면 나는 스스로 성을 허물고 싶었다. 감추어
진 형의 안팎을 새롭게 뒤져보고 싶었다. 끝없는 고통을 가져
오는 일이라 할지라도 피하거나 물러서진 않으리라. 저 여자
를 사랑할 수도 있으리라.

(5)의 경우, 죽음의 예감에 시달리는 형수는 죽음 쪽으로 나아가
면서 '천사의 웃음'을 짓는다. (6)의 경우, 실족사한 형에 대한 상
처를 안고 있는 형의 애인과 내가 같은 고통 속에서 사랑의 합일의
길을 연다. 그것을, 근친상간의 비극적 운명이 이렇듯 화해로운 열
림의 길로 치환된 것을, 운명을 깊이 감싸안는 화해주의로 볼 수
있을까. 아니면, 그 운명의 감싸안음을 금기된 사랑의 성취라는 차
원에서 한수산의 원체험이 무의식적으로 현현된 것이라고 볼 수
있을까. 어쩌면 그 운명이 때로는 그처럼 화해되기도 하는 가운데
〈해빙기의 아침〉〈부초〉에서 두드러지는 연민의식이 돋보이기도
하고, 또는 더 진지하게 운명에 대한 깊은 성찰을 거듭하는 「타인
의 얼굴」「날개와 사슬」에서와 같은 자전적인 존재론과 만나는 가
운데 한수산의 미학 체계가 성립되고 있지 않았을까. 이처럼 「사
월의 끝」과 「대설부」는 인간에 드리워진 근원적인 운명을 탐색하
는 여러 유형을 뒤로 거느리는 한수산 소설 세계의 시발점으로서
의 가치를 지니면서, 좁게는 70년대로부터의 도시소설의 감각세
계와, 넓게는 한국 모더니즘의 전반적인 흐름과 만나고 있었던 것
이다.   (1993)

남한 체제의 모순과 도덕주의적 세계관
— 전상국의 소설

1. 모순의 돌멩이들

전상국의 중편 「투석」은 그 결말로 치달아가면서 매우 흥미로운 내용을 전개시킨다. 집 안에 날아들어 가정 분란의 씨앗이 된 영문 모를 돌멩이들을 가방에 넣어 신주 단지 모시듯 안고 영월 부근 시골 산에 올라가 정성스레 돌무덤을 만들어주던 최 노인은 갑자기 자신의 행동을 다음과 같이 자조하고 돌아서버린다.

"다 미친 짓거리야!"
최 노인이 씹어 뱉듯 흘린 말이었다. 그 몸 움직임마저 결연했다. 노인은 빈 비닐 가방을 집어들어 산비탈 아래로 휘익 집어던진 뒤 휘적휘적 이미 저만큼 멀어지고 있었다.

이 대목이 왜 흥미로운가 하면, 최 노인이 돌무덤을 만들어주어야 했던, 그리고는 "미친 짓"이라며 스스로의 행위를 자조하게 했던 그 문제의 돌멩이들이 왜 그 집 안에 날아들었는지에 대해서 마땅히 해명해 주어야 했던 것을, 그 해명은 온데간데없어지고 그 해명을 꼼짝없이 독자 스스로가 해낼 수밖에 없도록 만드는 때문이다. 마치, 최 노인을 따라 나섰던 그 집 자취생 성태가 최 노인의 그러한 행동을 지켜보다 "신 내림 같은 격정"과 "형언할 수 없는 비애감"에 휩싸이게 되듯, '돌을 던진 범인이 누구일까' 하고 흥미진진하게 지켜보던 우리의 독자들도 그 어떤 알 수 없는 모순스런 감정에 휩싸이며 그 던져진 돌멩이들에 대해 생각해 보지 않을 수 없게 되는 것이다.

최 노인의 집에 날아든 다섯 개의 돌멩이, 그 돌멩이가 뜻하는 바는 무엇이었을까. 다시 말하거니와 작중에서는 그 사실에 대해 아무것도 구체적으로 해명해 주지 않는다. 물론 그 범인이 없었을 리야 있겠는가. 다만, 다섯 번째 돌멩이만이 네 번째까지의 "너설에 선득선득 날이" 선 큰 돌멩이와는 다르게 흔히 보는 잡석으로 한 젊은이의 "우연한 충동"에 의한 투석이라 확인될 뿐 그것마저도 성태의 "일종의 공범심리"에 의해 덮여지고 만다. 그러니까 이 소설에서, 연이어지는 투석으로 한 가정을 일대 공포와 혼란으로 몰아넣은 사건을 추리해서 해결하는 추리소설적 긴장감은 발생과 동시에 소멸해 버린다. 대신에, 투석으로 말미암아 불안에 사로잡히는 가족들이 환기시키는 과거 경험의 내용들이 소설의 표면 줄거리에 개입되면서 전혀 다른 의미의 긴장감이 증폭되어 간다.

최 노인의 며느리인 민금자 씨는 돌멩이가 날아들자 애꿎은 동네 아이에게 혐의를 두고 추궁하는가 하면, 복면 강도의 목격자로 지목되어 형사의 방문을 받고는 그 강도 용의자의 살기등등한 눈빛을 보고 가슴이 철렁 내려앉았던 두어 달 전의 경험을 되살리기도 하며, 남편 최영배 선생에게 "밖에서 누구한테 혐의질 만한 그런 일 없었느냔 추궁"을 해대기도 한다. 최영배 선생은 또 자기대로, 이 집을 처음 지어 30년을 살았다는 이유로 집 앞을 서성거리는 한 노인을 의심해 보기도 하고, 일류 대학 합격률만을 중시하는 학교의 입시정책에 희생된 어느 졸업생의 원한을 떠올리기도 하며, 자취생 성태의 방에서 열흘을 머물다 떠난 성태 선배에게 의심의 화살을 돌리기도 한다. 성태도 또한 그 쫓기던 운동권 선배를 떠올리기도 하고 다섯 번째 투석의 범인을 잡고도 난감한 자신의 처지를 고려해 용서해 주게 된다. 최 노인은 어떤가 하면 처음에 "딥에 들어온 물건은 함부로 버리는 게 아녀"라고 할 뿐더러 돌멩이를 내다 버리려는 며느리에 맞서 "이 돌멩이가 바루 야들 큰애비 귀신일 수두 있구 차에 깔려 뒈진 야들 아재비 귀신일 수도 있다"며 그 돌멩이들을 "신주 모시듯" 하던 차였는데, 네 번째 돌이 날아왔을 때는 갑자기 그 투석이 '빨갱이' 짓이라는 주장을 펴기도 한다. 물론 최 노인의 주장이 전혀 근거 없는 추리라는 사실을 독자들은 이미 다 알고 난 뒤다.

이렇듯 소설은 투석 사건을 현실적으로 해결하는 움직임으로 전개되는 것이 아니라 식구들 각자가 시달려온 어떤 콤플렉스를 재현시키는 쪽으로 전개되고 있음을 알 수 있다. 그 재현된 각자의 콤플렉스들은 소설의 현재적 이야기 위에 넘쳐들면서 서로 다른 식구들의 콤플렉스들과 뒤섞이게 되고, 그리하여 그들의 현존재는 풀리지 않는 모순으로 뒤죽박죽된 동시대 다수들의 삶을 대표하는 집약적인 인물들로 상징화된다. 따라서 이 소설은 이 시대의 모순상을 제시하려는 의도 위에서 존재하는 소설이며, 그 모순의 해결을 지향하는 자세 속에서 성취를 확인받으려는 소설이 되고 있다.

그렇다면, 그들의 콤플렉스들은 어떤 것인가. 그들의 현존재가 우리 시대의 어떤 것을 상징하기 위해 취해진 것인지를 알기 위해 우리는 그들의 콤플렉스들이 대체로 어떤 것들인지 살피는 시간을 가져야 한다. 위에서 슬쩍 드러난 바와 같이 그들의 콤플렉스는 역사적이고 체제적인 한국사회의 모순에 연루되어 있다. 우선 최 노인의 경우를 보자. 말할 것도 없이 그의 과거는 남북 분단과 그로 인한 남한사회의 반공 이데올로기 체제와 관련이 깊다. "자식들에게 따끔한 교훈을 주겠다는 속셈에서" 어릴 때 떠나온 고향 사투리를 일부러 과장해서 쓰는 그는 지난날 "6·25 때 방위대장 직을" 맡아 "공비토벌 벌이던 이야기며 지방빨갱이 때려잡던 일을" 수시로 자랑할 뿐만 아니라 "빨갱이가 따로 있는 기 아니여. 시상 시끄럽게 하는 늠들은 다 빨갱이지"라고 주장하며, 투석을 했다고 믿는 빨갱이를 찾아나서기까지 하는 반공주의자이다. 그 며느리 민금자 씨는 어떤가 하면, 바로 빨갱이의 딸이다. 빨갱이 때려잡던 자와 아버지가 빨갱이로 죽임을 당한 집안의 딸이 한 집에 살고 있는 모순이 투석 사건으로 인해 더욱 뚜렷하게 환기된다. 아버지와 아내의 갈등 사이에 최영배 선생이 자리해 있다. 최영배 선생은 "제5공화국은 정의로운 사회의 구현"을 위해 노력한다고 가르치며 그것이 얼마나 허위인가를 느끼고 괴로워하는 국사 선생이며, 위로 베트남전에 참전했다가 전사한 형과, 운동권이었다가 자퇴해서 입영을 기다리던 차에 자동차 사고로 죽은 이복동생을 둔 가난한 가장이다. 성태는 시국에 관심을 두지 않으려는 대학생이지만 자기 방에 운동권 선배가 다녀간 일로 곤란에 처하게 된 인물이다.

　그들은 이외에도 투석 사건으로 인해 환기하게 되는 많은 콤플렉스들을 가지고 있다. 이 많은 콤플렉스들은 크게 보아 모두 남북 분단으로 인한 남한 체제의 모순과 직접적인 관련을 맺는다. 그것을 다시 세분화하면 다음과 같다.

(1) 남북 분단의 비극과 그 연장선에서의 남한 체제의 반공 이데올로기 모순. 이는 맹목적 반공주의자 최 노인으로, 또는 그와 빨갱이 딸인 며느리가 한 집에 사는 내용으로 표면화되어 있다. 또한 시위에 나섰다가 자퇴를 한 최영배 선생의 죽은 이복동생이나, 성태의 운동권 선배 등과 최 노인처럼 그런 부류 사람들을 불온하게 생각하는 사회 분위기 등도 반공 이데올로기하에서의 민족 분열상을 보여준다.

(2) 남한 정치 권력의 비정통성으로 인한 교육 모순. 대표적으로 역사를 거짓으로 가르쳐야 하는 최영배 선생의 갈등이나 입시정책의 희생자인 졸업생 희대의 원한 같은 예에서 볼 수 있다.

(3) 근대화에 따른 물질 만능주의 풍토의 만연으로 상대적 빈곤을 겪는 서민들의 생활상이며 기존 가치관이 붕괴된 현실, 그리고도 여전히 남아 있는 봉건주의의 잔재 등으로 인한 혼란과 모순. 이는 베트남전에 참전했다가 전사한 큰아들(필시 돈을 벌려는 목적이 있었을 것이다)이며, 그 큰며느리와 최 노인이 "돈 문제로 티격태격 아예 원수 사이로 의절하고 사는" 처지가 된 것, 나아가 최 노인이 돌무덤을 만들어 한을 풀려는 따위의 샤머니즘적인 행위 등이 대변해 준다.

위의 유형들은 「투석」에서의 인물들이 자신의 콤플렉스들을 되살리는 가운데 대변하고 있는 우리 사회의 이러한 모순 유형에 해당되는 만큼 「투석」이라는 소설이 그만큼 복잡다양한 모순 양상을 집약적이고 상징적으로 보여주려는 의도를 내포한 작품이라는 설명이 일차적으로 가능하다. 한데, 이보다 더 중요한 것은 이 유형들이 전상국 소설 여기저기에서 때로는 복합적으로, 때로는 단일한 주제 형상으로 현현되고 있다는 사실이다. 그러니까 우리는 전상국 소설 여기저기에 흩어진 그 모순 유형들을 유형별로 따라 읽으면서 전상국의 본질을 해명해 볼 필요성을 느끼게 된다.

2. 우리들 '아베'의 가족

전상국이라는 이름을 많은 사람들은 「아베의 가족」이라는 작품과 함께 떠올린다. 분단 문제를 전후 세대의 자리에서 재인식시킨 아베의 가족, 그 아베는 누구인가.

> 우리들은 단 한 번도 아베를 우리와 똑같은 사람이라고 생각해 본 적이 없었다. 다만 아베가 숙명적으로 우리집에 태어났을 뿐 우리와 한 형제라는 생각을 가져본 적이 없었다. 아베는 우리에게 있어서 한 마리 쓸모없는 짐승이나 다름없었다.

우리집에서 태어났는데 한 형제가 아닌 형제, 사람으로 태어났는데 한 마리 쓸모없는 짐승인 형제가 아베다. 지능이 너무 낮아 "정신박약아 수용소"에서조차 안 받아주는 구제불능의 저능아요, "여자만 보면 그것이 어머니고 누이동생이고를 막론하고 달라붙어 사타구니를 비벼"대는 금수 같은 인간이 아베다. 이 아베 때문에 온 식구가 놀림의 대상이 되고 탈선의 주체가 되어야 했으며, 결국 아베를 버리고 미국으로 떠나야 했던, 미국에서도 이민족의 설움을 안고 "더럽게" 살면서도 "한국에 살았으면 이것보다 더 더럽게 살았을 거"라고 말할 수밖에 없는 식구들이다. 그런데 미국으로 건너가면서 실어증에 걸려버린 어머니가 몰래 써둔 수기로부터 "어머니의 먼저 남편의 씨"가 아베라는 사실을 알고 난 나는

"진정 아베에 대해 생각하기 시작"한다. 소설은 흑인 병사의 씨를 받아 '아베'라는 말밖에 할 줄 모르는 저능아를 낳고 치욕적인 삶을 살아온 어머니의 수기 내용을 가운데 두고, 그 수기를 보며 미국 병사가 된 내가 한국으로 돌아와 아베를 찾아나서는 이야기가 처음과 끝을 만들며 전개되고 있다. 그리고,

> 나는 (……) 내 친구 토미에게 소주를 먹일 생각이었다. 한국을 알고 싶어하는 미국 사람에게는 소주로부터 시작할 일이다. 또한 황량한 들판에 던져진 그 시든 나무들의 꿋꿋한 뿌리가 돼줄는지도 모를 우리의 형 아베의 행방을 찾는 일도 우선 그 무덤에서부터 시작해야 한다고 나는 그렇게 생각했던 것이다.

에서 보듯 "우리의 형 아베의 행방을 찾는 일"을 진심으로 실천한 일로 소설은 마무리된다.

분단을, 6·25를 다시 말해야 한다는 것은 분단국을 사는 사람으로서는 절대절명의 명제인 셈이니까 그것을 말하는 그 자체만으로는 별스런 의미를 얻지 못한다. 1979년에 등장한 「아베의 가족」은 우리에게 무엇이었나. 그 점은 두 가지 정도로 설명될 수 있다. 하나는 '아베'라는 탁월한 인물 창조에 고스란히 6·25가 집약되어 있다는 점. 또하나는 "한국에 살았으면 이것보다 더 더럽게 살았을 것"이라고 말하며 6·25로부터 도망다니던 세대가 고향으로 돌아와 6·25의 본질 속으로 달려드는 과정을 그렸다는 점. 전자는 당연히 방법을 의미하는 것이요, 후자는 명분을 의미하는 것. 여기에 하나 덧붙인다면, 어떤 계기로 인해 고향으로 내려가서 6·25의 한을 푸는 과정을 그리는 소위 귀향소설 패턴이 이 소설에서도 미

국 땅에서부터 한국하고도 고향 마을을 잇는 귀향으로 설정된다는
점도 지적할 수 있겠다. 어쨌거나 이 「아베의 가족」은 이후의 많은
분단문학이 이런 식의 방법과 명분의 멋진 조우에 대해 시달리지
않으면 안된다는 한 전범을 보여주었던 것이다(이 말은, 뒤에 다
시 거론되겠지만, 이 소설이 그 명분 때문에 방법이 조악해진 부분
이 얼마나 많은가를 모른 채 뱉은 게 아니다. 이 점에 대해서는 위
의 인용 대목에서도 얼핏 느낄 수 있듯, "하버드 대학생 GI가 등장
한다든가, 버스 정류장에서 한국인 여대생을 낚아챈다든가, 더구
나 작품 끝에 가서 '이것이 한국의 참모습이다'라고 내레이터가
뇌며 이 참된 모습을 미국 친구인 하버드 출신의 GI 토미에게 보
여주겠다고 덤비는 것 따위는 상식에도 어긋나는 억지이며 과장"
이라고 김윤식[1]이 지적한 것 이상으로, 이 소설의 가장 중요한 모
티브가 되는 어머니 수기의 질서정연한 제공이 얼마나 크게 리얼
리티를 떨어뜨리고 있는가 하는 점까지도 더욱 분명하게 지적되어
야 한다).

　전상국과 분단문학의 관계는 「아베의 가족」에서 참으로 돈독한
것으로 빛나고 있지만, 그 점이라면 1963년 등단작 「동행」에서
6·25로부터 얽혀든 한을 풀어가는 긴장된 여행의 행로가 전개되
었다는 사실을 다시 떠올리지 않을 수 없게 된다. 두 사람의 동행
자가 있는데, 한 사람은 간밤에 살인을 저지른 범인이요, 다른 한
사람은 그 범인을 잡으러 온 형사이다. 그들 행로의 목적지는 범
인의 아버지가 묻힌 와야리. 범인은 와야리로 자살을 하기 위해
가고, 형사는 범인이 그 와야리에 올 것임을 알고 그곳으로 가고
있다. 그 행로에서 범인 최억구에 의해 6·25가 말해진다. "어릴
적부터 천덕꾸러기로 따돌림당하던" 최억구는 "빨갱이들"에게
이용당해 "무슨 위원회 부위원장이니 하는 감투를 떠억" 쓰고는

한풀이를 해대다가, 결국 마을 사람들의 보복으로 부친이 "죽창에 찔려 죽"는 비극을 맞고, 그 때문에 다시 아버지를 죽게 한 득수를 죽인 후 감방에 갔다가 막 나온 처지다. 그리고는 간밤에 득수와 한패였던 득수 동생 득칠을 죽인 몸이다. 이 민족사적 비극의 악순환이 억구가 아버지 무덤을 찾아가는 짧은 여로 위에 얹어져 있는 것이며, 그것도 그를 잡으러 온 형사와 우연찮게 동행하게 된 극적인 상황 위에 집약되어 있는 것이다. 이야말로 집약성과 압축성을 자랑해야 하는 단편소설 양식 안에 분단 이후 가장 두드러진 지식인적 명분, 즉 '분단 주제'가 들어차 있는 형국이었던 것이다(이렇게만 보면 이 소설 속의 "키 큰 사내"인 형사의 "토끼 눈빛"을 소재로 한 내면 심리를 설명하지 못한다. 역시 뒤에 설명되겠지만 이런 점이 전상국 소설의 또다른 특징이 되는 터이다).

6·25 문제가 전상국 소설의 핵심적인 소재가 된다는 점은 이 밖의 다른 소설에서도 무수히 확인된다. 앞서 살핀 「투석」에서 방위대장 집과 빨갱이 집이 대립되어 있는 것처럼, 「하늘 아래 그 자리」에서의 마필구 노인에게도, 「맥」에서의 아버지에게도, 「여름의 껍질」에서의 아내에게도, 「지빠귀 둥지 속의 뻐꾸기」에서의 수지 엄마에게도, 「고려장」의 현세에게도 6·25의 상흔은 깊게 새겨져 있다. 더욱이 흥미로운 것은 「동행」의 최억구와 「하늘 아래 그 자리」의 마필구, 「맥」의 아버지가 모두 '빨갱이'의 무식한 앞잡이였고(「술래 눈뜨다」에서의 아버지도 신분은 다소 다르지만 이런 부류의 변형이라고 볼 수 있다), 「아베의 가족」의 어머니와 그 비극의 씨앗인 저능아 아베의 관계와 흡사하게, 「여름의 껍질」에서 용영분과 용영분 모녀가 겁탈당하던 현장에 있다가 충격을 받고 저능아가 된 영채의 관계, 또는 「지빠귀 둥지 속의 뻐꾸기」에서 "갈

보" 엄마와 혼혈아인 딸 수지와의 관계(「고려장」에서도 "6·25 전쟁 때 외국 병정들한테 난행을 당한 뒤" 정신이상자가 되어 "깜둥이 자식을 뱄으니 소파 수술을 해달라"는 한 노파 이야기가 잠깐 소개된다) 등등이 설정된다는 사실로써 전상국의 분단문학이 개척하고 있는 독특한 방법론을 생각할 수도 있을 것이다. 즉, 전상국의 6·25소설 구성의 주요 요소는 첫째, 좌익 앞잡이였던 한 무지렁이가 소설의 현재로부터 과거로 들어가는 주요 계기로 작용하고 있다는 점, 둘째, 전쟁의 와중에 능욕당한(그것도 대부분 "외국병정"에게) 어머니와 그 어머니로부터 생겨난 백치이거나 혼혈아인 자식 간의 갈등을 주요 모티브로 삼는다는 점 등이라고 볼 수 있겠다(여기서 "어머니의 정절" 훼손이 "민족적 순결과 고유성"의 파괴의 상징으로, "뒤이어 태어난 백치"가 "광란의 역사"가 뒤로 남긴 "암울한 우리 삶"의 상징으로 제시된 것이라는 당연한 설명을 다시 붙여둘 수도 있다[2]).

3. 눈물의 두 가지 의미

한국사회가 처한 체제적 모순은 단순히 남북 분단에서 야기된 것이라고는 볼 수 없다. 그냥 알기 쉽게 말해도, 그 분단의 비극은 나라의 주권을 잃은 일제 식민지 때의 민족 와해 위기 선상에서 얻어진 것이다. 더 근원적으로는 자체적으로도 와해될 수밖에 없었던 조선 시대 유교 체제의 봉건적 유습이 뜻밖에도 여전히 잔존한 그 위에 우리 사회의 체제적 모순이 얹어지고 쌓여온 것이다. 그런 만큼 전상국의 상당수의 소설 역시 6·25를 말하면서도 그것을 전후로 하는 역사적 사실에 대해서 관심을 놓치지 않는다. 가령, 「외등」에서의 현재 비극이 오늘날 정치 권력의 모순으로부터 6·25 전후의 좌우익 대립, 일제 말기의 친일 문제에까지도 맞닿아 있음을 보게 된다. 「맥」에서도 일본인 어머니의 6·25 이전 비극을 말하고 있고, 「밀정」의 주인공 민완도 "일제시대 일본 형사 끄나풀"이었던 사실이 각인된 인물이다. 그러나 대체로 전상국 소설이 역사를 향할 때는 어김없이 6·25의 중심을 꿰뚫고 간다.

전상국 소설이 과거로 향해 갈 때는 이처럼 어김없이 6·25를 정점에 둔 역사적 비극을 재현하게 되는 반면에, 그 시선을 당대에 두게 될 때는 분단 후 남한 체제가 공고해진 가운데 얻어진 각종 사회 모순들을 지적하는 형태로 전개되는데, 이때 지적된 가장 두드러진 사회 모순은 전상국이 또다른 원체험적 공간으로 삼고 있는 교육 현장 이야기를 통해 형상화된다. 그 교육 현장인 학교, 그 중에서도 고등학교란 우리 남한에서는 어떤 곳인가. 이 점, 여기서 우리가 한국의 고등학교라 말하지 않고 남한의 고등학교라고 말하는 사연과 관련이 있다. 남북 분단 이후 남한 체제 권력이 가장 뚜렷하게 내세운 이념적 명분이 바로 '반공 이념'이었으며, 이 반공 이념이란 어떠한 이유에서건 북한이라는 동족 집단에 대한 적대의식이 고취되는 가운데 성립될 수 있었으며, 급기야 우리의 체제 권력이 바로 그런 우리 민족의 아킬레스건을 붙잡은 가운데 정통성 없는 정치 권력의 장기 집권을 낳았으며, 결국 그로부터 분단 고착을 방임하는 결과를 빚게 되었다고 볼 수밖에 없다. 이럴 때 학교는 어떤 곳인가 하면, 진리의 학습장으로 구축되어 있기보다 체제 이념의 선전장으로 탈바꿈되어 있기도 하면서, 새로운 민족정신을 정립해 갈 힘도 시대 변화에 생산적으로 적응해 갈 힘도 잃은 채, 대체로 유교 학습 전통 이래의 주입식·암기식 교육을 되풀이해 왔다는 비판에서 자유로울 수 없는 처지가 되어 있었다.

이럴 때 교육 현장에 서 있는 교사나 그 학생들의 삶의 양식을 설명하여 학교사회의 모순을 지적함으로써 남한사회 전반의 모순을 들춰내는 일은 매우 유효한 것이 된다. 그 대표적인 소설이 「돼지새끼들의 울음」이다. 흥분하면 "이 돼지 같은 새끼들"이라고 학생들을 부르는 교사가 있었다. 그 교사 최달호는 성적에서, 예절에서, 건강에서 완벽한 학급 신화를 7년 동안이나 창조해 온 입시반의 담임이다. 그의 군대식이며 입시지상주의적인 교육 방법이 때로는 상당한 반발심을 불러일으키기도 하지만, 그는 '안전한 대입'이라는 지상 목표에 시달리는 학교나 학부모들에게서 꾸준히 암묵적인 지지를 받고 있으며, 그 반에 편성된 아이들조차 처음에는 "선생님의 근엄하기 이를 데 없는 모습을 존경해 마지않"게 된다. 그의 단호한 교육 방침을 보라.

담임 최달호 선생님의 철통 같은 방침이었다. 성적 미달. 이 성적 미달로 끝내 예비고사를 못 치른 것은 모두 다섯 명이나 되었지만 유독 경식이만은 제 날짜에 내지 못한 공납금이 결정적으로 작용했던 것이다.

성적 미달을 이유로 대학입학 예비고사를 못 보게 할 권리가 담임선생에게 주어져 있던 시대, 공납금을 못 낸 학생을 예비고사 못 보게 하는 비인도적인 교사가 능력 있는 교사로 평가되는 시대가 우리에게 있었으며, 전상국은 바로 이 점을 지적하면서 교육 모순을, 나아가 남한 체제의 사회 모순을 집약적으로 보여주었던 것이다.

마침내 '모범학급'이라는 은근한 자부심 속에서도 담임의 그 같은 전체주의적 특권에 불만을 가지기 시작한 '돼지새끼'들은 그의 비열한 출세주의를 하나하나 확인해 가면서 보복을 꿈꾸게 된다. 그중 몇몇은 섣불리 그에게 불만을 터뜨리다가 중도에 좌절하거나 실제로 맞섰다가 냉혹한 보복을 당하기도 한다. 소설은 난공불락의 "그 높고 견고한 담"을 허물어뜨리기 위한 음모를 벌인 때를 시발로 하고, 그리고 그 음모가 실행에 옮겨져 마침내 최달호 선생을 무너지게 만든 때를 결말로 하여, 그 안에 최달호 선생 신화를 담아 풍성한 읽을 거리를 제공하는 구조로 짜여져 있다. 짧은 현재 시간대 위에 그 시간에 관계되는 과거사를 풍성하게 개입시키는 단편소설의 시간 집약 구조를 갖춘 이 소설은, 게다가 '우리'라는 화자를 내세워 전체주의 체제에 길들어 한편으로는 안주하고 한편으로는 불안해 하는 가운데 삶을 영위해 온 우리 시대 보편 다수들의 의식을 대변해 주기까지 한다.

그 '우리'들의 음모는 어떤 것인가? 사실 이 '돼지새끼'들의 음모는 돼지새끼들의 장난처럼이나 유치하기 짝이 없다. 슬리핑 백을 덮어씌워 "임금님 귀는 당나귀 귀"라고 소리지르는 일이 그들의 거사였던 것이다. 그 실망스런 거사는 그런데 뜻밖에 엄청난 결과를 가져온다. 그 완벽한 카리스마 최달호 선생이 당연히 행해야 할 "뇌성벽력과 질풍 같은 공격"은 기미조차 안 보이고, "그가 들어 있던 그 슬리핑 백 속에 하나의 머저리"만이 들어 있을 뿐이었던 것이다. 이때 '돼지새끼'들은 울음을 운다. 그 울음에 작가는 두 가지 의미를 달아둔다. 그 울음은 한때 자신들을 드높은 행복의 세계로 끌어주려 했다고 믿은 한 우상이 붕괴되는 데서 오는 슬픔의 울음이기도 하고, 도저히 모른 채 지날 수 없는 괴물의 실체를 제 스스로 해결했다는 성취감의 울음이기도 하다.

이 울음에서 전상국 문학이 낳은 또하나의 교육소설 「우상의 눈물」의 눈물을 떠올리는 건 당연할 것 같다. 여기에도 역시 입시 위주 교육 때문에 인간 교육을 포기한 한 학급이 그려진다. 고교 2학년인 이 학급에는 "1학년 때 낙제해서 한 해 묵은" 세칭 '재수파'들이 득시글거리고 있다. 이 재수파를 이끄는 두목은 기표. 기표는 "메스껍게" 논다는 이유만으로 학생들을 하나씩 불러내 린치를 가할 수 있는 자로, 누구나 '악마'로 생각하는 끔찍한 존재다. 학생들은 기표가 이끄는 '재수파'들에게 무자비한 린치를 당하고도 이를 어른세계에 알리지 않는 의연함(보복이 두려워서가 아닌)을 보인다. 악마를 우상으로 떠받들 수도 있는 집단이 바로 학생 집단이라는 사실을 어른들은 알 리 없다. 기표네의 폭력은 한편으로는 악마의 현현임에 틀림이 없지만, 동시에 기존 질서를 깨부수고 싶은 청소년들의 어른들 체계에 대한 전면적인 저항정신을 표상하기도 한다. 그런 순간, 기표는 '악마'의 자리에서 '우상'의 자리로 상승하는 것이다. 그러나 그 상승은 그것을 눈치챈 기성에 의해 와해 대상으로 설정된다. 담임 선생은 반장 형우를 내세워 '우상' 기표를 허물어뜨리려 한다. 이 기성인의 우상 허물기 전략은 「돼지새끼들의 울음」의 '돼지새끼' 음모에 비하면 한층 고차원적인 것이다. 이 일은 그만큼 기성의 집단 체제의 논리, 작게는 입시 교육 현장의 체제 논리는 음험하고 집요하다는 사실을 시사하기도 한다. 형우는 시험칠 때 기표에게 답안을 넘겨주는 수법을 써서 기표를 곤란에 빠뜨리기도 하고 그로 인해 기표네에게 극심한 린치를 당하고도 인내함으로써 기표를 제외한 전 재수파들의 사과를 받아내기도 하며, 기표의 불우한 가정환경을 대내외에 알려 기표를 돕는 모금운동을 벌이기도 한다. 마침내 형우 반의 미담이 언론에까지 알려지게 되고 나아가 기표 이야기를 영화로 만들려는 움직임까지 있게 되었을 때, 이미 기표는 "부끄러움을 잘 타는 아이로 변해버렸다". 이러한 사실을 관찰해 내던 나는 형우로부터, 모든 것이 담임과 함께한 계략에 의한 것임을 알아낸다. 결정적인 순간에 가출을 한 기표가 보낸 편지에는 "무섭다. 무서워서 살 수가 없다"라고 씌어 있다[이 역설적인 영웅 '기표'에게서 우리는 「우리들의 일그러진 영웅」(이문열, 1987)의 엄석대를 떠올릴 수도 있고 「사랑하는 나의 연사들」(고원정, 1993) 연작에 나오는 숱한 '반장 지망생'들을 떠올릴 수도 있을 터인데, 혹 그 후배 작가들은 자신의 학생 권력 이야기의 원형이 이미 전상국의 1980년작 「우상의 눈물」에서 만들어져 있다는 사실을 알고는 있을까].

기표가 흘린 이 '우상의 눈물'은 어떤 의미를 내포하고 있는 것일까? 기표의 허물어짐은 표피적으로 보면 학생들의 수업 분위기를 방해하는 폭력 학생의 근절을 의미하지만, 근원적으로 보면 입시 교육 위주의 학교사회, 나아가 순종적인 국민을 배양하려는 체제 이념에의 전국민적 종속까지도 동시에 의미하는 일이 된다. 허물어진 우상 '기표'가 흘리는 눈물은 바로 이같이, 한 개인의 자그마한 위악적 세계조차 용납하지 않는 절대적 악의 세계가 우리 사회의 통념적 선의 세계(예를 들면 공부 분위기, 불우이웃돕기 등)와 손을 잡고 완벽한 체제 원리를 만들고 있다는 사실을 환기시킨다.

「돼지새끼들의 울음」「우상의 눈물」에서의 그 울음과 눈물 들이 가지는 이중적 의미로부터 전상국 문학의 특징을 말할 수도 있다. 우선, 이 두 편을 중심으로 한 그의 교육소설이 남한의 교육 모순, 나아가 남한의 체제 이념의 모순을 직시하고 있다는 사실은 익히 짐작하는 대로다. 이 점, 앞에서 말한 「투석」에서의 최영배 선생이 몸으로 겪어내고 있는 교육 모순, 「지빠귀 둥지 속의 뻐꾸기」에서 반공 이데올로기 교육의 모순에 저항하다 마침내 스스로 죽음을 택한 강 선생, 「퇴장」에서 한 학생에게 체벌을 가한 이유로 곤란에 빠졌다가 역시 자살을 택하게 된 민 선생 등등에서 재현되는 바와 같다. 다음으로, 「돼지새끼들의 울음」에서의 최달호 선생이나 「우상의 눈물」에서의 기표 등으로 대표되는 '카리스마'적 세계의 문학적 해석이 전상국 소설의 또하나의 특징이 되지 않을까. 「썩지 아니할 씨」에서의 큰형이나 「투석」에서의 최 노인, 그리고 '빨갱이' 앞잡이가 된 무지렁이 사내들 등등, 이 많은 인물들은 타협 없는 카리스마들이자 악의 화신들이다. 이 점은 대단히 중요한데, 왜냐하면 그런 인물들이 전상국 소설의 가장 분명하고 특징적인 인물 유형으로 떠올라 있다는 뜻에 단순히 머물지 않고, 전상국 소설이 끝까지 이 역사를 주도하고 책임져야 하는 남성들의 세계, 엄숙한 정신세계, 명분의 세계, 나아가 도덕주의적 세계에 머무를 수밖에 없다는 뜻을 내포하는 일이 되기 때문이다.

4. 도덕주의자의 고독한 지평

지금까지 6·25 문제와 교육 현장 체험에 관계되는 소설들을 주로 예들었지만, 전상국 문학이 그런 유만 낳고 있었던 것은 아니다. 그도 동시대의 다른 많은 작가들처럼 산업사회에서 나날이 그 순결성을 잃어가는 세태며, 점점 팽배해져 가는 물신주의 풍토, 그러면서도 여전한 봉건주의적 유습에 대해 비판의 눈을 버리지 않았거나 상당한 관심을 기울여왔다.

가령, 「고려장」 같은 소설을 보자. 주인공 현세에게 6·25가 개입되어 있음을 우리는 알고 있지만, 그가 빠진 고민은 오늘 사회 문제로 부각된 '부모 유기' 세태에 곧바로 맥을 대고 있는 것이다. 단칸방 전세를 사는 가장은 노망든 어머니의 병원비를 대지 못해 그네를 유기하기로 마음을 굳힌다. 현세와 같은 처지라면 그 누군들

'유기'를 생각하지 않으랴 하고 작가는 물으며 현세의 고민에 리얼리티를 실어준다. 이 산업사회가, 이 자본주의가 돈이 없으면 부모도 내다 버리라고 가르치고 있음을, 그 물신주의에 의해 우리의 민족적 순결성이 훼손되고 있음을 경고하고 있는 것이다. 「실반지」에서 아내를 죽인 혐의를 받고 있는 나는 형사의 취조에 의해 숨겨두고 싶었던 타락한 자신의 일상사며 과거사를 드러낼 수밖에 없게 된다. 「퇴장」에서도 선생의 체벌을 곧바로 야만으로 몰아붙이는 세태가 고발되고 있다. 우리 자본주의 사회가 겪고 있는 현실적 모순들은 이렇게 전상국에게 지적되면서 기왕의 6·25소설이나 교육소설의 주제에 삼투되거나 서로 뒤섞여가고 있었던 것이다.

한편, 「우리들의 날개」는 어떤가? 한 아이의 운명이 무속 신앙 속에서 결정되어 버린다. 객사한 "하라버이 대신" 태어난 아이인 덕으로 사랑을 독차지하던 두호는 점쟁이의 점괘가 증명하는 대로 "아버지하고" 상극인 "살이 낀 사람"으로 전락된다. '액막이'에 '굿판'이 이어지는, "무당과 점쟁이가 집안에" 드나들던 "그 귀기 어린 냄새"가 화자에게 각인되어 있다. 집안의 귀기 어린 분위기는 화자인 나에 의해 "할머니가 살아 있던 그 시절, 시골에서 무당과 점쟁이가 집 안에 드나들던 그때의 그 귀기에 찬 냄새로" 각인된다. 「실반지」에서는 남편에게조차 말하지 않음으로써 비극의 씨앗이 되었던 자신의 실반지가 단지 '어머니의 선물'이었다는 사실을 뒤늦게 밝힌다. 「수렁 속의 꽃불」의 '미친년'과의 정사 속에서 보게 되는 어머니의 자비로운 얼굴은 또한 어떤가. 「투석」에서 굳이 그 문제의 돌멩이들을 모셔두었다가 돌무덤을 만들어주는 최 노인의 행동은 무엇인가. 이 모든 것들이 논리 이전의 세계, 샤머니즘의 세계가 전상국 문학과 관련을 맺고 있음을 보여주는 사례인 것이다. 그리고 놀랍게도 그 토착 정서적인 요소들뿐 아니라 봉건주의적이라고 볼 수밖에 없는 요소들은 전상국 소설이 끝내 포기하지 않는 정신과 밀접한 관계를 맺게 된다. 전상국 문학의 봉건주의적 요소는 오히려 전상국 문학이 뿌리 두고 있는 도덕주의적 세계관의 토대를 만들어준다. 보라. "살이 낀" 애물단지 동생 두호를 산에 내다 버리러 갔던 나는 "형아가 나 내삐리구 갈려구 그랬지?"라는 두호의 "겁먹은 목소리"에,

> 나는 더 견디지 못하고 그 작은 몸뚱이를 와락 껴안았다. 비로소 내 눈에서 뜨거운 것이 줄줄 쏟아졌다. (……) 나는 두호를 등에 업고 어둠 속의 그 산길을 내려오면서 다시 보이기 시작한 산 아래 마을의 그 휘황한 불빛에서 눈을 뗄 수가 없었다. 그러나 그 불빛이 있는 산 아래 마을에 대한 적의 같은 것은 씻은 듯 가신 뒤였다. (……) 우리는 사실 어둠의 산에서 그 아래 불빛을 향해 훨훨 날아내리는 기분이었다. (……) 나는 이제 눈물 같은 건 흘리지 않았다. 뱃속 그 깊은 데서 위로 뿌듯하게 치밀어오르는 어떤 힘 같은 걸 느낄 수 있었을 뿐이다. (……) 그것은 날개 꺾인 이 어린 새의 어깻죽지에 새 살이 돋을 때까지 내가 그의 날개가 되어 퍼덕여주리라—그런 마음다짐이 어금니에 씹힌 때문이었다.

두호를 감싸 안아버린다. 유기하려는 목적이 있었던 동생을 오히려 더 깊이 감싸 안는 이 어린 화자. 아니, 그 이전에 그 화자는 "그 귀기 어린 냄새"로부터 도망쳤던 아이였는데, 이제 그 귀기, "그 휘황한 불빛"을 "적의" 없이 바라보는 아이로, 즉 그 샤머니즘의 세계를 온전히 몸으로 받아낸 아이로 바뀌어 있다. 샤머니즘을 육체로 받아들이기, 이는 곧 봉건주의와의 화해가 아닌가? 그 봉

건성은 이미 「투석」의 최 노인이 만든 돌무덤에서 본 바 있지 않은 가. 「실반지」에서 아내는 어머니와의 정 나누기를 위해 현실적으로 있음직한 당연한 오해를 외면해 버렸다. 전상국은 우리가 잃어버린 인간성을 봉건성에서 되찾으려 하고 있지 않은가? 다시 보라, 그 봉건성은 고스란히 도덕주의로 변해 있음을. 샤머니즘을 육체로 받아들인 아이는 애물단지 동생을 제 육체의 일부로 받아들이고 있지 않은가. "그의 날개가 되어 퍼덕여주리라"고 다짐하는 이 아이. 이 아이가 만약 어른이 되었다면, 그리하여 또한번 절박한 처지가 되어 가족 중 누군가를 유기해야 한다면, 아무리 자본주의가 깊이 우리 삶의 본질을 해체시켰다 하더라도 「고려장」의 현세처럼,

　　"애비야, 내가 잘못해쩌어, 내가 증말 잘못해쩌어!"

이렇게 소리치는 그 환청에 시달릴 것이리라. 죄를 짓고는 살지 못하는 도덕주의자의 면모는 전상국 소설을 가장 분명하게 특징짓는다. 비록 악인의 삶을 그리고 폭력과 자살과 학살과 겁탈과 살인과 감금과 유기와 투석과 협박이 이루어지고 있는 현장을 그리면서도, 전상국의 소설은 그 전부를 다 해결해야겠다는 자세를 견지한다. 이 점을 6·25나 교육 문제로만 국한시키면 김윤식이 말한 '엄숙주의'로 설명될 터이지만,[3] 사실 그것에 그치지 않는 어떤 특징이 전상국 소설 근저에 있다.

　다시 「투석」을 얘기해 볼까? 돌멩이 하나하나에 민족적·체제적 상징성을 얹어 최 노인의 봉건주의를 내세워 일시에 화해시키려 하고 있지 않은가. 그리고 그 화해가 만만치 않게 된 현실이 여기에 있다는 사실을 말해주기 위해 최노인으로 하여금 "다 미친 딧

이야"라고 뿌리치게 해놓고는 마침내 그것마저 대학생 성태를 내세워 '격정'과 '비애감'으로 책임지고 있지 않은가. 「퇴장」에서 학교의 용인 한 사람은 민 선생의 자살을 "자기 죽음의 가치를 확신하는 그 힘은 어디에서 온 것일까"라고 가르치려 드는 도덕적 높이를 증명해 보인다. 「술래 눈뜨다」에서 "이 세상에 아버지가 살아 있다는 것을 일깨우려는 어머니의 속셈"을 터득하는 오줌싸개 아이를 그려두는 가운데 6·25 가족사에서 민족사까지 이해시키려 하고 있는 것 같다. 「실반지」의 사소한 비밀을 말하는 데도 한국 근대사를 다 설명하려 했던 사연, 「맥」에서의 완전한 화해도 「지빠귀 둥지 속의 뻐꾸기」에서의 시대사적인 깨우침도 모두 이러한 도덕주의의 면모가 아닌가. 남한 체제의 총체적 모순을 모두 말하여 다 책임지겠다는 이 도덕주의자의 책임성을 우리는 참으로 귀하게 여겨야 한다. 그런데 사람들은 솔선수범하여 다 해결해 주는 작가보다 함께 참여하게 하여 마침내 내가 왜 도덕성을 잃었는가를 자문하게 만드는 작가를 더 좋아하고 있지 않은가. 도덕주의자의 책임성을 귀하게 여기지 않는 우리의 풍토를 그는 애써 외면해 버림으로써 홀로 고독한 세계에 남아 있게 된 것이 아닐까. 그 도덕주의를 홀로 실천하려 하지 말고 고스란히 독자들에게 옮겨주는 방법은 없었던 것일까. (1994)

---

1) 김윤식, 「엄숙주의에 대하여」, 〈제3세대 한국문학, 전상국 편〉 해설, 삼성출판사, 1983.
2) 김종회, 「분단시대의 삶과 화해의 지평」, 〈현실과 문학의 상상력〉, 교음사, 1990.
3) 김윤식, 위의 글 참조.

금기를 뛰어넘는 사랑의 젊은 행동학
— 강신재의 「젊은 느티나무」

1.

　1924년 서울에서 출생한 강신재는 이화여전을 중퇴한 이력을 가지고 있다. 1949년 《문예》지에 단편소설 「얼굴」「정순이」를 발표하면서 문단에 등단한 그는, 주로 남녀간의 애정 문제를 다루면서 특히 여성의 새로운 가치관을 부각시키는 가운데 작가적 명성을 쌓았다. 세련된 묘사로 현대 여성의 심리 현상을 예리하게 드러내는 이러한 작가적 특징은 그의 거의 모든 작품에서 잘 발휘되고 있다. 1970년을 전후로 한 때부터는 그의 작품에도 사회역사적인 조건이 개입되면서 폭 넓게 복잡한 현실의 변화를 수용하게 되었다.

　그러나 다양한 감각적 이미지로 사물의 외형과 인간의 내면 심리를 읽어내면서 서정적인 분위기를 창출하는 데 있어서는 누구보다 두드러진 작가로 평가되고 있다. 여기에 소개되는 「젊은 느티나무」를 비롯, 「임진강의 민들레」「오늘과 내일」「청춘 불문율」

「이 찬란한 슬픔을」「파도」「숲에는 그대 향기」「우연의 자리」「유리의 덫」 등이 그의 대표작이라 할 만하다.

　강신재의 「젊은 느티나무」는 1960년 《사상계》에 발표된 소설로, 남녀간의 애정 문제를 자주 다루어온 강신재 문학의 특징이 가장 잘 살아나고 있는 작품이라 할 수 있다. 그 특징이란 구체적으로 어떤 것일까? 당장 소설의 첫 대목부터 보자.

　　그에게서는 언제나 비누 냄새가 난다.

　　아니, 그렇지는 않다. 언제나라고는 말할 수 없다.

　　그가 학교에서 돌아와 욕실로 뛰어가서 물을 뒤집어쓰고 나오는 때이면 비누 냄새가 난다.

　　(… 중략…)

　　그리고 나는 나에게 가장 슬프고 괴로운 시간이 다가온 것을 깨닫는다. 엷은 비누의 향료와 함께 가슴속으로 저릿한 것이 퍼져나간다.

　이 소설은 이처럼 "엷은 비누의 향료와 함께 가슴속으로" 퍼져나가는 "저릿한 것"이라고 말해지는 어떤 감각에 대한 이야기가 될 것임을 처음부터 짐작하게 한다.

　'그'에게서 나는 비누 냄새로 "가장 슬프고 괴로운 시간"에 직면하게 되는 '나'의 이야기라는 점에서, 이 소설은 남녀간의 연애 문제를 다루고 있는 일종의 연애소설이라 할 수 있다. 이 연애소설을 작가는 비누 냄새를 내세워 줄곧 감각적 울림을 울리게 한다. 소설 첫머리부터 제시되던 미끈한 '비누 냄새' 외에도 이 소설에는, "서울의 집들이 마치 얼음사탕처럼 반짝이던 날" "펑펑 울면서 하늘로 퍼져가는 울음" 등등의 미세한 감각적 표현들이 적절한 자리에

서 싱싱한 빛을 발하고 있다. 이 표현들은 작중에서 젊은 느티나무
를 매개로 서로 사랑하는 오누이의 감정이 절제되고 승화되는 과
정을 가장 중시해 제목까지도 「젊은 느티나무」로 내세우게 된 당
당한 감각적 취향 등과 어우러지면서 이 소설에 시종 젊고 싱싱한
기운을 불어넣고 있다. 다시 말해, 작가는 젊은 청춘남녀의 사랑
이야기를 다루면서, 인물의 중요한 심리적 변화, 나아가 사건의 추
이까지도 감각적 묘사를 통해 드러내는 가운데 신선한 감수성을
발휘하는 특징적인 분위기를 연출하고 있었던 것이다.

2.

　그러나 그 같은 감각적 성향 차원만으로 모두 이해할 수 없는 지
점에 이 소설은 놓여 있다. 다름아니라 이 소설은 현대를 무대로
하고 있으면서도 '근친상간'이라는 금기시된 행동을 주된 내용으
로 다루고 있다는 점에서 크게 주목을 끌고 있는 것이다. 이 소설
은 젊은 남녀간의 연애 이야기를 다루고 있지만, 어머니와 재혼한
의붓아버지의 아들과 서로 사랑의 감정을 확인하고 갈등하는 18
세 소녀의 감정의 추이를 유별스럽게 추적하고 있다는 점에서 우
리의 색다른 호기심에 값하고 있다.
　숙희라는 이름을 가진 나는 청순하고 명랑한 18세 여고생. 전쟁
으로 남편과 사별한 젊고 아름다운 숙희 어머니는 숙희를 데리고
재혼한 처지. 아들을 데리고 숙희 어머니와 재혼한 무슈 리는 사립
대학 경제학 교수로 호방한 성격의 소유자. 숙희가 예민한 코로 비
누 냄새를 맡아내는 대상인 오빠 현규는 대학에서 물리학을 전공
하고 있는 수재. 숙희 어머니와 무슈 리의 성품과 신분에서 느낄

수 있듯이 숙희와 현규는 이지적이고 풍요로우며 서구적이기까지한 집안 분위기에서 함께 살고 있는 오누이 관계다. 둘은 서로의 곁을 맴돌면서 상대의 사랑의 감정을 짐작하고 마음 설레는 한편으로 깊은 갈등을 겪는다.

소설의 전반부는 속내를 다 드러내지 않으면서도 서로의 연정을 짐작해 가는 마음 설렘의 과정을 담고 있다. 그러면서 두 사람이 같은 집에서 함께 살게 된 가족사적 배경이 아울러 자연스럽게 설명된다. 두 사람이 같이 정구도 치고 약수터에서 같은 표주박에 물을 퍼 마시면서 서로에게 이상한 감정을 느끼는 관계는 앞에서 보듯, '비누 냄새'와 같은 후각적 이미지로 잘 드러난다. 그러면서도 서로 연인이 될 수 없는 오누이라는 법적 관계 속에서 그들, 특히 숙희의 갈등은 크다. 숙희는 '오누이' '동생' 이런 말에서조차 맘속에서 혐오와 공포를 자아내고 있다.

소설의 후반부는 현규의 친구인 지수가 숙희에게 표한 호감 때문에 두 사람이 급격히 가까워진 사연부터 펼쳐진다. 지수 때문에 숙희의 뺨을 때린 현규의 마음을 숙희가 알게 되고 마침내 두 사람이 숲속에서 서로를 포옹한 일도 잠시, 숙희는 어머니가 미국에 가 있게 된 일로 인해 빈집에서 현규와 어떤 운명적인 일이 생길까 두려워 할머니 집에 가 있게 된다.

실제로 피를 나눈 근친은 아니라 해도 어쨌든 서로 이성관계로 맺어져서는 안되는 오누이인 두 사람의 미래는 어떤 것일까? 이 대목에서 작가는 가장 흥미로운 결말로써 다소 이단적인 가치관을 드러낸다. 숙희가 도피한 시골 할머니 집 뒷산 젊은 느티나무 아래에서 두 사람이 재회한 결론이 현규의 입을 통해 진술된다.

"그때 숲속에서의 일은 우리에게 어찌할 수도 없는 진실이

었다. 우리는 이 일을 잊을 수도 없고 이제 이 일을 부정하고
는 살아가지도 못할 게다. 우리는 만나기 위해 헤어지는 것이
야. 우리에겐 길이 없지 않아. 외국엘 가든지……."

　그리고 이 말을 받아들이는 숙희의 내면은 다음과 같이 싱싱한
감각으로 표현되고 있다.

　　나는 젊은 느티나무를 안고 웃고 있었다. 펑펑 울면서 하늘
로 퍼져가는 웃음을 웃고 있었다. 아아, 나는 그를 더 사랑하
여도 되는 것이다.

　여기서 우리는, 금기를 뛰어넘어 사랑을 완성할 길이 얼마든지
있으니까 조금만 인내하자며, 금기의 벽 안으로 도피했던 숙희를
설득한 현규의 말을 깊이 생각해 볼 필요가 있겠다. 왜냐하면 이
대목에 이 소설의 진정한 남다름이 숨어 있기 때문이다. 통념적인
가치관대로라면, 숙희와 현규는 결코 이성적인 남녀관계로 함께
사랑을 이루어서는 안되는 신분에 있다. 그러나 두 사람은 애써 감
춰오고 억제했던 사랑의 감정을 서로 드러내고 있을 뿐 아니라 당
당히 머지않은 장래에 사랑을 이룰 구체적인 방법까지 모색하고
있는 것이다. 또한 그러한 금기가 특히 전통적인 윤리의식이 강한
우리 사회에만 국한되는 문제가 아니라는 점을 유념하자.

　3.

　작가는 과연 이들 금기된 사랑의 완성을 제시하는 이유를 무엇

이라고 설명하고 싶을까? 이 소설이 줄곧 싱싱한 냄새와 푸른 색채의 이미지, 간결하고 현대적인 어투로 분위기를 형성해 가고 있었다는 점도 여기서 고려해야 할 것 같다. 작가는 아마도 이들 젊고 싱싱한 남녀의 사랑 이야기를 통해, 사람에게는 관습에 얽매이지 않고 인간의 본성적인 생명력에 기대 사랑을 추구할 권리가 있다는 사실을 말하고 싶었던 것이 아닐까. 이 주제는 사실, 남녀간의 사랑의 문제에서 좀더 나아가, 진정한 사랑, 진정한 삶은 제도적 관습이나 통념적인 사고를 뛰어넘어 인간이 가진 원래의 자유로운 생명력을 통해 마땅히 획득할 수 있다는 주제로까지 확장할 만한 교훈이라 하겠다.

한편, 이 소설은 비록 날렵하고 감각적인 필치로 금기를 뛰어넘는 행동하는 젊음을 제시하고는 있지만, 그 반면에 몇 가지 아쉬움을 남겨두고 있다는 점을 밝혀두자. 우선 이 소설에 등장하는 부유한 젊은 남녀는 흔히 겪는 사회사적인 흔적, 가령 전쟁으로 아버지를 잃고 홀어머니 밑에서 성장해야 했던 소녀의 우울한 내면이나, 성장기 학교에서 겪을 수 있는 여러 가지 가치관의 혼란 따위는 거의 반영하고 있지 않다. 이 때문에 이 소설이 넓은 이층집에 살면서 정구를 즐겨 치고 달콤하고 시원한 음료를 나눠 마시며 사랑을 나누는 얘기를 앞세운 상류층 자제의 연애 이야기라는 비난에서 썩 자유롭지는 못한 듯하다. 그들 주인공을 비롯해 대부분의 인물들이 지극히 개인적 환경 속에 갇혀 그들과 함께 살아가는 다양한 삶의 면모를 대신 담아주지 못하고 있는 셈이다.

또 숙희와 현규의 포옹 사건도 소설 줄거리로 보아 대단히 중요한 계기를 이루는 것임에도 지나치게 서술이 생략된 감이 없지 않다. 특히, 무엇보다 금기를 넘어서는 그들 사랑의 쟁취가 결국 "외국엘 가든지……" 하는 정도에서 해결될 수 있다고 생각한 점, 즉 그 금기를 만든 사회와는 유기적 관련을 맺지 못하는 자리에서 이루어지고 있었던 점은 무척 아쉬운 대목이라 하겠다.

어쨌든 이 「젊은 느티나무」는 18세 소녀를 주인공으로 내세워 젊은 남녀의 '근친상간'이라는 금기된 사랑의 이야기를 감각적이고 간결한 표현 언어로 드러내면서, 관습과 통념에 저항하는 인간 본래의 싱싱한 순정의 아름다움을 보여주고 있는 소설로 우리 문학사의 한 면을 장식하고 있음에는 틀림이 없다.　　　　　(1997)

운명에 상처받은 영혼들이 찾아낸 사랑의 별
— 정영희의 〈무소새의 눈물〉을 읽고

1.

　어쩐 일일까? 읽고 글을 급하게 써야 하는 경우가 아니라면 결코 책을 빨리 읽지 못하는 내 습관이 고쳐지기라도 한 것일까? 아니면, 이 소설이 정말 몸서리치게 재미있기라도 했던 것일까? 일을 마치고 휴가차 대구로 가는 저녁 기차 안에서 읽기 시작한 이 소설을 나는 그 밤을 넘기지 않은 때 모두 다 읽고 말았다. 결코 쉽게 읽었다고 말할 수는 없다. 내가 책을 빨리 못 읽는 결정적인 이유는 어떻든 집중력이 약한 탓인데, 이 책을 읽는 동안에도 예의 무수한 잡념들이 끼여들었고, 그 잡념 때문에 자주 책을 놓고 잡념을 따라 헤매거나 잡념을 내쫓느라 애를 써야만 했다. 그런데 실은, 그 잡념들이 이 소설을 읽는 일을 방해한 게 아니라 오히려 더 즐겁고 기꺼이 이 소설을 읽는 힘으로 작용했다는 걸 나는 뒤늦게 깨달았다. 바로, 나는 이 소설의 현재를 떠받들고 있는 과거사의 주무대인 대구로 가는 기차를 타고 있었던 것이다. 고교 졸업 때까지 내가 살던 그곳, 입시공포에 시달리는 틈틈이 미친 듯이 쏘다니던 길목들이 이 소설 여기저기 펼쳐져 있었고, 내 잡념은 그때의 시간을 내 머릿속으로 가득 끌어왔으며, 다시 그 추억의 시간들은 이 소설 속까지 흘러 들어와 내가 지금 소설을 읽고 있는지 아니면 잡념에 빠져 있는지 헷갈리게 만들어놓았다. 내가 대학을 서울에 와서 다닌 반면 이 소설의 주인공들은 대구에 남아 내 친구들이 잘 다니던 대학에 입학했지만, 그들과 나는 함께 유신 말기에서 격동의 80년대로 이어지는 그 암울한 연대를 강의실과 서클실과 주점을 오가며 발산할 길 없는 욕망을 삭이고 있었다. 나는 어느새 이 소설의 주인공 여자를 사랑의 포로로 만들어버린 한 남자를 닮아 있기도 했고, 역으로 그 여자에게 눈먼 한 남자를 닮아 있기도 했으며, 그들처럼 존재의 근원을 잃고 끝없이 그 무엇인가에 들러붙으려 했던 봉두난발의 청춘으로 되돌아가 있기도 했다. 가령 다음과 같은 일기는 나와 비슷한 세대면 거의 같은 심정으로 읽을 수 있을 것이다.

첫 오리엔테이션 날이었다. 과별로 나와 대표들이 노래도 하고 춤도 추었지만 지루하고 재미없었다. 오리엔테이션이 끝나고 친구들과 같이 동성로까지 걸어갔다. 화창한 봄날이었다. 입시지옥에서 벗어난 지 얼마 되지 않아서인지, 아무런 괴로움이 없는 나날이 이상하고 따분했다. 고등학교 삼학년 자율학습 시간에 공부는 하지 않고, 도서관에서 빌려온 쇼펜하우어의 〈인생론〉 첫 줄이 기억났다.
— 인생에 있어서 고민이 없으면 인간이 살아가야 할 목적이 없다.

　어느 날 낡은 원고 뭉치에서 그 시절 내가 써놓았던 일기며 낙서며 편지며 시 나부랭이 들을 발견했을 때의 비릿한 반가움을 이 소설에 흩어져 있는 이런 유의 흔적들을 보면서 나는 느끼고 있었다. 그 때문에 독서인지 잡념인지 모를 그 시간 동안에 나는 나도 모르게 그 시절을 무대로 하는 몇 편의 소설을 떠올리기까지 했다. 소설을 읽은 것인지 추억에 젖은 것인지 작품 구상을 한 것인지 알 수 없는 그런 경험을 나는 오랜만에 고향으로 달리는 기차 안에서 하고 있었던 것이다.

　2.

　직업적인 고민을 하지 않을 수는 없었다. 이 소설에다 한때 내가 잘하던 식으로 그럴싸한 모양의 평문을 달아줄 것인가, 아니면 작가나 출판사의 겸손한 요구대로 소위 우정 어린 발문 형식의 글을 달아줄 것인가 하고. 내가 문학평론가란 이름으로 이 소설에다 해설을 달아주는 일을 하려고 마음먹었다면 나는 물론 이 글의 시작을 이렇게 하고 있지는 않았을 것이다. 당연히 이 소설의 서두에서 인용된, "인류에 대해서 자세하고 부조리스러운 책 하나를 만들려고" 했다는 루이스 로살레스의 말을 실마리 삼아, 위안받을 수 없이 부조리한 운명의 길을 걸어온 사람들의 얘기를 쓰고자 하는 작가의 작의를 때로 따르고 때로 뒤집으면서 그들 주인공의 운명의 길이 의미하는 바를 조금씩 밝혀나가려 했을 것이다. 실제로 이 소설의 주인공들은 모두 운명의 덫에 걸려 사랑하고 절망하고 죽거나 살아남는 사람들이니까, 나는 운명에 상처받은 그 영혼들에 대해 좀더 진지한 어조로 말하고 있었을 것이다. 그러나 그따위 것이다 뭐람, 이 소설의 인물들은 너무 강렬해서 그 주인공들의 운명이 어떤 것이었는지 설명하는 일로도 나는 눈이 부실 지경이었다.

주인공이면서 내레이터인 나 채미정은 대학 시절 미술학도로 연극반원으로 활동하다가 지금은 신춘문예 당선을 거쳐 작가가 된 30대 초반의 이혼녀. 그녀의 가슴속으로 두 개의 운명선이 교차되고 있다. 하나는 기구한 사랑의 운명선. 대학 신입생 시절 연극반에서 만난 선배 강민우를 사랑하게 된 채미정은 그 사랑을 잃고 (잉태한 아이를 강민우의 냉대 속에 혼자 낙태시키기까지 한다) 멀리 떠나지만 결혼 생활에 실패한 이후 다시 만나 대학 시절처럼 그를 향한 맹목적인 열정에 휘말려 있다. 하녀처럼 창녀처럼 강민우에게 이용당하고 천대받으면서도 끝내 그를 향한 사랑의 불꽃을 사그라뜨리지 않는다. 채미정에게 덮씌워진 또하나의 운명선은 그녀 아버지의 운명과 관련이 깊다. 어머니의 표현대로 "맑은 정신으로 있기가 겁이 나서"인지 어쩐지 괴팍한 주벽을 예사로 부리는 아버지의 독재 아래 그녀는 사랑에 굶주린 성장기를 보내온 처지다. 유일하게 자신을 보호해 주던 어머니마저 그녀 오빠(실은 아버지에게 시집오기 전 배고 있었던 어머니의 아들)가 군대에서 갑작스럽게 죽는 슬픔을 겪는 가운데 아버지의 핍박 아래 집을 나가 쓸쓸히 죽어갔고, 남은 아버지는 천박한 여자와 사실혼 관계에 있다가 역시 말못할 한을 품고 죽어간다. 이 두 개의 운명선이 그녀의 예술가적 기질을 형성하거나 증폭시키면서, 아마도 영원히 이루어지지 못할 것임을 알면서도 절대적인 대상을 향해 열병 앓기를 거듭하는 존재로 그녀를 지배하고 있다.

이 채미정의 무한한 사랑의 대상이 되는 강민우. 연극반 선배로 후배들의 선망의 대상이던 이 남자는 처음에 채미정을 마음에 두고 그녀를 사로잡아버린다. 그 역시 누군가의 사랑이 필요했던 외로운 영혼. 그에게도 차가운 운명이 덮씌워져 있다. 그 운명이란 다름아닌 아버지를 여읜 홀로 된 어머니마저 자신을 버리고 떠난 후 줄곧 성장기를 보낸 작은집에서 다시 버림받게 돼, 드디어는 왜곡된 가치관에 빠져 허우적거리는 처지가 된 것이다. 채미정 어머니가 편물기로 치마를 짜주고 돈을 받곤 했던 공 대령 딸이 그들 대학 후배로 들어와 그 부유한 환경을 미끼로 그를 사로잡아버리고, 마침내 두 사람의 결혼이 이루어진다. 하지만, 강민우의 상처받은 영혼이 서서히 도지기 시작하고, 채미정의 신춘문예 당선을 신문에서 확인한 그의 아내의 질투심이 발동되면서 두 사람은 파국을 맞는다. 아이는 처가에 보내지고(그 뒤에 이 아들이 물에 빠져 죽은 사실이 그의 입으로 고백된다), 아내는 유학길에 오른다. 신문기자인 강민우의 방황은 끝간데 없는 도박(악마와의 키스라고 표현되는)과 우연히 재회한 채미정에 대한 가학으로 이어진다. 그리고도 그는 끝내 자신이 받은 운명의 상처를 견디지 못하고 아들 훈에게로 간다는 유서를 남기고 자살한다.

채미정에게 운명의 족쇄를 채운 또 한 사람, 바로 그녀의 아버지. 어머니가 먼저 배고 낳은 자식인 채미정의 오빠에게는 무한한 사랑을 쏟지만, 정작 친자식인 채미정에게는 사사건건 무뚝뚝하고 난폭한 카리스마로 군림하던 아버지에게 실은 마지막 죽어갈 때까지도 그녀에게 말하지 않았던 비밀이 있었다. 거창 양민 학살 때 국군에게 전 가족을 잃은 소년이었을 뿐 아니라, 결혼을 앞두고 군사 훈련 도중 죽은 친구의 예감 어린 부탁대로 그 친구의 약혼녀와 결혼을 해서 살아온 그의 운명이란 얼핏 생각해서는 이해조차 가지 않을 지경이다. "내 가슴에…… 엄청난 무게로 얹혀 있는 분노를…… 어딘가에…… 풀어야만 했단다…… 어린…… 너의 머리카락을…… 자른 일…… 너의…… 소설 원고를 불태운 일……

걸핏하면…… 너희 모녀를 때리던 일을…… 평생, 잊은 적이 없다…… 난…… 겁이 나곤 했단다…… 내 자신이…… 화를 내는게 말이다…… 한번 화가 치밀면…… 나도 걷잡을 수가 없었다…… 그래서 늘 술이 필요했단다……"라고. 그나마 마지막 유언에서야 딸에게 사랑을 고백하는 것에서 보듯이, 그 또한 한평생 자신에게 드리워진 가족사적(나아가 민족사적) 운명에서 한 발짝도 벗어날 수 없었던 사람이었다.

아버지가 그랬다면 당연히 어머니 또한 운명의 사슬이 무겁고도 강렬했을 것은 뻔한 이치. 자신이 배고 있는 아이의 아버지인 남자가 죽고 그 남자의 친구와 결혼해서 아이를 낳고 살아야 했던 운명도 가혹한데, 그 남편마저도 국군에게 가족을 몰살당한 비극을 말도 못하고 사는 비운의 사나이다. 단지 위안은 무명작가였던 친정 아버지를 닮은 딸(채미정)의 예술적 기질을 감싸고 돌면서 남편의 폭력을 견디며 살 의미를 찾을 수 있었던 것. 그러나 그녀도 남편의 폭행을 견디지 못하고 집을 탈출한 딸을 뒤따라나와 결국 객지에서 죽음을 맞는다. 그녀의 입에서 다음과 같은 운명의 주술이 흘러나오는 건 당연한 일이다.

　　"사람이란 다 도망해도 팔자 도망은 못하는 법이란다. 운명
　　이란 거역할 수가 없다. 만약 거역하게 되면 운명은 그 사람을
　　질질 끌고라도 간단다."

운명에 관해서라면, 채미정의 친구 현숙이 짝사랑하던 대학 동창 이윤하에 얽힌 사연도 기구하다. 한때 하반신이 마비되는 사고를 당해 애인인 서미호와도 인연을 끊어야 했던 이윤하는, 그러나 오랜 투병 생활 끝에 극적으로 정상인으로 돌아와 이번에는 채미

정에게 구애를 하는 상황에 놓인다. 서미호는 이윤하의 사고로 그와 강제적인 이별을 당한 이후에도 배고 있던 그의 아이를 지켰지만, 사산하고 만다. 그 뒤 정신병을 앓아오다가, 독일에서 일시 귀국한 그를 알아보고 울부짖고는 그 이튿날 자살을 한다. 이윤하는 뒤늦게 재회한 채미정에게 구애해 오지만, 채미정은 강민우라는 운명선에 걸려 헤어날 수 없는 상태. 이윤하도, 서미호도 결국 자신에게 덮씌워진 운명 때문에 영혼을 다친 사람들이었던 셈이다.

이렇게 보면 이 소설은 운명에 상처받은 사람들이 그 상처를 견뎌내기 위해 몸부림치다가 쓰러져간 이야기라고 볼 수 있을 것이다. 과연 그들은 현실에서 그 상처를 치유는커녕 위로받지도 못한 채로 죽어가거나 품으려는 모든 것을 상실해 간다. 그렇다면, 이 소설은 가혹한 운명 속에서 운명의 노예가 된 사람들의 비극을 다루려고 한 것일까? 아마도 그것만은 아닐 것이다. 절망과 비극, 그리고 그것을 몰고 온 운명의 색채는 온통 너무 짙고 선명하지만, 그 운명 속에서 몸부림치는 그들의 모습이 참으로 아름다워보이는 것은 왜일까? 이 지점에서, 주인공 채미정이 모든 수탈을 견디면서도 사랑의 불길을 끄지 않았던 대상인 강민우가 강물에 투신 자살하면서 남긴 유서의 한 대목을 함께 읽어보는 것이 좋겠다.

세상은 비극으로 둘러싸여 있는데, 넌 하늘의 별처럼 반짝이는구나.
그동안 고마웠어. 안녕. 걱정하지 마. 난 우리 훈이에게로 간다.

그들은 모두, 어느 순간부터 현실적으로 행복해 보이는 것들과 결별을 선언한 몸이다. 그것은 자신들의 가혹한 운명을 견디려는 몸부림의 차원으로만 볼 수가 없다. 그들은 보이지 않는 것, 현실을 넘어 존재하는 어떤 절대적 세계를 꿈꾼다. 그렇기 때문에 그들은 부도 명예도 소중하게 여기지 않는다(이 소설에서 부를 택해 안정을 이루고 사는 사람들, 이모나 친구 현숙 등은 천박한 속물로 여겨진다). 운명에 상처받은 자신의 영혼을 다스려줄 그런 세계를 그들은 자기의 몸, 자신의 욕망들을 거듭 학대하며 찾아나서고 있었다. 한때 강민우가 아들 훈이와 하늘 쳐다보며 서로의 별을 찾곤 했던 그 별과 같은, 자신의 상처를 보듬어줄 영원한 사랑의 손길과 같은, 지상에는 존재하지 않는 그 별을 찾아 그들은 그토록 오래 방황했고, 마침내 누구는 자살을 감행해 천상으로 그 별을 직접 찾아갔고, 그를 뼛속까지 사랑했던 한 여인은 지상에 남아, 아직도 그 별을 찾고 있다. 작가이기도 한 그 여인으로서는 "인류에 대해서 자세하고 부조리스러운 책 하나를 만들려고" 했던 루이스 로살레스처럼 "인류의 위안받을 길 없는 커다란 빈 구멍"을, 자신이 살아온 운명에 관한 이야기로 채우는 일로써 스스로 그 별을 만들어보려 하고 있는 셈이다.

3.

이 소설은 방황과 절망으로 얼룩진 젊은 날을 되살리는 차원에서 상당히 감상적인 매개들을 이용하고 있다. 대표적으로 전반부에 인용 형식으로 기술된 일기문들이 그렇고, 과거를 회상하는 고백투의 문체들이 그렇다. 또한 그 시절, 내가 살아온 20대 초반에서 30대 초반까지 즐겨 듣던 음악이며 즐겨 보았던 영화들,

민우 형의 목소리는 아주 낮고 음산했다. 저 사람의 목소리가 원래 저토록 낮았던가? 안소니 퍼킨스 주연의 「사이코」라

는 영화가 왜 그 순간 떠올랐을까? 안소니 파킨스의 목소리가 저러했던가?

에서처럼, 그 대중적이거나 서구지향적이거나 클래식한 예술 장르들에 얽힌 사연들도 어쩌면 그렇게 비슷하게 이 소설 속에 끼여들어 있을까. 그 때문에 이 소설은 마치 실제 이런 경험을 고스란히 해내고 이제 그것을 모두 고백해야 할·처지에 놓인 여류 작가의 자전적인 소설처럼 읽히게까지 만든다(세상에 자전적이지 않은 소설이 어디에 있을까). 그런데도 흔히 여성 작가들이 고백적인 소설을 쓰게 될 때 주로 나타나는 섬세한 심리 묘사나 서정적인 이미지 구사 등이 이 소설에서 크게 발휘되고 있지 않은 건 신기한 일에 속한다. 오히려 미처 감정을 다 추스를 수도 없다는 듯이 조금은 급하고 두서 없이 과거와 현재의 인연을 마구 이어감으로써 줄곧 격정적인 힘을 느끼게 해서 리얼리티를 발생시키는 쪽을 택하고 있다. 가령, 채미정이 강민우가 배신함으로써 혼자 낙태를 해야 했던 쓰라린 상처를 떠올리는 다음과 같은 대목이 그렇다.

십여 년 전의 그 바람. 압량벌의 그 흙바람을 기억한다. 뒤에서 흑인영가가 들려오는 민우 형의 자취방을 돌아나올 때의, 그 귀신 같은 휘파람소리 같던 바람을 어떻게 잊을 수 있겠는가. 눈발이 날리기 시작하는 거리를 헤매다가 들어간, 아카데미 극장 옆 골목의 제일산부인과. 내 삶 중에서 가장 힘들었던 순간을 떠올릴 때면 늘 그 장면이 떠올랐다. 그리고 며칠이 악몽처럼 지나가고, 하루종일 물 한 모금 마시지 않고 향촌동 뒷골목을 헤매다가 들어간 병원. 돈을 책상에 탁탁 치며 챙기던 키가 작달막한 의사. 학생입니까? 하고 물을 때의 그 눈

빛. 세상에 손톱까지 생겼어요, 하고 말하던 간호사의 낮은 목
소리까지 난 기억했다.

　너무 격정적으로 살아와 이 모든 운명에 얽힌 얘기들을 다 하기
에는 시간이 너무 부족하다고 느끼는 사람처럼 이야기를 전개시켜
가는 내레이터의 숨결이 진짜처럼 느껴져서 자주 책 읽던 손을 놓
게 만들었던 이 소설은, 바로 그런 특징 아래 미처 다 설명하지 못
한 대목들을 많이 남겨두고 있는 편이다. 채미정이 한때나마 부잣
집 사람을 만나 결혼했다 헤어지는 사연도 크게 생략되어 있고, 주
요 인물들간의 좋은 매개가 될 수 있었던 성열이란 남자친구도 그
렇다. 더 중요하게는 엄청난 비밀을 간직했던 아버지의 삶이 어이
없이 옆집 세탁소 아저씨에게서 설명되는 것도 그렇고, 결국 딸에
게 그런 사연을 다 설명하지 않고 죽은 어머니도 좀 이해하기 어려
운 일이며, 인용된 일기도 아버지 때문에 또는 세월 때문에 더러 빠
지기도 하고 잘 읽을 수 없게 되기도 하겠건만 또한 너무 일목요연
했다. 하지만, 사건의 인과관계나 복선 따위, 그런 따위들을 더 말
해 무엇하리. 중요한 건 운명에 영혼을 다치고 허우적거리면서도
세파를 견뎌나가려 한 이 가련한 인간들의 숨결을 느낀 것만으로도
감격적인 일일 터. 더욱이 작가는 작중 어머니의 입을 빌려, "간밤
에 비바람에 떨어지는 꽃은 모두 일찍 핀 꽃들이란다"라고 말하면
서, 슬쩍 늦게 피게 될 자신의 작가적 행로를 예감해 보이고 있을
뿐만 아니라, 더 놀랍게도, 우리의 가련하고 당찬 주인공 채미정이
즐겨 찾는 루이스 로살레스의 글을 빌려, "아무 순서도 없이 아무렇
게나 써나가기 시작하리라. 왜냐하면 절망이라는 것이 순서가 없기
때문이다"라고, 이 소설이 그토록 숨찰 수밖에 없는 절망이 자신의
내면 깊이 흐르고 있었노라고 강변하고 있지 않은가.　　　　(1995)

오늘의 소설 강의
― 빚에 대하여

1.

　오늘은 여러분에게 여러분 마음속에 깊이 감춰둔 여러분의 빚, 이런 것만은 언젠가 꼭 밝혀야 한다고 생각해 둔 그 마음의 빚에 대해서 말해야 할 때라고 미리 말해둡니다. 물론 그 빚은 당장 표현하고 당장 갚을 수 있는 것일 수도 있고, 이게 과연 빚인가 싶은데 말하지 않고 있으면 결국 짐으로 남는 그런 빚도 있을 것입니다. 하나의 빚에 대해 말하는 데는 복잡한 말의 수사를 거쳐야 할 수도 있습니다. 하지만, 그걸 말해야, 그걸 무엇인지 밝히려 애써야, 비로소 우리가 원하는 문학의 시작이 있을 수 있다고 말해둡니다.

　마음의 빚. 이걸 저처럼 문학평론을 한 사람들은 부채의식이라 표현하곤 했습니다. 또는 말을 조금 더 막연하게 해서 죄의식, 책무감 등등으로 말하기도 했을 테지요. 종교적인 자리에서는 모든 사람이 태어나면서 죄의식을 지니게 되니, 인간이 창조주에게 범한 죄에 대한 두려움이 그것이니라 했으니 그게 바로 원죄의식이었습니다. 이렇듯 사람들은 원죄의식에다 민족적·시대적·가족적 부채의식 등을 얹어 자기만의 마음의 빚을 만들어가고 있습니다. 사람들은 그 빚을 갚으려고 교회에 나가 죄를 빌고 헌금을 하고, 고아원을 방문하고, 노래로 문학으로 마음의 빚을 드러내곤 합니다.

문학이란 무엇일까요? 무엇 때문에 사람들은 문학작품을 완성하려 하고 있을까요? 문학이란 무엇인가, 문학에 이르는 길, 이런 제목의 책들을 보면 문학이란 무엇인가가 잘 설명되어 있으니까 그걸 보면 되겠지만, 오늘은 재치문답식으로 이런 명제를 하나 남겨볼까 합니다. 문학이란 무엇인가? 문학이란 마음의 빚을 갚는 행위다. 또 이런 광고 카피 방식은 어떨까요? 문학가는 문학을 한다. 왜? 빚 갚아야 하니까!

2.

가령, 손쉽게 구효서의 「그녀의 야윈 뺨」을 주목하면 어떨까요? 연극 배우인 내가, 18년 전에 만나서 6,7년을 사귀다가 헤어졌으나 다시 찾아온 옛 애인에게 시달리는 이유란 게 바로 그녀가 자신에게 마음의 빚으로 남아 있는 탓이지요. 그녀는 내가 입대할 때 충격으로 마비되었던 왼쪽 뺨의 흔적이 아직도 동전만한 크기로 남아 있잖아요. 그 뺨이, 사랑을 못 이루고 헤어진 애인의 가정적 비극에 대한 죄의식까지 자극하는 겁니다. 그녀의 야윈 뺨이, 이를테면 나의 죄의식의 구체적 동기로 소설 속에 살을 불어넣고 있는 거지요. 구효서의 경우는 그 빚이 다소 개인적인 경우라 볼 수 있겠지요. 그러나 이제 흐르는 시간 속에서 함몰된 죄의식을 불러내는 작가의 성숙함은 어땠습니까? 자신은 빚진 줄도 모르고 지냈지만, 세파에 부딪히며 살다 보니 세상 흐름도 좀 알게 되면서, 비로소 보이고 설명되는 그런 빚을 우리 작가들도 찾고 있는 것 같다는 생각을 해보았습니다.

그런 경우라면 이청해의 「환상의 봄」도 볼 만하지요? 16년 만에 만난, 애인과 친구의 중간쯤 되는 사이인 장년 남녀의 몇 시간 동안을 표면으로 내세워, 그들이 살아온 시간들을, 특히 여자가 살아온 시간을 회상하고 있습니다. 남자는 옛 직장(잡지사)에서 편집 국장까지 하다 지금은 문화 이벤트 회사를 차렸고, 여자는 서예대회에서 입상 경력을 쌓기도 한 유한 부인입니다. 여자는 이날 무슨 이유로 자꾸 스산해질까요? 우연히 만난 남자를 통해 16년이란 시간이 문득 아득해진 거지요. 그 16년 전 여자는 군사 도시에서 교편을 잡고 있으면서 미지의 시간을, 2월부터, 3월부터 새로운 봄을 기다리곤 했지요. 실패한 인생도 아니고 실연한 인생도 아닌 그저 적당히 행복하고 적당히 잘먹고 잘사는 사람들이 무슨 연유로 이런 그 옛날 기다리던 봄에 대해 생각해 볼까요? 지나간 시간에 대해 인간은 사실 누구나 스산해질 수밖에 없지요.

그러나, 그 시절이 그렇게 좋지만은 않았던 것처럼 지금도 그렇게 나쁘지만은 않다……. 여전히 언제나 아쉽고 허전하며, 돌아올 날들이 불안하긴 하지만, 그런대로 아늑하고 차분하기도 하다…….

그 옛날 기다리던 봄이 환상의 봄이었음을 비로소 알게 되는 이 순간에도 그 환상의 봄을 또 기다리는 게 인간이 아니겠는가라고 지나온 시간을 빚으로 여길 수 있는 사람만이 그럴싸하게 말할 수 있는 게 아닐까요?

3.

　지나온 시간 속에 유난히 우리 시대의 심각한 사회 변동을 내재하고 있는 소설들이 있지요. 이럴 때 그들 작가의 빚은 당연히 시대적 책무, 집단적 죄의식과 관련이 있습니다. 김소진의 「쥐잡기」부터 볼까요? 능숙하다 못해 읽기 불편하기까지 한 토속어 문체 속에 작가는 20세기 후반의 남한 역사를 감춰두고 있습니다. 반공 포로 출신의 아버지는 결국 남한사회를 적응해 내지 못하고 있었습니다. 어머니가 운영하는 구멍가게나 축내고 있었던 거지요. 그 아들은 어떤가 하면 화염병 들고 불구덩이 속으로 뛰어들던 기세를 방구들에서 썩이고 있는 흔한 운동권 학생이지요. 아버지의 6·25와 아들의 80년대를 잇는 지점에 쥐잡기가 있습니다. 포로수용소에서 쥐 때문에 목숨을 건진 아버지가 쥐를 잡는 행태는 자못 기형적일 수밖에 없습니다. 문제는 오늘의 주인공 아들에게로 가 있습니다. 죽은 아버지의 사진 앞에서 힘없이 늘어져 있던 아들이 아버지처럼 연탄집게를 들고 쥐를 잡으러 나섭니다. 80년대에 실의에 빠진 아들은, 쥐를 잡으며 아버지 세대를 알아차리지 않았을까요? 작가는 6·25와 80년대를 바로 잇대면서 남한 역사를 통시적으로 알아야 할 것이라고 말하고 있는 게 아닐까요? 그게 물론 쉬운 일은 아니지요. 그 때문에 작가는 일부러 고풍스런 분위기를 만들 줄 아는 작가가 된 듯하군요.

　박상우의 「사하라」는 훨씬 더 80년대로 다가와 있습니다. 여기 서는, 맺어지지 않았던 남녀가 7년 만에 만나고 있고, 최루탄 터지 는 소리가 요란스럽게 들려오는 문민정부 시대의 어느 하루를 표 면 시간에 두고 있군요. 아하, 하고 벌써 알아챈 죄의식이 있겠지 요? 7년 전에, 여자는 자신의 운동 경력을 말하지 않았고, 나는 시 대에 대한 염증을 말하지 않았던 것처럼, 두 사람은 지금도 서로에 대해 별 묻는 것 없이, 전혀 치유되지 않은 상처 때문에 괴로워하 고 있습니다. 그들에게 이 시간은, 이미 흐른 시간이면서도 사막이 지요. 과거와 현재가, 입구도 출구도 없는 사막이라는 인식, 그걸 거듭 말하지 않고 지금의 시간에 대해 언급하기란 박상우로서는 여간 힘들지 않은 게지요. 파편을 한 곳에 모을 수도 없이 갈가리 찢긴 내면을 사막의 이미지로 드러낸 경우라 하겠습니다. 아직 서 울 거리는 최루탄 터지고 시대적 상처 때문에 갈 곳 없어하는 사람 들이 앓고 있는 곳이라는 걸 우리 잊어서는 안되겠지요.

　공지영의 「인간에 대한 예의」는 그런 점에서 보면 아주 분명한 소설이지요. "여기 시대와 인간에 대한 예의를 지켰던 한 사람이 있다"라는 소설 속의 기사 제목이 다 말해주고 있습니다. 옛날에 인간에 대한 예의를 다 지키고자 했던 한 사람이 이 시대에 무슨 소용이 있나 하고 재단해 버리는 우리 시대에 대해 작가는 견딜 수 없었던 거지요. 아니, 적어도 견딜 수 없다고 말하고 싶은 거겠지 요. 자본주의가 없으면 존재하지 않았을 여성지가 70~80년대 무 기수로 있다가 풀려난 한 사람에 대해 도대체 관심을 보여야 할 이 유가 없지요. 하지만 80년대가 던져준 인간에 대한 질문 앞에서 죽음으로밖에 대답할 수 없었던 친구들과 20대를 고스란히 바쳐 온 내게 있어 그 이유란 명백합니다. 지난 시대를 덮어두고도 현재 를 말할 수 있고 미래를 설계할 수 있는 세상에서, 그러나 지난 시대가 주는 너무 무거운 책무감을 말하지 않고서는 견딜 수 없었던 겁니다. 나는 인간에 대한 예의를 지켰던 사람을 잡지 기사로 내세우자고 주장하기 위해 데스크를 향해 걸어갑니다. 물론, 그게 통할 리 없다는 걸 작가는 잘 알고 있겠지만 말이지요.

「한국문학의 현단계, 1992년 겨울」이라는 제목을 앞세우고 있는 주인석의 「소설가 구보씨의 하루 4」도 시대를 빼놓고 생각하기는 힘들지요. 1992년, 쓸 게 없어져버린 소설가의 어느 하루입니다. 그런데 그 소설가 구보씨가 만나는 사람은 누구이고 찾아가는 곳은 어디입니까? 바로 문학의 소굴들 아닙니까? 쓸 게 없는 게 아니라 쓸 게 갑자기 너무 많아진 소설가라는 얘기이지요. 작가가 모델로 삼고 있는 박태원의 구보씨는 식민지 시대라는 그럴싸한 명분이 있어 소설 못 쓰는 소설가라고 뻗댈 수도 있었고, 그것을 원전으로 삼은 최인훈의 또다른 구보씨는 분단이 고착화되는 조국의 현실 때문에 소설 못 쓰는 소설가라고 뻗댈 수도 있으니까 변명이 가능했겠지요. 이젠 세상에 널린 게 문학이고 소설 한 편으로 천금을 잡을 수 있는 시대에서 소설을 못 쓰고 있다니 말이 안되지요. 아무도 문학을 소외시키지 않는데 문학은 문학 스스로의 자리에서부터 이미 소외되고 있는 이 시대를 구보씨가 헐떡거리며 헤쳐나갑니다. 문학사적인 부채를 사회적 변동 속에서 짊어지고 나간다는 얘기인데요. 작가로서는 엄청난 빚을 떠맡고 있는 일이 아닐 수 없지요.

이선의 「승자를 위하여」에서 보여지는 인간 대결은 볼 만합니다. 택시 회사를 무대로 벌어지는 노사간의 갈등 따위는 지나쳐가는 이야기에 불과합니다. 그러니 이건 사회적인 책무 문제가 아니게 되었습니다. 암에 걸려 퇴직한 만호라는 기사가 기사 모임에 끼여들었습니다. 원래 챙겨놓은 돈도 많고 해서 말년을 여유 있게 살다 가려는구나 하는 동정심으로 그를 받아들인 동료들이 하나둘 만호가 거는 싸움에서 두손들고 맙니다. 죽음의 그림자는커녕 멀쩡한 사람보다도 더 당당하고 거칠게 죽음을 희롱하는 만호를 보고 모두들 겁에 질리고 마는 것입니다. 만호와의 마지막 대결을 견디고 있는 나는 그 동안 승자로 군림해 온 만호가 실은 얼마나 초조감에 떨고 있었는지 목격하게 됩니다. 가짜 승자였지요. 죽음 앞에서 결코 죽음에 굴하지 않은 승자의 지위를 누리고자 하는 인간의 내면은 어떤 것일까요? 또는 그런 내면을 소설로 말하고자 하는 이유란 어떤 것일까요? 살아 있는 자, 스스로의 가치를 믿는 자, 과연 그게 진정한 가치일까 확인할 책무에 대해 말하고 있습니다. 우리에게 내재된, 존재하는 자로서의 자기 존재에 대한 물음, 그 물음을 두렵더라도 해야 한다는 얘기일 테지요.

신경숙의 「빈 집」은 소설 앞에 인용하고 있는 것과 같이 기형도의 시 「빈 집」에서 얻어온 바 있다는군요. 이 이루지 못하는 사랑의 이야기는 시의 이미지에서 따온 것도 같고, 기형도 시집에 있는 시작 메모에서 얻어와 눈 오는 풍경의 묘사의 근간을 삼았다고도 볼 수 있겠군요. 그러나 이건 시가 아니라 소설이지요. 한 기타리스트가 있었고, 그의 음악을 듣고 싶어하는 귀머거리 여자가 있었는데, 둘은 사랑하면서도 사랑을 나누지 못하고 헤어집니다. 그 사랑 때문에 두통이 극심해진 여자가 이사를 떠나게 된 거지요. 여자를 따라간 고양이가 피 흘리며 돌아오더니, 그날 밤의 뉴스에서 이삿짐 트럭이 굴러 여자가 죽었다는 소식을 접하고 맙니다. 헤어지는 사랑에 머물지 않고, 이젠 만난다는 희망조차 존재할 수 없는 완전한 결별이지요. 이 소설은 단순히 사랑의 비극이라고 말할 수 있지요. 그런데 그런 사랑 중에서도 작가는, 소리를 듣지 못하는데 그 음악으로부터 사랑을 시작한 여자와, 그 사랑을 느끼면서도 이별에도 심지어 죽음에도 감정이 배제된 남자의 이야기로 끌고 가, 이 세상에 떠도는, 이 세상에 내면을 드러내지 않고 사랑할 수밖에 없는 수많은 남녀들의 아름답고 착하고 작은 사랑의 이야기를 대변해 주고자 함이지요. 그게 이 작가의 오래고 오랜 빚일 테니까요.

　김형경의 「푸른 나무의 기억」은 도시를 떠도는 한 엉터리 모험가를 기리고 있습니다. 그 모험가는 원래 고향이 도시가 아니었지요. 푸른 나무가 자라는 아늑한 시원의 세계, 그곳에 태어나지 못한 시인이 바로 그였습니다. 그 운명이야 처음부터 뻔하지요. 그 때문에 이 소설은 처음과 끝이 같지요. 도돌이표입니다. 다만, 푸른 나무라는 기호가 시원을 향하는 인간 본연의 꿈을 상징해 줄 뿐이지요. 꿈은 충만한데 이룰 길 없는 모험가는, 그 꿈을 이루기 위해 도시의 거리를 정신없이 떠돌고 있습니다. 부랑자들에게 생계를 지원해 주고 그들이 죽은 뒤에 장기를 기증받아 파는 건강은행 설립, 바다 위 잔디 축구장 설치, 자동 샤워 기계 생산, 신용 카드 회원용 정보 잡지 발간 등등의 사업은 그의 꿈의 변질된 형태들입니다. 이 허황한 꿈의 이야기가 실은, 다른 누구도 아닌, 처음부터 인공 도시에 태어남으로써 이제 더이상 인간 본연의 꿈을 꿀 수도 없게 된 인간의 비극을 알려줍니다.

　4.

　장정일의 「펠리컨」은 또 뭡니까? 펠리컨 한 마리를 폭행한 죄가 사형죄에 해당할 리는 없겠는데, 작가는 왜 집 안에 날아든 펠리컨에게 폭행을 가한 직장인이 사형받도록 써버렸을까요? 옥중에 〈세계조류도감〉을 전해줘 펠리컨이라는 새를 알게 해준 변호사는 어디로 가고, 모두 피고에게 불리한 증언만 하는 증인들만 있었는지 모르겠습니다. 작가에게는 무슨 죄의식이 있었을까요? 동물을 보호하자고 외치는 소설일 리는 없습니다. 동물애호가협회에서 작가에게 상을 주었다는 보도도 아직 없습니다. 사형수에게 은혜를 베푸는 신부님이 이렇게 말씀하셨습니다.

> "당신과 상관없는 일이라고 해서, 당신과 상관없이 일어나는 일이란 세상에 하나도 없는 법이오."

인간이 타인과의 관계 속에서 하나의 가치 질서를 유지해 가는 존재가 됨으로써 인간에게는 속박의 굴레가 얹어졌고, 결국 인간은 사회적 동물이라는 개념 속에 스스로를 가두면서 그 모든 원초적 비극이 시작되었다고, 그 인간에 대해, 그 허울좋은 인간의 세상에 대해 조롱해야만 했던 겁니다.

윤대녕의 「남쪽 계단을 보라」에서 가리키는 남쪽 계단을 우리도 자주 봐야 할 것 같습니다. 출근길 전철역 가는 길, 그 맞은편 계단에 누가 서 있다는 겁니다. 소설 중의 주인공은 회사원. 당연히 출근길에 전철도 타고 버스도 타야 하는 신세지요. 한데, 어느 출근길에, 누군가의 환영을 보고부터 그 환영 때문에 시달리고 있습니다. 그런 그에게 어느 날 고등학교 때 친구가 찾아옵니다. 친구는 어느 날부터 누군가의 명령을 받고 갑자기 이승이 아닌 어떤 곳으로 불려가게 될지 모른다는 생각에 시달리고 있었습니다. 그리고는 친구는 말도 없이 사라져버립니다. 재미있는 것은 주인공의 애인도 또한 그런 시달림을 겪고 있었다는 것입니다. 누군가가 전혀 다른 세계에서 자신을 불러 데려갈지도 모른다는 시달림 속에서 함께 지내게 된 남녀에게 정말 누군가가 찾아오고 있습니다. "우리는 어느 세계의 귀퉁이에서 이렇듯 힘겹게 웅크리고 앉아 있는 것일까"라고 남자는 여자에게 말한 바 있습니다. 그렇습니다. 우리가 발 딛고 서 있는 이 땅은 과연 세상의 중심일 수 있을까요? 아닐 테지요. 어디선가 중심을 넓혀오는 어떤 존재들이 우리에게 손을 뻗어올리는지 알 수 없는 일이지요. 인간이 자신을 중심에 두고 사고하게 된 순간부터 이런 두려움은 시작된 게 아닐까요? 작가는 그 점을 성찰하고 있는 겁니다. 건방지게 세상의 중심에 내가 있다니요? 이 인간중심주의가 결국은 인간을 이토록 오만불손하게 만들었던 게 아닐까라고 작가는 인간이 거느리고 있는 그 거대한 모순의 그림자를 그리고 있었습니다. 더 재미있는 건, 어떤 중심에서 뻗어오는 그 손길을 실은 이 주인공들이 두려움 속에서도 즐기고 있다는 점, 이 점이 윤대녕을 오늘의 작가로 살리게 하는 특이함이 아닌가 합니다.   (1995)

사랑을

제2장 참사랑을 노래하라

노래하라

어른들은 '어른을 위한 동화'를 읽지 않는다

'어른을 위한 동화'라는 시리즈명 아래 〈연어〉라는 제목의 소설책을 내 베스트셀러 작가 대열에 오른 한 시인이 있다. 이 시인은 지난 겨울 여러 편의 우화와 동화를 모아 다시 '어른을 위한 동화' 시리즈의 하나인 〈관계〉를 냈고 이번에 또, 같은 시리즈명을 단 〈사진첩〉이라는 제목의 산문집을 냈다.

이 책은 60~70년대를 배경으로 살아온 작가의 성장 과정을, 그 시절에 찍은 사진들을 하나하나 꺼내 보이면서 추억하고 있는 책이다. 부모의 구식결혼식 사진이며 '고추'까지 드러낸 유년 시절의 사진들……. 공공 매체에 공개할 목적으로 남긴 것이 아닌 이런 일상 속의 작품(사진)들을 먼저 내세우고 그로부터 유도된 상념을 글로 아우르면서 마침내 한 권의 아담한 산문집을 완성한 일은, 변두리적인 것을 양식화했다는 점에서 문화적으로 조금은 뜻 깊게 받아들여야 할 것 같다. 한편으로는 소위 개발독재기로 일컬어지는 우리나라 산업화 시대를 성장기로 삼아온 기성세대들이 공유할 만한 체험과 정서를 대변해 주고 있어 과연 '어른'들이 읽을 만한 책으로는 앞에 낸 두 권을 훨씬 앞지르는 재미와 의미를 담은 것으로 여겨진다. 그럼에도 불구하고, 나는 이 책을 덮으며, 혹시 〈연어〉나 〈관계〉를 읽은 독자가 그와 같은 유형의 '어른을 위한 동화'인 줄로만 알고 사서 읽을 수는 있을지 몰라도, 정작 그 '어른'들이 이 책을 많이 읽을 것 같지 않다는 예감을 한다.

〈연어〉를 전후로 해서부터 '어른을 위한 동화'라는 명칭을 달고 나오는 책들이 썩 많아졌는데, 사실 그런 명칭이 붙었다 해서 실제로 '어른'을 겨냥한 책으로 봐서는 안된다. 어른을 위한 동화가 실제로 많이 있으니까, "이 책은 바로 당신과 같은 어른들에게 권하는 그런 동화입니다" 하고 권하는 뜻에서 붙인 명칭이라고 생각한다면 오산이다. '어른을 위한 동화'라는 말이 진짜 지향하고 있는 대상은, 동화를 읽기에는 이미 어른이고, 어른이라 여기기에는 아이인 그런 대상, 즉 중고생층이나 그런 나이 정도의 감수성에서만 책을 원하는 일부 성인층이다. 게다가 그런 층이 우리나라에서 시집류, 에세이류, '어른을 위한 동화'류의 베스트셀러를 만드는 주독자층이라면 출판사에서 애써 붙인 '어른을 위한 동화'라는 시리즈명은 실제 '어른'하고는 별 상관이 없음을 쉽게 알 수 있다.

문제는 여기서부터 시작된다. 그런 명칭을 달고 얼굴을 내미는 책들에는 세상에 대한 어른다운 판단력이나 해석력이 견지되어 있기가 힘들다. 당연히, 그의 주독자층들이 책을 통해서 진지하고도 고통스런 세상보기의 과정을 쌓아나가면서 자기 연마를 하리라 기대할 수도 없다. 그들은 그런 책을 읽는 것을 매우 어른스럽고(왜냐하면 그 책이 '어른을 위한' 책이었으니까) 고급한 독서생활이라고 간주한다. 그리고 나서 그들이 진짜 어른이 되었을 때는 아예 책을 멀리하거나, 경우에 따라 책을 제법 많이 읽는 경우라도 정말

로 어른스러워보이는 책들, 이를테면 건강과 처세를 이롭게 해주
거나 아니면 세태적인 카타르시스를 제공하는 소설류들과 친숙해
지고 만다. 그러는 사이에 우리네 어른들은, 진짜로 어른들에게 권
하는 의미 있는 이야기책이 나와도 그것을 무엇 때문에 읽어야 하
는지 알지 못한다.   (1998)

독후감 공모, 무엇을 왜 읽으라는 건가

　얼마 전 한 유명 일간지에서, '좋은 책 100권'을 선정해 독후감 모집을 하겠으니 도서를 출품하라는 공고를 냈다. 무척 반가운 일이었다. 극심한 출판 불황에 양서가 발붙일 곳이 너무 협소해진 상황이니만큼 이보다 반가운 행사는 없을 법했다. 게다가 그 일간지는 해마다 여름이면 양서를 대상으로 하기보다 광고비를 많이 낼 수 있는 출판사 책만을 대상으로 하는 대대적인 독후감 대회를 개최해 와서 자주 눈살을 찌푸리게 한 전력이 있는 매체였으니, 반가운 마음은 갑절이었다. 한 달 후 마침내 '좋은 책 100권'이 선정되었다는 공고가 났고, 아쉬운 대로 수긍할 만한 도서가 선정돼 모처럼 의미 있는 독후감 대회가 되겠구나 하는 기대감을 가질 수 있었다.
　그런데 어찌 된 일인지, 며칠 뒤부터 공고되기 시작한 '독후감 공모 내역'에는 '좋은 책 100선'에 든 상당수의 책들이 빠진 대신 무엇 때문에 독후감 대상이 되어야 하는지 영문을 알 수 없는 책들이 아주 많이 끼여들어 있었다. 혹시나가 역시나였다. 그 신문사는 책 광고를 잘할 수 있는 출판사의 참여를 얻어 신문의 광고면을 안전하게 채워넣으려는 은밀한 술책을 올해 들어 '좋은 책 100선'이라는 미명으로 가려놓았던 것이다.

한편으로 생각하면 양서건 뭐건 가릴 것도 없이 자꾸 책을 가까이하도록 하는 게 긴요한 것 아닌가라는 반문을 할 만도 하다. 사실, 자라면서 어떤 책을 읽는 게 좋은가 하는 질문에 어떤 지식인들은 "닥치는 대로 읽어라" 하고 다소 엉뚱한 답을 하는 경우도 있다. 나도 문학을 하겠다는 후배들에게는 그런 식으로 권장하는 작가 중의 한 사람이다. 그러나 생각해 보라. 닥치는 대로 책을 읽는 사람이건 일 년에 한 권 읽는 사람이건, 그 주변에 수준 높은 책들이 주로 널려 있는 경우와 그 반대인 경우 어떤 쪽이 그 나라의 문화 수준을 높일 예비 상황이 되겠는가. 그러니, 보다 영향력이 있는 제도나 공적인 기관에서 개최하는 독후감 공모는 마땅히 양질의 책을 권장하고 읽히고 나아가 제대로 읽기를 유도하는 그런 대회가 되도록 힘써야 한다.

물론 그렇다고 과거 개발독재 시대에 흔히 있어온 고리타분하고 억압적인 '고전 읽기 교육' 식 독후감 공모가 되도록 하라는 말은 아니다. 또 '서울대 권장 고전 200선' 식의 책을 고집함으로써, 책에서의 진실은 대학 입시하고 깊은 관련이 될지는 몰라도 현실과는 유리되어 있다는 교훈을 주어서도 안될 일이다. 경제적으로도 정신적으로도 궁핍하기 그지없는 이 시대에 무엇을 왜 읽어야 하는지를 알고서 읽게 하는 그런 책을 선정하고 권장하는 지혜와 노력이 참으로 필요한 때다.

"나는 이런 독후감 공모 요강을 보면 신문을 찢어버리고 싶다!"라는 한 젊은 동화작가의 분노에 찬 말을 들은 그 다음날, 나는 동사무소에 들렀다가 우연히, 우리 지역구청에서 주최하는 독후감 공모 전단지를 보게 되었다. 그러나 지방자치단체에서 독후감 공모를 하고 있다는 사실에 대한 반가움은 잠깐이었다. 대상 도서명 〈아내의 상자〉〈홍어〉…… 그 다음은 결코 거론하고 싶지 않은 싸구려 소설책 이름들이 이어지고 있었던 것이다.　　　　(1998)

자기 방송을 안 보는 방송국 사람들

모 텔레비전 방송국에서 구성작가 선발 원고 공모를 했다. 취업
전선에 끼인 먹구름을 아주 못 헤쳐나갈 것 같았던 젊은이들이 반
색을 한 것은 당연한 일. 그런데 자세히 보니, 응모 자격에 이런 단
서가 붙어 있었다. '4년제 대학 졸업자 또는 졸업 예정자에 한함.'
　이런 단서가 붙는 것은 어쩌면 당연하다고 볼 수 있다. 왜냐하
면, IMF 이후에 찾아든 취업난 속에서 이 공모에 원고를 보낼 대
학 졸업생 또는 졸업 예정자들 수만 해도 무궁무진할 터이므로. 그
러나 조금만 다르게 생각하면, 그것은 '4년제 대학 출신이 아니면
결코 할 수 없는 일이니 4년제 대학물을 안 마신 사람들은 쳐다보
지도 말라'는 식의, 그 동안 언론에서 앞장서서 추방하자고 외쳐온
다분히 학력제일주의적 인습의 소산임에 틀림이 없다.
　이건 사실 어제오늘 발견되는 폐습이 아니다. 개그맨 모집 공고
에도 언제나 '전문대 재학 이상의 학력'이라는 단서를 달아온 것
이 방송국이다. 나아가, 개그맨이나 구성작가와 같은 소위 '프리

랜서'로 방송일에 참여하는 직업인이 아닌 프로듀서, 아나운서, 기자와 같은 정규취업자를 선발하는 데도 '대학원 출신 우대' 등의 말을 보태, '이곳에서 일하려면 최고의 학벌과 학력이 있어야 한다'는 점을 강조해 온 곳이 방송국이다.

명문 대학에서 열심히 공부한 지식 엘리트가 사회의 요직에서 일하는 것은 당연한 일이니까, 사회에 지대한 영향력을 가진 방송 매체에서 그런 엘리트를 요구하는 것 또한 당연한 것이다. 그러나 4년제 출신, 또는 어떤 어떤 대학 출신이라고 하는 학력과 학벌로 어떤 분야에서건 최상의 능력을 보이는 것이 아니듯이, 방송국 안에서도 학력이나 학벌에 상관없이 최상의 능력을 보일 수 있는 분야가 있게 마련인 것이다.

학력에 상관없이, 타고난 재질과 후천적인 노력을 함께 아우르며 자기를 가꾼 개인이 능력을 발휘할 수 있는 대표적인 자리가 바로 예능계가 아닐까. 그렇다면 개그맨에게, 탤런트에게 학력을 요구할 필요가 있을까. 또한 풍부한 지식보다는 상상력과 감성이 더 요구되는 작가나 구성작가에게 '4년제 대학 졸업장을 가져오라'고 요구할 필요가 있을까. 상식적인 차원에서 방송국의 작가나 구성작가에 비해 훨씬 더 치밀한 문장력과 종합적 사고가 요구된다고 평가되는 문학가를 뽑기 위해, 어떤 신춘문예 응모 자격에 '4년제 대학 출신'이라는 단서를 달았으며 어떤 문학상 수상 자격에 '대학원 출신 우대'라는 묵계가 있었는지 생각해 보라. 석사니 박사니 하는 학위 따지기 좋아하는 대학교수 사회마저도 지금 무학위자이면서도 전문인이 된 사람들을 교수로 채용하는 사례가 얼마나 늘고 있는지, 방송국에서는 자기 스스로 보도하고도 잘 모르는 모양이다. 하기야, 지금도 방송에서 행해지는 멘트를 집필해 주고 있는 사람들 중에서 4년제 출신 아닌 사람이 만만찮은 숫자인데도 그런 공고를 낸 방송국이다.

그러니, 주요 뉴스 자막에 기초적인 철자법이 무시되고 있어도, 또 그 위에 전혀 다른 자막이 겹쳐 흘러 무슨 내용을 전하고 있는지 알아볼 수 없는 때가 하루에도 수백 번씩 생겨도 이를 탓하는 사람 없다. 학력 높은 사람만 뽑아 쓰는 방송국에서는 자기네 방송을 안 보고 있다는 사실을 국민들이 잘 알고 있는 것이다. (1998)

시를 소리내어 읽게 하라

　유명한 시조들의 전문이나 종장을 적어놓은 패들을 읽어가며 빨리 짝맞추는 놀이가 있다. 이름하여 '시조놀이'가 그것이다. 나는 어린 시절 이런 놀이를 자주 하며 자란 덕으로 지금도 시조를 많이 암송할 수 있다. 뿐더러 나는 그 놀이를 통해 언어가 가진 운율감을 몸으로 익혔고, 글을 바르게 읽는 습관도 들일 수 있었다. 문학 작품을 읽고 이해할 수 있는 능력이 남 못잖아진 게 이 놀이 덕이라고도 볼 수 있다. 내가, 좋은 글을 읽고 쓰는 훈련과 습관을 기르는 가장 기초적이고도 손쉬운 일 중의 하나를 시 낭송이라고 믿고 있는 이유도 거기에 있는지 모른다.

　학기 초 개강 강의 때마다 나는 잘 알려져 있지 않은 한두 편의 동시와 시를 들고 강의실로 간다. 이미 성인이 된 학생들에게 동시를 낭송하라고 지명해 대면 대체로 '유치하게 동시 낭송은 왜 시킬까?' 하는 분위기가 금세 강의실의 허공을 메우는 걸 느낄 수 있다. 그러나 그 성인이 그 '유치한' 동시를 읽는 데도 발음이 정확하지 못하고 시의 운율에 대한 고려도 없기가 보통이다. 시의 연과 행의 가름도 반영하지 않고 그저 줄글처럼 읽어대는 학생도 많다.

나는 강조한다. 지금부터라도 시를 읽을 때는 반드시 소리내어 읽어라. 물론 연극배우가 일인극을 하듯이 온갖 감정을 다 잡을 필요까지는 없다. 시의 연과 행의 가름을 보는 그대로 의식하면서, 마치 시인이 이 시를 쓸 때의 심정을 잘 이해하고 있는 것처럼 조금씩, 시에 내재된 리듬을 타면서 낭송해 보라. 의미 파악이 어려울수록 두 번 세 번 되풀이해서 읽어라. 그러다 리듬이 껄끄럽게 느껴지는 대목이 있으면 그 대목을 더 읽어라. 그러는 사이에 그 시가 가진 의미의 가닥을 잡게 되고 비로소 그 시의 특질과 장점을 즐길 수 있게 될 것이다.

유명한 시가 아닌 시를 이해하고 즐길 수 있는 수준이라면, 사실 그 사람의 문화적인 질은 대단한 것이라고 볼 수 있다. 아마도 그는 시 아닌 다른 장르의 문학작품, 또는 다른 문화적인 생산품들에 대해서도 이해력과 감식력이 좋은 사람일 것이 분명하다. 그가 시인이 아니고 문학인이 아니라도 좋다. 어떤 직업인이건 우리 문화의 질을 높이는 데 기여할 수 있는 사람은 적어도 그런 정도의 능동적인 문화 수용을 오래 해온 사람일 것이다.

나는 시인이 되고자 하는 이에게는 특별히 더 강조해 둔다. 자신의 습작품도 반드시 소리내어 읽어라. 그러면 자신도 잘 알지 못한 장단점이 손쉽게 드러날 것이다. 특히 리듬이 껄끄러운 대목을 집중적으로 되풀이해 읽으면서 리듬이 잘 살아나도록 고쳐보라. 그 시는 한결 부드러워지고 의미 있어질 것이다.

자라나는 세대들을 교육하는 현장인 학교 교실에서도 마찬가지다. 지금 행하고 있는 읽기 교육의 연장선에서가 아니라, 국어나

문학 방면이 아닌 어떤 과목 어떤 분야에서건 우리 말과 글을 더욱
운치 있고 수준 높게 쓰게 하는 교육으로, 좋은 동시를 낭송하게
하고 나아가 암송하게 하는 일 이상의 것이 없을 거라는 사실을 나
는 강력하게 주장하고 싶다.   (1998)

연이 날아가 머무는 곳

〈여수의 사랑〉의 작가 한강이 전작으로 낸 장편소설 〈검은 사슴〉(문학동네)을 읽다가 낯선 지명 하나를 발견하고 고개를 갸웃해 본다. 연골. 소설의 주인공 격이면서도 거의 다른 인물들의 기억과 추적 속에서 드러날 뿐인 의선이라는 젊은 여자가 자신의 기억의 뿌리를 찾아나선 곳이 연골, 즉 하늘 높이 날던 연들이 줄이 끊어지면 날아가 떨어지는 '연들의 무덤'임이 소설을 읽어가다 보면 밝혀진다. 그 연들이 날아가 떨어지는 곳이 따로 있었다니! 실제로 그런 연골이 있을 리가 없을 테지만, 끈 떨어진 연이 날아가 머무는 세계를 꿈꾸어보지 못한 내 어린 날의 상상력의 빈곤에 놀라고, 이 삭막한 세기말의 도시에서 그런 연골을 향해 떠난 힘없는 한 여인을 추적하고 있는 소설이 씌어졌다는 사실에 나는 놀란다.

분단소설의 명수로 알려진 작가 김원일의 단편소설 중에 「연」이라는 작품이 있다. '한 마지기의 논도 밭뙈기 한 평'도 없는 집인데도 1년에 아홉 달은 집을 나가 어디론가 떠돌고 그나마 집에 있는 동안은 낚시로 소일하는 아버지. 그 아버지는 어느 날 어린 내게 익숙한 솜씨로 방패연을 만들어 보이면서 이런 말을 들려준다. "사람은 어데 갈 목적이 읍어됴 어떤 때는 연맨쿠로 그냥 멀리로 떠나댕기고 싶은 꿈이 있는기라." 남들 보기에 유식하기 이를 데 없는 대학자나 예술가 같아보이는 아버지는 자기 말 그대로, 평생을 식구들의 생계를 돌보지 않고 그냥 떠돌아다니다가 끝내 이름 없는 존재로 죽어간다. 「연」에서의 아버지는, 김원일 소설에서 좌익 사상을 따르다 사라진 아버지상의 미학적 변형일 테지만, 어쩌면 좌익 사상이든 또다른 이상과 신념이든 그런 유의 목적을 향하기보다 뚜렷한 목적이 없는데도 자꾸 어딘가를 향하게 되는 인간의 본원적 심성을 드러내주는 인물이라는 점에서 색다른 의미를 지닌다고 볼 수 있다.

오늘날 이 땅의 많은 문학작품들은, 눈에 보이는 것이 아니면 아무것도 믿지 않으려고 하는 세태에서도, 눈에 보이지 않으면서도 진정으로 가치 있는 것이 있음을 일깨워주려 애쓴다. 그리하여 비리와 병폐와 질병과 폭력이 난무하는 삶의 현장을 떠나 멀리, 현실에서는 잘 보이지 않는 내면의 세계나, 고향이나, 낯선 이방의 세계나, 현대인이 가보지 않은 시원의 세계로 여행을 떠나는 주인공들을 자주 등장시킨다. 그들은 대개 〈검은 사슴〉에서의 의선이나 「연」에서의 아버지처럼, 세상의 논리에 부딪혀 생존해 갈 힘이 없거나 도무지 체질적으로 그럴 뜻도 없기가 보통이다. 특히나, 우리의 소설 속에서 오늘날처럼 현실에서 멀리 도망가는 주인공들이 행세하는 시기는 일찍이 없었다.

문제는 무엇인가? 그 주인공들의 '멀리 떠나기'에는 대체로, 그들이 떠나면 남게 되는 삶의 터전이 반영되고 있지 않다는 점이다. 홀로 순수하고 애잔한 주인공들의 몸짓이란 대개 우리가 허황되게 꿈꾸곤 하는 신데렐라의 춤과 같다. 내가 〈검은 사슴〉을 읽고 진정 반가웠던 까닭이 여기에 있다. 날아간 연이 떨어져 죽는 고향을 찾아나선 미친 여자와, 그 추적자인 인애와 명윤이 함께 끌고 다니는, 어둠 속에서 빛을 향하되 빛을 보는 순간 소멸하는 '검은 사슴'의 그림자를 보라. 그것은 세계가 왜 무섭고, 그런데도 왜 여기서 살아내야만 하는지에 대한 아픈 자각을 말해주는 아주 새로운 이미지다. 이런 이미지의 창출이 '연이 날아가 머무는 곳'을 향해가는 저 유약한 심성에 뜻깊은 가치를 얹어준 것이다.   (1998)

고쳐야 할 것과 고치지 말아야 할 것

구청장 이름으로 내게 날아든 종합토지세 고지서를 읽어간다. "체납세액이 없슴에도 체납세액이 표기된 납세자께서는……." "금액을 영수하였음을 통지……." 이중 내가 눈여겨보는 곳은 당연히, '없슴에도'와 '영수하였음을' 쪽이다. '-슴'은 뭐고 '-음'은 뭔가? 이 너무나도 초보적인 표기 원칙이 어째서 공공기관의 고지서에서마저 일그러져 있는 것일까?

1933년 제정해 50여 년 동안 시행해 오던 '한글 맞춤법 통일안'이 개정 시행된 것이 지난 1989년 3월. 이때 개정된 내용 중에서 가장 두드러진 것 중 하나가 바로 '-습니다' 규정, 즉 '있읍니다' '했읍니까' 따위로 써오던 것을 '있습니다' '했습니까'로 변경한 것이다. 종결어미인 '-읍니다(까)'가 '-습니다(까)'로 바뀐 것뿐인데, 그걸 오해하여 용언의 어근에 붙어 그 용언을 명사로 만들어주는 '-음'까지도 '-슴'으로 바꿔 써버리는 사례가 생긴 것이다.

어쩌면 이런 정도는 굳이 말할 필요가 없는 일인지도 모른다. 말하지 않아도 어떤 쪽이 잘못 쓰인 말인지 당장 알아볼 수 있는 이런 경우에 비해, 도대체 어떤 쪽이 틀렸는지 모를 경우에는 문제가 더 복잡해진다. 가령, '對價'를 표기할 때, '대가'로 쓰는 경우와 '댓가'로 쓰는 경우 어느쪽이 옳을까? '回數'를 표기할 땐 '횟수'가 옳을까 '회수'가 옳을까? 또는 '더욱이'와 '더우기', '일찍이'와 '일찌기'는 각각 어느쪽이 옳은 표기일까? 특히 사이시옷의 사용에 따른 혼란은 규정집을 외우고 있지 않고는 극복하기 어렵다.

이런 정도의 혼돈과 혼란은 지금 우리 사회 전반에 만연해 있는 극심한 언어 혼란 중에서 지극히 사소한 사례에 속한다. 더 큰 문제는 여기 적은 것은 오래 전부터 있어왔던 게 아니라 모두 1989년 개정안 시행 이후에 생긴 사례라는 점에 있다. '있읍니다'를 '있습니다'로, '댓가'를 '대가'로, '더우기/일찌기'를 '더욱이/일찍이'로 고치기 위해서 우리는 50여 년 동안 말로 글로 책으로 익혀온 언어 습관을 버려야 했다. 가령, '있읍니다'체가 가장 많이 쓰인 아동용 도서나 교육용 도서는 '있습니다'로 고치기 위해서 인력과 돈을 낭비해야 했고 멀쩡한 책들을 폐기 처분해야 했다. 그러고도 남은 것은, '있읍니다'가 '있습니다'로 바뀌었는데 '있음'은 왜 '있슴'으로 바뀌지 않았지요, 라는 답답한 질문 따위다.

불필요한 것을 버리고 불합리한 것을 개선하는 일은 마땅히 공적인 기관에서 앞장서야 한다. 언어 문제도 마찬가지다. 국민의 어문 생활이 더 편해지도록 버리고 개선하려는 노력을 '국립 국어연구원' 같은 데서 하고 있는 것으로 안다. 개정안이 마련되고 있다는 소문이 또 들린다. 불필요하고 불합리한 것은 분명히 고치고 바꾸어야 한다. 그러나 그것을 고치고 바꾸고 나서 생기는 혼돈과 낭비가 어느 정도일지 고려하지 않고 함부로 행하면, 그 일 뒤엔 의외로 엄청난 국가적 손실이 닥쳐올 수 있음을 알아야 한다. (1998)

버린 책을 다시 찾아나서며

10·26사건을 다시 평가해야 한다는 소리가 만만찮은 높이로 내질러진 10월 한 달이었다. 과연 김재규는 이 나라 법이 판결한 대로 '내란 음모죄'를 범한 것인가. 여러 언론사에서는, 최근 입수된 김재규 재판 녹음테이프나 필사본으로 흘러나와 있던 김재규의 최후 진술서 등을 소개하면서, 그 판결이 신군부의 정권창출 과정에서 계획된 순서에 의해 부적당하고도 신속하게 내려지게 된 것이 아니냐는 의혹을 부각시켰다.

1980년 5월 16일, '신군부의 불법적 집권 야망'에 진노한 대학생들 틈에 끼여 가두로 진출한 나는, 명동성당 앞을 지나다 낯선 구호가 쓰인 플래카드를 보았다. '김재규 열사를 석방하라!' 1980년 이른바 '서울의 봄'을 맞으면서 무수한 구호들이 난무하던 시절, 어쩐지 대대적인 가두 시위가 유도 또는 방조되던 5월 16일과 17일 양일 동안은, '신군부 퇴장!' 또는 당시 유포되던 '이원 집정부제'에 대한 반대 구호만이 그 시위의 합의 사항인 줄 알았었던 대부분의 학생들에게 그 구호는 낯설고 혼란스러운 것으로 비쳤다.

김재규 열사를 석방하라! 그 구호를 보고 나는 당황했다. 박정희 정권의 몰락이 없으면 민주국가의 성립은 불가능하다고 굳게 믿고 있었던 나였다. 심지어는 한 독재자를 암살하려는 재벌 회사 말단 사원의 얘기를 「저격과 피살」이라는 소설로 몰래 담아보며 혼자 공포에 떨곤 했다. 그런 나에게도 박정희를 살해한 김재규는 중요하지 않았다. 그 역시도 박정희 정권과 운명을 같이했어야 할 사람으로 여겨졌던 것이다.

구호고 뭐고, 또는 김재규 석방 요청 구호에 내가 놀랐건 아니었건, 신군부는 결국 정권을 장악했고, 김재규 문제는 오랜 동안 크게 거론되지 않게 되었다. 기록은 감춰지고 시간은 흘러갔다. 누구도 오늘처럼 김재규 문제가 불거져 나올 것이라고는 짐작하지 못했을 것이다. 이제, 누군가 어떤 목적에서건 간직하거나 찾아내거나 한 그 기록들이 하나둘 공개되면서 10·26사건과 김재규 재판의 비밀이 밝혀질 실마리가 생겼다.

이때쯤, 나는 자연스레 책장의 책들을 더듬어본다. 시인 정호승이 쓴 장편소설 〈서울에는 바다가 없다〉에 김재규 재판을 취재하는 기자가 주인공으로 등장하는데……. 그 책이 어디로 갔나? 그러다 곧, 또 한 권의 책에 대해 생각한다. 고 박정만 시인의 산문집 〈너는 바람으로 나는 갈잎으로〉가 그것이다. 10·26도 김재규도 자신들의 정권 장악의 제물로 바쳐버린 신군부가 그로부터 1년 뒤 소설 한 구절을 문제삼아 일으킨 세칭 '한수산 필화 사건'의 한 피해자인 박정만이 죽은 것은 88올림픽 폐막식을 하던 날이었다. 지난 10월 초 그의 10주기 추모식 때 모인 지인들의 증언을 들으면서 나는 예상 밖으로 놀랐다.

그가 말년까지도 필화사건의 고문에서 얻은 육체적·정신적 후유증으로 크게 시달렸다는 사실을, 말년에 매우 가깝게 지낸 후배였던 내가 심각하게 생각하지 않고 있었다니. 게다가 나는 지난 여름, 그가 서명해서 준 산문집마저도, 지니고 참고해야 할 그의 전공책(시집)이 아니라는 이유로 내 책장에서 '퇴출'시켜 버렸었다. 시에서보다 개인사의 비밀을 더 직접적으로 드러내고 있을 그 책을 나 같은 사람이 가지고 있지 않다면, 어쩌면 뛰어난 한 시인을 추적하려는 뒷사람들에게 진실을 은폐시키는 결과를 안겨주게 될 게 아닌가. 나는 이제 그 버린 책을 찾아나설 수밖에 없다. (1998)

한 성추행 피의자의 진정한 독후감을 기대하며

자신의 고교생 딸을 성추행한 10대 피의자를, 양서를 읽고 독후감을 쓰게 하는 등의 조건으로 처벌을 면하게 해주어서 화제가 된 일이 있었다. 고교 2년생인 그 피의자는 엘리베이터 안에서 한 여고생을 흉기로 위협해 현금을 뺏고 가슴을 만진 일로 강제 추행 및 특수강도 혐의로 피검(被檢)돼 있었다. 그런데 피해자 어머니가 피의자가 자신의 가정형편에 맞추어 결손아동돕기 성금을 기탁하고, 〈죄와 벌〉〈노인과 바다〉〈참회록〉 등 열 권의 양서를 읽고 그 독후감을 담당 형사에게 제출하는 조건으로 피의자 가족과 합의하자, 담당 검사가 구속영장을 기각했다는 것이다. 또한 그의 어머니는 피의자 부모에게도 구성애의 성교육 책 두 권을 추천하면서 읽기를 권유했다고 한다.

미성년자들간에 성폭행 사건이 발생했을 때 피해자가 충격에 빠지지 않고 건강한 정신 생활을 영위할 수 있도록 감싸주는 한편으로, 범인에게도 처벌보다는 교화를 통해 자신의 행위를 진정으로 반성하게 이끌어야 한다는 주장을 펼친 사람 중 대표적인 사람은 최근 대단히 실용적인 성교육 강의를 펼치고 있는 구성애다. 위 사건은 그 구성애의 성교육의 영향력이 어느 정도인가를 단적으로 증명하는 사례이기도 하다. 또는 그것과는 상관없이 자기 딸이 성추행당한 것에 통분을 금할 길 없었을 한 어머니가 바로 그렇게, 그 성추행범에게 교화할 기회를 제공하고 나아가 그 부모에게도 바람직한 성교육관을 가지도록 유도한 지혜와 용기는 높이 사야 한다.

내 생각은 여기서부터 색다르게 이어진다. 피의자인 고교생은 과연 열 권이나 되는 양서를 어떤 번역본으로 얼마 동안에 걸쳐 어떻게 읽을 것이며, 그리하여 어떤 독후감을 쓰게 될 것인가. 그는 그 양서 읽기와 독후감 쓰기를 통해 조금씩이나마 진정으로 자신의 행위를 반성하고 참회의 눈물을 흘리게 될 것인가. 그의 독서를 그의 부모는 어떻게 지도할 것이며 그가 제출한 독후감을, 아마도 형사가 된 뒤 단 한 번도 그런 유형의 속죄행위를 접해본 적이 없었을 담당 형사는 어떻게 받아들여 그것을 '진정한 속죄의 독후감'으로 인정하게 될 것인가.

어쩌면 그는 지금쯤, 갑작스럽게 그 많은 양서를 읽으면서도 책 읽기가 주는 즐거움은 전혀 얻지 못하고 어떻게 하면 반성하는 내용으로 독후감을 쓸까? 하는 문제에만 더 시달리고 있을지도 모른다. 만약 그가 터무니없는 싸구려 번역본을 구해 읽고 있다면 그 점은 더 말할 나위도 없다. 그의 부모는 어쩌는 수 없이 그 양서들의 교훈적 의미를 밝혀주는 참고서적들을 얻어다 주면서 그의 재빠른 참회문을 유도하려 하고 있을지도 모른다. 이쯤 되면, 그가 제출한 독후감을 제목만 보고 제출 확인서를 써주는 그 이상의 일을 할 물리적·정신적 시간을 담당 형사가 가지고 있을까 하는 문제까지는 생각할 필요가 없다.

　하지만 믿기로 하자. 우리의 어린 성추행 피의자가 아주 관대하고도 문화적인 반성을 요구받아 좋은 책을 읽게 된 이 일이야말로 우리 문화도 더 성숙할 수 있다는 징표라는 사실을. 그가 그리하여 '이 책을 읽고 반성하지 않으면 안돼!'라는 강제적 환경이 아니더라도, 진정으로 좋은 책을 읽으며 자신을 성찰하면서 훌륭한 독후감을 가질 수 있는 그날이 올 수 있으리라고.　　　　　　(1998)

진정한 결혼문화의 창출은 불가능한가

친척이나 지인 자녀의 결혼식이 많아 올 가을은 퍽 분주했다. 아침부터 은행에 들러 축의금을 준비하고 청첩장을 들고 동으로 서로 뛰어다닌 주말이 이어졌다. 항공편으로 먼 해변 도시까지 갔다 오기도 했다.

결혼식 시간 30분 남짓. 식장 밖에서 떠드는 소리가 진정될 때는 한순간도 없고, 짜여진 순서에 맞추어 입장, 성혼선언, 주례사, 행진, 힘찬 박수와 사진 촬영으로 이어지는 식장 안. 겉치장 때문에 막상 하객들의 좌석 차지가 어렵게 돼 있는 식장구조. 때로는 신랑의 서툰 몸짓 때문에 폭소가 터지기도 하고, 식장측에서 세운 신부들러리의 직업적이고 기계적인 옷차림과 행동에 눈살이 찌푸려지기도 한다. 연습 부족인 사회자의 실수도 곁들여진다. 주례사가 춘향전 식이건 세계화 시대에 걸맞은 부부관으로 피력되건 신랑신부도 하객들도 경청하는 기색이 아니다. 웨딩드레스로 상징되는 서양 결혼식에서 전통 혼례식의 한 과정인 폐백으로 이어지는 동안,

하객들은 뷔페식으로 마련된 식당에서 자리잡기 경쟁을 벌이며 식사에 열중하고 있다. 반가운 인사와 웃음소리, 뛰다시피 하는 종업원들의 부산스런 움직임, 그 속에서 아수라장 아니면 북새판에 와 있는 기분으로 급하게 마시고 먹어야 한다. 나 역시 결혼식을 한 몸이지만, 아무래도 우리의 결혼식은 점점 더 허례(虛禮) 쪽으로 기울어가고 있는 것만 같다.

결혼식과 그 피로연 정도는 신랑신부가 결혼식을 정점으로 그 전후 겪어가는 일련의 절차에 비하면 큰 문제가 아닐 것이다. 결혼을 약속하는 순간부터 이 땅에서 새로운 부부로 탄생하기까지, 혼인날 택일에 예물·예단·혼수 준비에 야외 촬영에 주례 청탁에 청첩장 발송에 예식장과 신혼여행지 예약에 선물 준비에 더 중요하게는 신방 마련에, 어쩌면 당연히 해야 할 일인 그것들에 얼마나 많은 가치관이 혼재되어 있는지. 우리의 결혼식은 동양과 서양이, 토착종교와 기독교가, 남성중심주의와 페미니즘이, 온정주의와 계산성이, 체면과 몰염치가 뒤죽박죽 좌충우돌하고 있는 문화의 현장이다. 감히 말하건대, 한국사회가 어떤 문화, 어떤 가치관의 세계인지를 설명하는 데는 결혼 풍습만한 본보기가 없다.

그렇다면, 보다 더 진정한 결혼식문화의 창출은 불가능한 것인가. 나는 고민 끝에, 며칠 뒤 결혼식을 올리는 한 후배에게 기대를 걸어보기로 했다. 페미니즘도 잘 알고 한국문화의 모순에 대해서도 잘 이해하고 있는 그 여성 평론가는, 결혼식 장소를 미리 알 겸 E-메일로 보낸 내 질문에 곧바로 답을 보내왔다.

한국사회의 결혼제도란 그야말로 복잡하기 이를 데 없는 것입니다. 저는 스물아홉 막바지에 그 제도에 편입되는 과정을 치르고 있습니다. 적절한 친절과 인사성과 예의와 영리한 처신이 따르지 않으면 결혼 생활을 원만하게 유지하기란 참 어려운 것 같습니다. 결혼식 자체를 치르는 문제부터 왜 이렇게 복잡한가요. (……) 남편될 사람과 저는 몇 달 전부터, 결혼식 같은 거 안하고 그냥 살림도구 마련해서 살면 안되나라는 체념 어린 불만을 토로해 보지만, 그간 몇 달 동안 어른들의 권유와 애정 어린 협박(?)과 구슬림에 서서히 넘어가 이제는 거의 '제도'로 안전하게 편입한 듯싶습니다. 그저 우리는 요즘 어른들이, 이거는 이렇게 하는 게 어떠냐 하시면 무조건 네, 하고 대답합니다.   (1998)

의미 있는 송년 모임을 위한 지혜 모으기

또 1년이 마감되고 있다. 주위에서는 벌써부터 송년 모임 일정을 짜느라 바쁘다. 내 책상에도 몇 건의 모임 안내장이 쌓여 있고, 내가 연락을 취해야 할 인명록 또한 몇 종류가 펼쳐져 있다. 둘러봐도, IMF 구제금융 시대라 먹고 마시는 모임이 줄어들겠구나 싶지만, 결코 그런 기색이 아니다. 개인차도 있을 것이고 또 돈 쓰는 수위가 낮아진 것도 사실이지만, 어떻게든 이 어려운 시기의 한 해를 무사히 견뎌낸 기념을 겸한 모임까지 생겨나 있을 정도로 술자리 모임 횟수는 줄지 않고 오히려 더 늘어난 듯한 인상을 준다. 어쨌든 좋다. 한 해 동안 열심히 살았고 그리하여 서로 건배를 외치며 우리의 삶을 확인하고 자축할 수도 있다. 이것도 아주 한국적인 문화라고 볼 수 있으니까.

하지만, 잊어서는 안될 것이 하나 있다. 바로, 우리의 먹고 마시는 문화 속에서 오늘날의 국가 위기 상황이 싹트고 있었다고 믿는 사람이 아주 많다는 사실이다. 너무나 풍족한 술과 고기와 채소,

음담패설과 정치풍자와 가십성 소문 전달로 이어지는 화제, 귀가 멍멍해지고 목이 터지는 노래자랑, 인사불성을 자랑삼는 술버릇……. 그 '홍청망청'의 한국적 문화 속에 진정으로 '문화적인' 내용이 없었음을 지적하는 소리를 우리는 지난 1년 동안 무수히 들어오지 않았나. 우리 삶의 질을 향상시키기는커녕 도리어 우리의 정신과 육체를 병들게 하고 멍들게 하는 데 더 익숙한 것이 우리의 연회문화였으며, 이는 당연히 한 나라의 기반을 흔들어놓는 데도 일조하고 있었던 것이다.

사정이 이렇다면, 올해의 송년 모임부터만이라도 조금이나마 '문화적인 내용'을 얹어가야 할 텐데, 말이 그렇지 쉬운 게 아닐 것이다. 한 개인의 취미도 쉽게 바뀌지 않는데, 어떻게 한 집단의 습관과 관행이 하루아침에 바뀔 수가 있겠는가. 가령, 주로 술을 곁들여 담소를 즐기는 집단에서, 이번 송년회 때는 술 없이 만나자는 주장이 통할 리 있을까. 게다가 대개의 한국인들은 그런 유의 변화를 아주 싫어해서 "좀 색다른 거 없을까" 모색하는 우리의 의미 있는 친구를 향해 "야, 술 마실 시간도 없는데 뭘 그래?" 하고 핀잔을 주기 일쑤다. 결국 우리의 송년회는 '홍청망청', IMF 상황이든 아니든, 늘 그런 식으로 벌어지게 되어 있는 셈이다.

이럴 때는 그 집단의 우두머리 격인 사람의 지혜가 중요하다. 내가 속한 한 집단에서는 이번 송년회를 어느 미술전람회를 감상한 뒤의 장소와 시간으로 잡았다. 지난 주에는 연극공연 관람을 종강 행사로 정해 학생들과 함께 '심오한' 연극 한 편을 보게 되는 모처럼 만의 경험을 했다. 물론 관람 후에 늦게까지 술도 마셨다. 그러나 술을 마시면서 우리는 연극에 대해 많은 애기를 나눌 수 있었다. 대단한 변화는 아니었지만, 그냥 학교를 빠져나와 식당과 주점과 노래방을 순회한 일보다는 명백히 문화적인 일이었다.

주변을 돌아보라. 가까운 데서 열리는 연주회는 어떨까. 또는 근교의 유적지를 산책하는 일은 어떤가. 더 손쉽게는 집단이 함께 볼 만한 영화 한 편을 감상하고는 술 한잔 나누면서 토론을 곁들이는 건 어떨까. 회사 동료끼리, 동창끼리, 교수와 학생이 공연장과 박물관과 유적지와 전람회와 연주회를 둘러보고 있는 광경이 이번 연말에는 참 자주 목도되었으면 좋겠다는 생각을 해본다. 그 광경 앞에서라면, 질 높은 우리의 미래를 예감할 수 있을 것 같다.

(1998)

내가 문학상 시상식 사회를 맡을 수 없는 이유

어쩌다가 문학상 시상식의 사회를 봐달라는 전화가 걸려온다. "내가 문학상을 수상해도 시원찮을 판에 후배들 상 받는 데 사회나 보고 있어야겠소?"라는 우스갯소리로 거절하고 말지만, 실제로 언짢은 느낌이 드는 이유는 딴 데 있다.

1998년에도 많은 문학상이 시행되었다. 작고한 저명 소설가를 기리는 문학상도 새로 제정돼 그 첫 수상자가 나오기도 했다. 저명인 문학상을 장르별로 여러 개 동시 운영해서 주최자의 명성을 널리 떨치는 화려한 문학상 시상식도 몇 있었다. 내년에 시상식을 가질 문학상이 갑자기 앞당겨 연말에 수상자를 결정해서 의아심을 자아내게 한 문학상도 있다. IMF 이후, 상금 많기로 알려진 몇 개의 신인공모상이 당선작 없음이라는 결론에 이른 걸 제외하면 이상하게도 새로운 문학상은 자꾸 생겨나고 있고 상금액도 전반적으로 인상되고 있는 추세다. 이럴 때는, 문학상이야 많을수록 좋고 시상금 역시 많을수록 좋다라고 생각해 버리는 게 현명할지도 모른다. 더구나 심각한 경제난 속에서 문학에 대한 우리 국민의 관심이 이만큼이니 나라의 장래를 낙관해도 좋겠구나 하고 여기는 사람도 많은 듯하다.

우수한 문학작품과 그 작가를 치하하면서 문학적 전통을 세워나가는 한편으로 그 사실을 일반에게 널리 알리는 것이 문학상을 제정하는 이유일 것인데, 과연 그 본연의 목적에 부합하는 문학상이 얼마나 될까에 초점을 맞춰보면, 우리나라 문학상문화의 허상은 아주 쉽게 드러난다. 문학상의 상업주의화를 질타하는 목소리가 날로 높아가는 중에도 이 허상은 날로 그 실체적인 영향력을 발휘하려 든다. 대중의 호응이 높은 문학상일수록 권위와 공정을 내세워 '아주 높은 문학성'을 중시하고 있는 것처럼 교묘하게 위장한다. 실제 수상작 중에는 과연 합당하다고 볼 수 있는 작품도 없지 않고, 또 경합을 한 다른 후보작들이 함께 수상작품집 속에 포함되면서 한 권의 그럴듯한 '문학상 수상작품집'이 엮어지기도 한다.

이미 문학상의 변별성도 사라졌다. 이 시대 이 문학상 저 문학상 수상작과 작가가 같다. 아주 서정적인 작가가 현실참여 정신을 높이 기려온 문학상과 간단히 악수한다. 그러는 사이, 그 못지않게 중요하고 그 이상으로 높은 문학성이 대중들의 관심 밖이라는 확실치 않은 이유로 날로 소외되고 있다. 그러는 사이, 독자대중들은 문학상 수상작이라는 상징 앞에서 자발적 독서를 억압받게 되고 나아가 더 꼼꼼하게 더 심도 깊게 읽어주어야 할 다른 많은 작품들을 만날 정신적 여유를 잊고도 그것을 인식하지 못하게 된다.

문학상은 거품일 뿐이고 좋은 작품은 언제고 재평가받을 수 있다고 여유를 부리는 사람도 있을 줄 안다. 그것은 단순논리다. 수

상집 판매에 더 열을 올리는 문학상이 날로 그 문화적 위세를 떨치게 되면 누가 그것에 영향을 받지 않을까. 잘 팔리는 것이 위대한 것이라는 대명제는 인간의 자본주의적 욕망 속에서 굳어진 것이다. 그것도 '대중성'이 아니라, 비대중적이라고 알려진 '문학성'으로 포장된 것이 잘 팔리기까지 했으니, 그것의 상징성은 그만큼 커지는 것이고, 독자 대중은 물론이요, 문학 전문가들도 그것에 영향을 받게 되어 있다.

이쯤 되면, 문학상 시상식의 사회를 맡아달라는 요청에 내가 기분이 언짢아지는 이유는 명백하지 않은가.   (1998)

다시 생각하는 신춘문예

　올해 신년 초도, 각 일간지에 신춘문예 당선작들이 일제히 게재되었다. 한국 문학을 짊어지고 나갈 역량 있는 신인을 뽑는다는 취지가 실현되기보다는 문학에 대한 무익한 환상을 낳기 십상인 제도가 신춘문예 아닌가라는 비판이 언젠가부터 꼬리를 감춰버리고, 이젠 신춘문예 없는 정초 신문은 생각할 수도 없게 되었다. 몇 년 전부터 각 신문사마다 투고작이 날로 증가했고 올해 어떤 신문은 그 증가폭이 예상을 훨씬 넘어섰다는 후문이니, 아마도 다음 세기 동안에도 한국 신문은 신춘문예라는 독특한 제도의 전통을 고수해갈 것임에 틀림없다. 따라서 우리 문학도 앞으로도 오랜 세월 동안 좋든 싫든 신춘문예가 가져다주는 문화적 영향을 받아야 할 것이다.

　사정이 이렇다면, 신춘문예가 한국 문학이나 한국 문화 전반에 보다 더 건전한 영향력을 행사할 수 있게 하는 방법이 강구되는 게 마땅하겠다. 당장 모집 장르만 문제삼아보자. 각 신문사가 시·단편소설을 중심에 두고, 문학평론·희곡·동화·동시 등이나, 그외에 시조·중편소설·시나리오 등에서 채택해서 모집하고 있는데, 이것이 사실은 후발 신문사들이 창사 당시 손쉽게 기성 신문사들의 권위를 흉내낸 데서 생긴 결과라는 걸 알 필요가 있다. 즉, 한국 문학이 필요로 해서 모집 장르를 결정한 것이 아니라 신문사의 손쉬운 권위 획득 전략의 차원에서 얻어진 결과라는 얘기다.

가령, 신춘문예 같은 주목받는 제도를 통해 등장하는 신인을 한국 문학에서 가장 간절하게 기다리는 아동문학 장르에 대해 배려함이 좀더 분명하고 충분해야 마땅한데도 우리 일간지들은 그렇지 못한 편이다. 또한, 학교에서는 중요한 장르라고 가르치고 있음에도 한국 문학의 현장에서는 아주 변두리적인 장르로 취급되고 있는 수필에 대해서는 아예 관심을 꺼버리고 있는데(수필 장르를 모집하던 한 신문사는 올해 예산 삭감을 이유로 폐지했다), 원고 장수를 늘리든지 해서 격조 높은 형식의 에세이를 투고하게 할 수도 있는 일이다. 반면, 언젠가부터 국문과 대학원생들의 '교수 예비 자격증'으로 인식되기 시작한 문학평론 분야를 거의 전 신문에서 모집하고 있는 현실도 이해하기 어렵다(대학교수인 심사위원들이 자기 제자의 평론을 당선작으로 뽑는 결과도 자주 목도되고 있다).

따라서 각 일간지 신춘문예는 진정으로 육성해야 할 문학 장르가 어떤 것인가를 고심하면서 모집 장르를 재조정할 필요가 있다. 전 장르를 모두 취급하는 경우라 하더라도 인기 있는 특정 장르만 부각시키기보다 한국 문학이 참으로 필요로 하는 장르나 신문사의 특성을 고려한 장르 쪽이 더 잘 부각되도록 배려해야 마땅하다. 예를 들어 '아동문학'만 모집하는 신춘문예 같은 것도 있어야 하고, '대중문화비평'을 겸하는 에세이를 중점적으로 모집하는 신춘문예도 있어야 한다.

　한편, 글의 기본이 맞춤법, 띄어쓰기 원칙을 지키는 것에 있는데 기껏 좋은 작품이라고 뽑아놓고는 신문 편집과 교열에서 이를 무시하는 사례가 갈수록 늘어나고 있다. 이는 공들여 신춘문예를 시행하여 문학을 숭상하는 듯하면서도 글쓰기 원칙을 위배해서 다시 문학에 손해를 끼치고 있는 셈이다. 과연 무엇을 위한 신춘문예인가를 다시금 생각해야 할 때다. 　　　　　　　　　　　　　(1999)

칭찬의 논리와 비논리

자기자신이 그리 넉넉하지 않으면서도 사회 곳곳에서 스스로의 힘으로 남을 도와주고 있는 사람을 찾아가 칭찬하는 릴레이를 펼치고 있는 「칭찬합시다」라는 방송 프로그램이 화제다. 수십 년 동안 가난한 사람들에게 무료 진료를 하고 있는 의사, 독거노인이나 고아들을 데려다 돌보고 있는 주부, 수백 명씩이나 되는 무의탁자들에게 하루도 어김없이 점심식사를 대접하는 처녀, 박봉을 털어 주민들에게 수백의 문패를 달아준 집배원 등등, 자기를 희생하면서 남의 생명을 구하고 지키는 사람들이 소개될 때마다 '우리나라는 정말 희망이 있는 나라이며, 우리 인류는 영원히 존재할 가치가 있다'고 느끼곤 한다.

그 방송사에서는 새해의 캠페인을 '칭찬합시다'로 내걸고, 그 프로그램을 소위 황금시간대로 옮겨서 주 1회에서 주 2회로 확장 방영하기 시작했다. 그것은 말할 것도 없이, 남의 가치를 믿지 않고 남을 헐뜯는 일을 당연시하며 살아가고 있는 우리 국민들의 태도를 차제에 그 '칭찬' 바람을 이용해 조금이라도 바꿔보려는 의도일 것이다. 남이 잘하는 일을 찾아내고 그것을 칭찬하고 격려해 주는 사회 분위기를 가꾸어가는 일에 나도 기꺼이 동참하고 싶다.

그러나 칭찬이 흔하다 해서 그 사회가 남의 가치를 진정으로 존중하는 한결 수준 높은 사회가 되는 것은 아니라는 점을 알아둘 필요가 있다. 모든 흔한 것은 질이 떨어질 우려가 큰 법이라는 단순한 격언을 떠올리는 것이 이때 유효하다. 우리 사회가 서로를 인정하지 않고 서로를 믿지 못하게 된 데는 칭찬이 인색해서인 까닭도 있지만 반면에 칭찬을 너무 쉽게 해서인 까닭도 있다. 객관적인 평가자료를 도외시하고 즉흥적인 직관이나 호기로 남을 칭찬해 주는 분위기가 우리에게 또한 만연해 있는 것이다. 가령, "이 친구 확실한 사람이야!" 하고 기분 좋게 술을 먹여서 그 다음날 숙취 때문에 결근을 하게 하는 맹목적 칭찬이 판치는 한, 칭찬 많은 그 사회는 여전한 불신과 비논리적인 인간관계가 팽배하게 된다. 회장의 획기적인 사업 구상에 "역시 훌륭한 계획입니다!"로 뒤를 받친 어느 대기업의 '칭찬' 풍토가 이 나라를 얼마나 큰 위기로 몰아넣었는가.

칭찬 못지않게 비판 또한 절대적인 순기능을 하게 되는 것이 바람직한 비평문화인데, 비판하지 못하는 사회에 발전이 있을 수 없다. 비판 없는 장르는 퇴보한다. 흔히 주례사 비평이라 비난하는 화랑가의 미술비평들을 다시 들추어낼 필요도 없다. 최근 신문의 출판광고를 보면 우리나라의 대책 없는 칭찬문화가 우리의 정신문화를 어디로 이끌고 갈까 의심하게 될 수밖에 없다. 바로, 인기 문필가들의 신간 서로 칭찬해 주기가 좋은 예다. 베스트셀러 작가 김씨의 신간을 위해 역시 베스트셀러 작가인 하씨가 '한 말씀 써주시고', 반대로 하씨의 신간을 위해 김씨가 '한 말씀 써주시고' 있는

출판광고가 자꾸 늘어나고 있는 이유가 스타급 저자의 인기를 이용
해 책을 한 권이라도 더 팔아보려는 출판사의 몸부림에 부응할 수
밖에 없는 출판 현실 때문이리라. 그러나 그 스타급 저자들의 칭찬
마저도 무덤덤하게 들릴 날은 머지않았다. 너나없이 대책 없는 칭
찬에 나서놓고는 그 뒤에 올 불신의 공허감은 어떻게 채우려 하는
지 알 길 없다.   (1999)

지금의 고통이 진정 의미 있을 수 있는 이유

> 나의 생애는 내키는 대로의 기분, 충동, 고독에 대한 갈망,
> 그리고 미래에 대한 가장 간절한 욕망 속에서의 현재의 모든
> 사물에 대한 냉소 — 대강 이러한 것들이었다.
>
> —E.A. 포

서울 도심에 있는 산에, 버려진 고양이와 개 들이 살면서 생태계
를 파괴하고 있어서 서울시가 때아닌 고양이, 개 사냥에 나서게 되
었다는 신문기사를 읽자마자 나는 또 한 편의 소설을 구상하게 되
었다. 자랄 때 집에서 고양이와 개를 많이 키운 경험에다, 최근 아
파트 주변에서 야생으로 돌아다니는 고양이들과 맞부닥친 몇 건의
일을 떠올렸고, 고양이를 소재로 한 문학작품들의 이름을 차례로
떠올렸다. 에드거 앨런 포의 단편 「검은 고양이」가 떠오르는 건 당
연했고, 릴케의 시 「검은 고양이」, 이장희의 시 「봄은 고양이로다」
와 우리 시대의 대표적인 여성 시인 황인숙의 등단시 「나는 고양

이로 태어나리라」 등등이 기억의 줄을 잇기 시작했다. 〈고양이는 정말 별나, 특히 루퍼스는……〉(도리스 레싱)이라는 소설책이 최근 번역돼 나왔다는 단신을 접하고 서점을 뒤져 문제의 책을 사 읽기도 했다. 그걸 사는 김에, 읽은 지 너무 오래돼, 처음 읽었을 때 분명 공포감에 소름이 끼쳤을 법했음에도 그리 기억이 생생하지 않은 포의 「검은 고양이」가 실린 허름하고 값싼 포 단편 번역집을 함께 샀다.

라캉이 포의 소설 「도둑맞은 편지」에 대해 아주 이질적인 해체 독법으로 읽은 평문을 발표하지 않았더라면 아마도 우리나라 식자들은 포를, 「검은 고양이」를 정점에 두는, 공포소설과 탐정소설을 아우르는 개성적인 단편작가이며 탐미적인 환상에 빛나는 연시 「애너벨 리」를 쓰기도 한 기이한 (물론 세계적인) 문필가로만 기억했을 것이란 생각을 나는 「검은 고양이」를 다시 읽으며 했다. 조악한 번역문을 통해 봐도 「검은 고양이」는 아주 신선한 단편이었다. 그런데 내 관심은 조금씩 엉뚱한 쪽으로 확장되어 가고 있었다. 문제는 「검은 고양이」의 주인공 고양이가 아니라 그런 걸 만들어놓은 포의 어조에 있는 것처럼 여겨졌다. 「도둑맞은 편지」에도, 「황금충」에도, 「검은 고양이」에도 포는, 결코 다 지워내지 못하는 개인적인 우울과 절망 따위를 채색시켜 둔 것 같았다. 이를테면, '죽인 아내의 시신을 벽에다 넣고 도배를 해버린 인물(나)'이 포의 내면적 초상과 닮았으리라는 느낌이 자꾸 들었다는 얘기다.

포의 비극적인 이력이야 소문난 바 있지만, 뭔가 더 있을 것만 같아 이것저것 자꾸 뒤지다가 이번에는 「애너벨 리」를 읽게 되었다. 천사들로부터 시기를 당해 죽음으로 몰린 내 사랑 애너벨 리를 영원히 떠나보낼 수 없다는 얘기가 애너벨 리, 애너벨 리 하는, 반복되는 파도소리 같은 음악적 음성에 실려 더욱 간절해지고 더욱 절망스럽게(어떨 땐 괴기스럽게까지) 들려오는 이 비극적인 사랑의 시를 나는 고스란히 암송해 버리고 싶었다. 게다가 나는 문학을 공부하는 사람들에게 아주 재미있게 문학을 설명하고자 연시풍으로 된 좋은 시들을 거듭해서 읽고 모으고 외고 있는 중이었다.

> 달도 내가 아름다운 애너벨 리의 꿈을 꾸지 않으면 비치지 않네.
> 별도 내가 아름다운 애너벨 리의 빛나는 눈을 보지 않으면 떠오르지 않네.
> 그래서 나는 밤이 지새도록
> 나의 사랑, 나의 사랑, 나의 생명, 나의 신부 곁에 누워만 있네.
> 바닷가 그곳 그녀의 무덤에서—
> 파도소리 들리는 바닷가 그녀의 무덤에서.
> — 마지막 연

　삶과 죽음의 경계를 뛰어넘고 있는 이러한 사랑의 노래를 처음 부르던 그해(1849)에 포는 숨을 거둔다. 이토록 탐미적이고 환상적인 시는, 냉철한 이성으로 써 내려가야 했을 '그로테스크하고 아라베스크한'(원래 포가 생전에 낸 단편소설집이 두 권인데 그 제목이 〈그로테스크하고 아라베스크한 이야기〉와 〈이야기〉이다) 소설들과 아주 다르게 느껴질 수도 있지만, 내게는 똑같은 미의식의 결과로 느껴졌다. 더이상 이 지상에서 머물 곳 없는 자의 영혼의 유회 같은 것이 그의 소설이었다면, 그의 시는 그 상실의 절망감에서 격정적으로 부르짖은 목소리가 아닐까.
　이 점에서는 「애너벨 리」를 표제로 앞세운 포의 시집(정규웅 옮

김, 민음사)의 역자 해설을 읽어보는 것이 아주 유효했다. 해설 끝에다, 포가 말년에 친구에게 보낸 편지의 한 토막을 이렇게 인용해두고 있었던 것이다. "나의 생애는 내키는 대로의 기분, 충동, 고독에 대한 갈망, 그리고 미래에 대한 가장 간절한 욕망 속에서의 현재의 모든 사물에 대한 냉소 — 대강 이러한 것들이었다."

나는 왜 이 편지 토막에서 눈을 번쩍 떴던가. 이는 내가 시인의 자리에서 소설가의 자리로 옮겨 앉게 된 사정과 무관하지 않다. 또는 내가, 포를 시인으로서보다 소설가로서 더욱 기억하고 싶은 이유와도 관련이 있다. "내키는 대로의 기분, 충동, 고독에 대한 갈망⋯⋯." 사실 이런 것들이란 말이 그렇지 그런 식으로 세상을 살았다고 말하기란 쉬운 일이 아니다. 그건 어떤 감정의 가장 격정적인 상태를 의미하기 때문이다. 자신의 감정을 그렇게만 몰아가면서 산다는 게 어디 이 세상에서 받아주기나 할 만한 일인가. 이 세상이 받아주든 안 받아주든 그렇게 행할 수 있는 자리에 시가 있지 않은가. 그랬을 때 포는 시인이었다. 그렇다면, 우리들 이 땅의 시인들은 과연, 진정으로 자기 내키는 대로, 그 격정대로, 한 번 끝까지 살아보는 척한 적이라도 있는가. 따라서 나는 시인이 아니었다.

포 역시 시인의 자리에만 있지 않았다. 그는 이렇게 말하고 있다. "나의 생애는 (⋯⋯) 미래에 대한 가장 간절한 욕망 속에서의 현재의 모든 사물에 대한 냉소"라고. 아마도 그가 시인이기만 했다면 "미래에 대한 가장 간절한 욕망 속에서의"라는 단서를 달지 않고 그냥 "나의 생애는 (⋯⋯) 현재의 모든 사물에 대한 냉소"라고만 말했을 것이다. 그는 그 단서를 달 줄 알았고, 그래서 훌륭한 소설가였다. 즉, 소설가는 시인에 비하면 월등히 미래에 대해 타산적이어야 하는 법이다. 시인은 지금이 있고 그리고 끝이 있을 뿐인 존재, 그래서 미래야 어찌 되었든 극단으로 치닫는 존재, 삶을 돌아보지 않고 죽음과 교통해 버리는 존재. 그에 반해 소설가는 뒷일을 생각하면서 오늘을 앓는 존재, 죽음에 대한 공포와 기대 때문에 현재의 비극의 잘잘못을 따지는 존재, 오늘의 고통을 미래의 삶을 위한 이유 있는 고통으로 밝혀주는 존재.

절망의 극단으로 치닫지 못할, 시인이 아닌 이 땅의 모든 사람들은 지금 우리 앞에 놓인 절망의 시간을 이제 정말 하나하나 생각하고 고치고 다듬지 않으면 안된다. 우리의 현재를 진정 냉철하게 비판해야 한다. 그 비판의 화살을 자신에게로 고스란히 돌릴 수 있어야 한다. 그렇지 않고서야 그들이 꿈꾸는 미래는 언제나 장밋빛 환상에 불과하다. 미래에 대한 가장 간절한 욕망을 성취하기 위해, 마치 예리한 논리로 빛나는 추리작가가 일순간도 시선을 딴 데로 돌리지 못하게 하는 소설을 쓰듯이, 우리의 지금을 부정하고 또 부정하라. 지금의 고통이 진정 의미 있는 것일 수 있는 이유가 바로 여기에 있다.   (1998)

거북이가 있는 사랑 이야기

중단편 모음집으로는 두 번째가 되는 〈함께 있어도 외로운 사람들〉(웅진출판, 1998)을 내면서, 나는 작가 후기에 이렇게 썼다.

미안하다. 나는 지금 막 늙은 목소리로 익살떠는 구애 편지를, 또 너에게 보내고 말았다.

독자들이란 작가의 입장에서 보면 언제나 사랑의 대상일 수밖에 없다. 그러니 작가가 쓴 모든 소설은 독자들을 향하는 구애의 편지와 같다. 소설 그 자체로 이미 '사랑의 이야기'인 것이다. 다만, 그 사랑의 이야기는 애절하고 눈물겨운 것이라기보다는 어딘지 모르게 엄격한 학교 선생님 이미지가 배어 있는 그런 이야기여서 독자들은 그게 진짜 사랑 이야긴지 어떤지 모르는 경우가 많다.

그리하여 작가는 보다 분명한 사랑의 이야기로 독자들의 심금을 울리려고 기회를 엿보게 된다.

'그래, 내가 이번에는 멋진 연애소설 한 편 써볼 거야'라며 컴퓨터 모니터 앞에서 다짐하는 작가들은 무수히 많다. 나도 그런 꿈을 꾸고 있는 작가 중 한 사람이다. 말을 바꾸면, 아직 멋진 연애소설을 쓰지 못한 작가라는 얘기다. 하지만, 사랑에 관한, 연관한 이야기가 내 소설에 아주 없었던 건 아니다. 장편소설 〈시인들이 살았던 집〉(현대문학사, 1997)에는 테러 대상으로 삼은 미모의 여기자를 사랑하게 된 테러리스트가 등장하기도 한다. 그 테러리스트는 자신이 죽여야 할 여인의 몸에서 나는 향내를 맡으며 전율한다. 그러다가 갑작스런 계획 취소를 통보받고 살인을 중단할 수 있게 되자 여자의 얼굴에 자신의 얼굴을 갖다 대고 비비면서, 거칠게 거칠게 눈물을 쏟아낸다.

연애라고 보기에는 다분히 불륜스러운 사랑 이야기가 많은 편인 책이 내 첫 소설집 〈날아라 거북이!〉(민음사, 1996)이다. 특히 「날아라 도적떼!」에서 출판사 경리사원 김미라는 기획부장인 김석규를 사랑해서 진심으로 몸과 마음을 바치는데 김석규는 그것을 일시적으로 이용할 뿐이다. 그걸 늦게 알아차린 김미라는 출판사의 경리 자료를 뒤죽박죽으로 만들어놓음으로써 김석규를 비롯해서 자신을 값싼 도구로 생각하는 출판사 사장에게까지도 통렬하게 보복한다.

내 특유의 풍자성을 밀어내고 은근 슬쩍, 전혀 신분이 다른 한 남자와 한 여자가 서로의 영혼을 교감하는 사랑 이야기를 담았던 소설도 있다. 단편 「날아라 거북이!」의 다음 한 대목을 보자.

언제부턴가 여자는 목이 멘 소리였다. 눈물을 흘리는 건지, 저절로 내 목덜미 쪽에 묻히는 그녀 얼굴에서 물빛이 느껴졌다. 나는 힘주어 그녀를 끌어안았고, 천천히 내 몸 위로 올라

온 그녀 몸이 오래오래, 미동도 없이 내게 포개져 있었다. 거북이 등을 쓰다듬듯이, 나 역시 오래오래 그녀의, 브래지어 끈과 엷은 삼각팬티 사이의 가늘고 여린 등짝을 쓰다듬었고, 나 자신도 모르게 한 손의 감촉으로 그녀의 가짜 문신 아래 희미하게 남아 있을 거북이 문신을 느끼려 애쓰고 있었다.

혹시 이 대목을 보고 어떤 도덕적인 독자들은 '이런 외설적인 장면을 인용해서 도대체 어쩌자는 건가?' 하고 불만을 터뜨릴지도 모르겠다. 실제로 두 사람의 관계는 다분히 외설적이라고 해도 좋을 룸살롱 여급과 손님의 관계이다. 남자는 취재차 내려간 지방 도시에서 고급 향응을 받고 있는 신분, 여자는 화대를 받고 향응에 나선 신분, 그 두 사람이 육체적인 향연과 더불어 마침내 정신적인 사랑까지 하게 된다면 이건 그야말로 멋진 연애소설 아닐까. 적어도 통속소설에서 볼 수 있는 드라마틱한 연애소설 구도임에는 틀림이 없다.

하지만, 안심해도 좋다. 이 대목으로 끝일 뿐, 두 남녀의 육체적인 장면은 더이상 발전되지 않는다. 아니, 두 남녀의 육체적인 사랑은 이 소설에서 전혀 중요하게 취급되고 있지 않다. 작가인 내게 중요했던 것은, 거북이처럼, 자본주의의 세속적 변화에 적응하지 못하고 떠도는 영혼들이 마침내 서로의 진실을 알아차리는 데 있었던 것이다. 그래서 여자는 울고, 남자는 그녀의 알몸을 더듬으면서도, 서로 몸을 맞댄 그 이상의 육체적 행동은 필요 없었다.

상대의 육체에 대한 갈망이 없는 사랑은 사실 현실에서 쉽게 발견될 수 없는 일에 속한다. 마찬가지로 현실에서 잘 발견 안되는 사랑 이야기를 소설로 담았다가는 참으로 비현실적인 소설이라는 낙인이 찍히기 안성맞춤이다. 그럼에도 불구하고 내가 쓰는 사랑

이야기는 현실을 뚫고 육체를 넘어서 간다.

「날아라 거북이!」에서 주인공 남자는 어릴 때부터 거북이처럼 느리다고 무수한 핀잔을 들으며 자라온 처지다. 어른이 되어 기자로 취직을 했지만, 변화무쌍한 세태에 적응을 하지 못해 허우적거리는 느림보 기자로 낙인 찍혔다. 간신히 장가를 들고 나니 이제는 아내로부터 영악하게 세상을 살지 못한다는 이유로 내몰리고 있다. 무엇보다, 그 스스로 '느린 것 속에 진리가 있다'고 감히 확신하고 있지도 못한 사람.

그가 그나마 나름대로 발빠르게 기획한 기사를 쓰기 위해 해안 도시에 왔을 때 만나게 된 룸살롱 여급은 어떤가. 돈을 위해 몸을 팔고 지내는 처지이면서도 이 여급은 전혀 절박한 기색이 없다. 손님으로 모셔야 할 남자에게 어서 몸을 주어 이미 받았을 화대에 값해야 할 터인데도, 그럴 태도가 아니다. 게다가, 그저 자연스럽게 손님에게 어릴 적 얘기를 들려줄 정도다. 어릴 때 자신을 학대한 의붓아버지가 자신의 어깨에 새겨준 거북이 문신을 그대로 간직한 채 그 아버지를 아직 그리워하고 있다.

그날 밤 두 사람 사이에 육체적인 관계가 있었는지 없었는지 그건 중요한 일로 취급되지 않는다. 그렇다면 그들의 사랑은 어떤가? 이튿날 두 사람은 전혀 엉뚱한 곳에서 만난다. 취재 대상이던 거북이 방생 집회를 보고 난 남자는 놀랍게도 방생된 그 거북이 쌍을 다시 잡아들이는 일당들을 취재하는 옛 동료 기자를 만나게 된다. 거북이라는 느림보를 취재하면서도 더욱 빛나는 속도전을 감행해야 했던 것임을 그는 몰랐던 것이다.

그때 그의 눈앞에 더 놀라운 일이 벌어진다. 거북이를 바다로 돌려보내려는 취재진의 노력이 거북이 쌍의 조용한 거부로 수포로 돌아간다. 이때 나타난 여자가 수거북이의 등을 토닥거리며 무슨

말인가를 속삭인다. 그러자 거북이는 마침내 조금씩 조금씩 바다
로 몸을 밀어가기 시작한다. 그 여자도 울고, 남자도 운다. 두 사람
은 함께 거북이의 영생을 확인하면서, 이렇게 사랑을 완성하고 있
었던 것이며, 그래서 내가 쓴 이 사랑 이야기는 '거북이 방생'이라
는 낯설고 이색적이며 우회적인 이야기인 것이다.   (1998)

* '거북이'의 정식표기는 '거북'이다. '거북이'는 우화적인 표현으로 쓸 수 있는
  말이다.

참사랑을 노래하라
— 톨스토이의 교육소설을 보며

　나는 세계적인 대문호라거나 불후의 명작이라거나 하는 것에 유달리 관심이 있는 편이 아니다. 〈전쟁과 평화〉〈부활〉 등의 명작을 남긴 톨스토이 또한 다른 많은 뛰어난 문학가들처럼 엇비슷한 무게로 내 성장기를 거쳐갔다.

　물론 세계 명작들 중 어떤 작품들은 다른 어떤 것들보다 더욱 인상 깊게 각인된 것도 있고, 내 인생, 특히 문학적 인생에 큰 영향을 준 것도 있다. 하지만 한 인간이 무수한 세계 명작의 상당수를 읽고 모두 감동을 받을 수 있겠는가. 문학을 좋아하는 사람들마다의 개인적 편차도 있겠지만, 유명한 것의 대개가 그렇듯이 "이건 정말 뛰어난 작품입니다"라는 오래 공인된 평가나 풍문에 의한 것 이상으로 진정으로 그 개인의 내면을 움직이는 경우가 되는 것은 아마도 소수일 것이다. 나도 그런 개인 중 한 사람이다. 나는 한국 밖의 존재에 유난히 둔감해서 많은 세계 명작들 중 일부만을 대부분 조악한 번역본을 통해 읽었으며, 게다가 그중에서도 몇몇 작품만을 뚜렷하게 기억하고 있는 편이다. 즉, 내게 톨스토이는 알려진 세계 명작, 그 이상의 존재는 아니었다고 볼 수 있다.

그런데 이미 성장기를 지나도 한참을 지난 내게 톨스토이가 또 다가왔다. 이번에는 그를 대표하는 흔한 세계 명작이 아니었다. 조금 '덜' 세계적이라 볼 수 있는 「사람은 무엇으로 사는가」나 「바보 이반」 등의 러시아 민화에 거점을 둔 것으로 보이는, 비교적 소품에 가까운 작품들이었다. 이것들은, 톨스토이의 이력에 따라 짐작해 보면, 1881년 「사람은 무엇으로 사는가」의 발표 무렵부터 만년에 이르는 동안의 것으로 보인다. 그중에서도 내가 최근 6개월 동안 접한 톨스토이의 작품들은 대개 기독교의 가르침을 표면에 드러내는 것들이었다. 예를 들어, "음욕의 눈으로 여자를 바라보는 사람은 누구든지 이미 마음속으로 그 여자와 간음한 것이다"라는 마태복음의 경구를 앞세운 소설 「악마」는 말할 것도 없고, 남을 위해 사는 삶은 진정 어떠해야 하는가를 질문하는 「젊은 황제」, 선과 악의 가름을 문제삼으면서 선으로서의 삶의 자세가 어떤 것이라야 하는지 일러주는 「악은 유혹하지만 선은 참고 견딘다」「세 죽음」 「죄인은 없다」「무도회가 끝난 뒤」 등에서 기독교 사상을 드러내는 톨스토이의 내면을 잘 읽을 수 있다.

이 작품들이 내게 남다르게 여겨진 이유는 크게 두 가지다. 하나는 '문학은 가르치기 위해 존재하는 것'이라는 나의 신념과 관련이 있고, 다른 하나는 문학의 주제라 볼 수 있는 그 가르침의 내용 때문이다.

나는 문학 특히 소설은 재미있어야 하고 그러기 위해서 서사성, 드라마적 구성, 문체의 탄력성 등을 적절히 활용해야 한다고 믿고 있는 사람이다. 그런데 그때의 '재미'란 독자들이 그 작품을 손에서 놓지 못하게 만드는 외적 요소란 점을 잊은 적은 한 번도 없다.

당의성 같은 사탕발림이요 선의의 거짓말이 곧 그것이다. 나는 우리나라 소설, 특히 아주 거창한 사회적 진실을 문제삼는 소설이 바로 이 점을 받아들이지 못하고 있다는 점을 아주 안타까워해서, 내가 쓰는 소설에는 재미를 위한 기법이 자주 동원된다. 때로는 조금 과장돼 보일 정도로 통속적인 드라마 구조를 활용하기까지 한다. 이번의 톨스토이에게도 이런 면이 없는 게 아니다. 가령, 「젊은 황제」는 우화성, 혹은 알레고리로 하나의 가상 드라마를 만들어놓은 경우다. 또는 「악은 유혹하지만 선은 참고 견딘다」는 코믹한 엽편 소설이다.

그러나 나는, 소설을 재미있게 읽히게 하는 많은 요소들 때문에 속에 든 알맹이가 왜곡돼 보이는 것을 오래 인내하지 못한다. 바로, '가르쳐야 한다'는 강박관념 때문이다. 나는 우리 사회에 너무 복잡한 가치관이 혼재되어 있어서, 자신도 아끼고 남도 아끼는 방법도 정신도 잃어가고 있다는 생각을 하고 있다. 이걸 개선할 수 있도록 가르치고 또 가르치는 것, 그게 내 문학적 신념이다. 내 소설이 때로 웃기고 때로 자극적이고 때로 피비린내가 진동하지만, 어딘지 복잡하고 무겁고 어렵다는 느낌을 갖는 독자가 있다면, 작품을 통해 가르쳐보겠다는 내 신념이 남다르게 내재되어 있는 때문인 것으로 이해하면 되겠다. 내 판단으로는 톨스토이 또한 더 말할 것도 없이 '문학은 학교다'라고 믿고 있는 사람이다. 그는 실제로 야스나야 폴랴나에서 농장 경영을 하면서 학교를 세워 농민의 자녀를 모으기도 했고, 교육잡지 《야스나야 폴랴나》를 발간하기도 하지 않았나. 이때 주로 성경을 바탕에 둔 많은 교육소설을 썼던 것으로 알려져 있으며, 내가 최근에 읽은 것 중에는 이때의 것으로 보이는 작품들이 많다.

더 큰 문제는 그 가르침의 내용이 어떤가에 있다. 나는 무슨 내용을 가르치고 있는가. 바로 이 점에서 나는 최근에 읽은 톨스토이의 소품들에서 확인하고 배우는 바 크다. 소위 톨스토이즘이라는 것이 있다. 그 중심에 놓이는 다섯 가지 사상을 약술하면 이렇다. 첫째, 노하지 말라. 둘째, 간음하지 말라. 셋째, 맹세하지 말라. 넷째, 악에 대하여 폭력으로 대항하지 말라. 다섯째, 모든 사람을 사랑하라. 이는 물론 기독교 사상에 깊이 연루된 것임을 당장 알 수 있다.

톨스토이의 특이함은 그 기독교적인 사상을 '실천적'인 것으로 이해하고 그 문학을 실천적 가르침의 단계로 이끌고 갔다는 데 있다. 톨스토이는 소설이라는 구체적 환경에 놓인 인물들의 생생한 조건들을 부각시킴으로써, 자칫 명제화되는 자체만으로 끝날 수 있는 사상을 실천 가능한 자리로 옮겨 제시해 놓았다. 게다가 소설의 그 구체적 환경을, 한 인간이 선과 악을 의지적으로 쉽게 선택할 수 있는 당위론적 공간으로 설정한 게 아니라는 점에서 더욱 큰 관심을 요한다. 여기서는 참과 거짓에 대한 이분법적인 가름이나 단순논리가 톨스토이 소설에서 왜 비판되는지에 대해서도 알 필요가 있다. 편리와 타락과 간음이 유혹하는 세상에서 고민하는 인간을 그 신분에 관계없이 드러내면서 그들이 어떻게 근로와 금욕과 절제를 통해 참사랑을 깨달아가는가에 초점을 맞추고 있는 것이다.

다시 말하거니와, 내 관심은 내가 숨쉬고 있는 이 땅의 사람들을 향하고 있다. 그리하여 남을 용인하지 않고 자기 안에만 갇혀버린 그 사람들을, 만남과 대화의 장, 사랑의 장으로 이끌자면 단순한 종교적 명제 이상의, 보다 실천적인 지침을 가져야 한다고 생각해 온 터이다. 자신의 보잘것없음을 자탄하고 이웃을 향하는 따뜻한 마음을 가지라고 말하는, 그 결론만이 문학의 가르침이 아니다. 사랑이며 선이며 믿음이며 겉으로 말만을 그럴듯하게 내세우기보다, 더 고뇌하는 자리 위에서 그것을 찾기 위해 애쓰는 과정에 더욱 비중을 두고 있어야 한다고 나는 생각한다.

무엇이 참인지 거짓인지 알 수 없게 된 세상에서 이게 참이라고 쉽사리 말할 게 아니라 선과 악의 경계, 말뿐인 사랑과 참사랑의 경계에 서서 갈등하고 번민하는 과정을 통해 한걸음 더 높은 정신의 경지를 향해 가는 모습을 보여주는 게 중요한 것이다. 그때서야, 말뿐인 사랑이 아닌 참사랑이 얻어진다. 참사랑을 노래하라. 내가 이번에 톨스토이에게서 가장 크게 배운 것이 이것이었다.

(1998)

혁명의 정신까지 부정할 수는 없다

이문열이 오랜만에 단편소설 한 편을 내놓았으니 「시인과 도둑」이 바로 그것이다. 이 작품은 지난해 화제를 모았던 장편소설 〈시인〉의 주인공 김삿갓과 유사한 시인 주인공이 내세워져 있고, 그 시대적 배경 또한 조선조 후기의 "세도정치와 가뭄과 역병"의 시절로 설정되어 있어 우리 시대 최대 화제 작가가 근년에 몸담고 있는 일련의 정신적 편력을 엿보게 해준다. 결론을 말하면 그 정신적 편력은 대단히 위기스럽다.

주인공 시인에게는 김삿갓이라는 이름도 주어져 있지 않고 또한 마땅히 김삿갓의 실제 이력도 얹혀져 있지 않다. 대신 지배체제와 반체제 집단 간의 갈등이 심화된 나라의 한 예로서 '김삿갓적인' 상황이 만들어져 표면에 나와 있는 셈이고, 그 이면에서 〈시인〉에서의 주제가 되풀이되거나 나아가 변형 강조되는 '알레고리'의 상황이 구축되어 있다. 그러므로 표면 상황만 슬쩍 걷어내면 그 이면에 도사린 주제적 사연은 한결 파악하기 쉬운 소설인 셈이다.

표면 상황을 걷어내기 위해 그 걷어내야 할 표면 줄거리를 우선 간단히라도 읽어주어야겠다. 시의 "공리적 효용에서 점차 떠나 모든 가치의 이상태로서의 자연 속을 추구하며 해매는 중의" 시인은 어느 날 구월산을 지나다 이상국 건설을 꿈꾸는 도둑패들에게 설복당해 그들의 혁명에 자신의 시를 바치기로 마음먹게 된다. 그가 지은 반체제적 민중시들은 과연 도둑패의 우두머리 제세선생의 확신대로 대중들 사이를 넘쳐흐르며 그들의 혁명적 열기를 고취시킨다. 마침내 그들의 창궐은 대중적 기반에 힘입어 진정한 혁명으로 이어질 듯했지만 막상 체제의 방어는 너무도 공고했다. 지킬 것이 많은 자들의 본능적인 자기 보호력, 기대했던 민중들의 자기 편의주의, 게다가 제세선생의 이치와 시인의 감정으로 세례받은 혁명군들의 전에 없던 문약성 등이 겹쳐 이상국 건설은 수포로 돌아가고 결국 제세선생은 혁명을 꿈꾸는 자들의 허위의식을 깨닫고 시인을 풀어준다.

〈시인〉의 주제 중에서 예술가의 일탈 부분은 뒤로 물러나 있고 예술가의 공리적 가치에 대해 재고를 가하는 부분이 한결 분명하게 강조되고 있는 셈이다. 작가는 제세선생의 입을 빌려 "혁명하려는 자는 실질 없는 혁명의 노래가 거리에서 너무 크게 불려지는 걸 경계"하라고 말하면서 "오히려 선잠 깬 그들의 소란은 숲의 새벽잠을 더 길고 깊게 할 수도 있다"고 경고한다. 기실 가능하지도 않은 이상국이 가능하다고 소리치는 목소리가 참으로 썩은 체제의 현실을 더욱 공고히 해준 사실에 대해 이처럼 근본적으로 고발하고 있는 작품은 흔하지 않다. 이런 것을 일컬어 보수반동의 논리라고 공박하는 시각을 도리어 당당하게 질타하려는 의도마저 강하게 풍겨주고 있다.

그런데 전과 달리 이번 작품에서 드러나는 그 당당함에는 당연

히 검증해야 할 중요한 사실을 건너뛰면서 생긴 비타당성이 들어
차 있다. 즉, "혁명의 노래가 거리에서 너무 크게 불려"진 사실만
예로 들어 "혁명을 꿈꾸는 자들"이 모두 비현실적이라고 매도해
버린 것이다. 혁명 속의 반혁명성을 지적하는 날카로운 용기가 어
느새 '혁명을 꿈꾸는 일 자체가 이미 반혁명적인 것이다'라는 왜
곡된 전언을 낳게 된 것은 아마도 작가가 너무 오래 이념 투쟁의
제물이 되어왔던 데 대한 보복심리에서 연유하는 것이 아닐까. 이
미 그것은 보복할 상대가 아니었던 것, 한 차원 높은 자각이 행해
져 〈시인〉에서의 한쪽 주제인 현실에서의 초월 문제 쪽으로 시각
을 넓혀가기를 기대한다.   (1992)

시와 환경
— 생명의 문학을 생각하며

　이제 좀 냉정할 필요가 있지 않을까. 왜냐하면 우리의 주제는 다름아닌 우리들 생존의 가장 기본적이며 공통적인 터전에 관한 것이므로. 누구는 잘살고 누구는 못살고의, 누구는 살고 누구는 죽고의 문제가 아니라 우리 모두 맞닥뜨리고 있는 우리 전체의 삶과 죽음의 문제이므로. 그리고 그것은 우리들 인간과 더불어 살아가고 있는 지구상의 모든 생명체에 대한 삶과 죽음의 문제이기 때문에.

　가령, 도시가 싫고 시골이 좋다고 노래하는 자연친화적인 서정시의 오랜 전통에서만 보더라도 그토록 염려된 것은 인간다운 정서, 삶에서의 여유와 운치, 씨족 중심의 인정주의 들의 상실과 고갈일 뿐, 보다 심각하게 인간의 물질문명이 몰고 올 생명파괴까지 예측될 리는 없었다. 그러기에 그 노래는 대부분 몸은 도시에 있으면서 가서 살지 못하는 자연세계에 대한 연민과 동경으로 채워져 있게 마련이었던 것이다. 그 노래가 가치 없다고 말하려는 것이 아니다. 그 노래에서 희원되는 곳이 이제 이 지상에는 남아 있지 않은, 곧 남아 있지 않게 되는, 그런 때에 이미 우리가 닿아 있다는 사실을 일깨우고자 하는 것이다.

그렇다고 해서 눈앞의 편리와 이익을 위해 풍요의 전쟁을 벌이는 인간 세태를 비난해 온 일명 도시문학의 비판정신만을 높이 사주어야 한다고 말하고 있는 것도 아니다. 그들 문학의 현세성이 문명 경쟁을 상승시키는 인간의 욕망을 질타하면서 인간성 회복에 대한 열망을 더없이 강력하게 드러내주고 있었다 하더라도, 대개 홀로 깨우치고 고뇌하는 문학적 자아의 흔적만이 도리어 두드러지고 따라서 현대 문명살이의 본질적인 의미를 통찰하는 데까지는 나아가지 못한 것으로 보이기 때문이다.

이렇듯 산업화 과정의 양면에서, 한편으로는 상실한 농경사회의 질서로의 희원을 노래하고, 한편으로는 문명사회의 반인간성에 대해 비판을 노래하는, 우리의 이분화된 문학적 상황은 실은 고스란히 문명의 현세만 보고 그 검은 미래를 능동적으로 고려하지 못한 현실에서의 삶을 닮아 있었던 게 아닌가. 현실에 내재된 엄청난 변화의 조짐을 방임하고 여전히 권력과 부와 명분을 향해 몰려들었던 우리의 삶의 내용처럼, 보다 도덕적인 것, 보다 염결한 것처럼 보이는 세계, 보다 미학적 명분이 뚜렷한 태도를 향해 치달아온 것이 우리의 문학 아닌가.

그 도덕성, 염결성, 명분성이 실제로 얼마든지 위대하고 가치 있으며 명분 있는 것일 수 있었지만, 그 사이, 실제로는 무엇이 그처럼 깨끗하고 당당하고 위대한 가치를 지니는 것인지 잘 알 수도 없는 채로 우리가 그런 것들을 추구하고 있는 사이, 너무나 많은 작고 보잘것없고 명분 없는 것처럼 보이는 것들이 존재 의의를 부여받지 못하고 있었다는 사실을 어떻게 생각해야 할까. 빛나는 것을 위해 그늘진 것의 존재를 망각하고 있었던 이 일이야말로 엄청난 부조화요, 불균형이며, 끝내는 반인간주의적이지 않았을까. 세계 역사의 패권주의, 계급 투쟁, 이념 지상주의, 자국 이익주의, 인종적·종교적 우월주의, 다국적 자본이 이끄는 새로운 물신 세력, 전통 강한 도학적 선비정신 등이 우리네 인간사, 그리고 한국사를 견지해 온 굳건한 체계가 되어왔을 테지만, 이제 그 체계의 이면에서 인간은 대대로, 또는 나날이 희생자를 늘려왔으며 또 늘려가고 있다. 전체의 원리로 보면 인간 개개의 희생은 보잘것없다. 전체의 원리를 움직이는 위대한 힘만이 필요한 것으로 여겨지는 것이다.

그리고 이제는 인간의 삶뿐 아니다. 그 인간들은 지금 자연의 흐름 속에서도 인간의 욕망에 복무할 수 있는 것만 취하고 나머지는 버린다. 인간 세태 안의 부조화와 불균형의 체계가 자연세계까지로 확대되고 마는 것이다. 인간이 자연의 오묘한 비밀을 다 알지도 못한 채로 인공적으로 그중 어떤 것은 취하고 어떤 것은 버림으로써 마침내 인간으로서는 어쩌지 못하는 생태계 파괴가 속출되고 있으며, 그것이 고스란히 인간의 생명을 위협하고 있는 때가 되었다.

산성비는 내리지만 아름다운 비를 노래하는 문학도, 자동차 여행을 하면서 풍요를 추구하는 인간의 욕망이 얼마나 더러우냐를 지적해 보이는 문학도 모두 중요하다. 해묵은 양시론이 아니라, 이제 이 시점에서 조금은 급하게, 그러나 요란스럽지 않게, 우리가 하잘것없는 것처럼 생각되어서 잊고 있었던 문제를 일깨우자는 얘기다. 그리고 그 시급한 것 중의 대표적인 것이, 마치 삶에서 그러하듯이 바로 환경 문제를 문학의 중심에 두는 것, 궁극적으로는 생명의 문학을 생각할 때라는 것이다.

이에 따라, 최근 우리들 관심의 주제로 떠오른 생명의 문학을 참답게 열어가주기를 기대하는 마음에서 몇 가지 사실을 짚어두고자 한다.

우선, 문명성/자연성이라는 이분법적 대립항을 자연스럽게 해소해야 한다는 것. 인위적인 것에는 인위적인 것대로 계발해 나가고 개선해 나갈 것들이 있으며, 다만 잔영으로 남은 것처럼 보이는 전원세계로부터도 많은 신성한 것들을 복원시킬 수 있다는 초보적인 세계 이해를 다시금 확인하는 데서 사고의 전환, 인식의 전환을 꾀해야 할 것이 아닌가. 문명적인 것 안에도 우리 생명체와 어울림을 가지는 자연성이 존재할 수 있음을 인식하고[이 점에서 발터 벤야민의 '아우라(aura)'론은, 물질문명 안에도 신성이 존재할 수 있다는 내용을 보충해야 한다], 문명적인 것이든 자연적인 것이든 그 안에 깃들인 생성적인 혼, 주로는 소멸의 길을 가고 있지만 분명 존재하는 그 혼을 찾아 노래해 주어야 한다.

다음으로, 여전히 만연된 명분주의를 딛고 나아가야 한다. 우리 문학에 있어 얼핏 대단한 명분을 부여받고 있는 것처럼 보이는 역사인식, 현실인식, 지적 태도, 선적 태도·등이 사실은 고통스런 현실에 대해 아파하고 있거나 또는 그것에 대해 일갈하고 있는 한 선지자의 깨달음을 확인시키는 사례에 그칠 뿐, 상당 부분 진정으로 우리 인간이 처해 있는 모순의 실체를 드러내주지도, 그것을 감싸 안아주지도 못하고 있다는 점을 반성해야 할 것 같다. 그들의 음성은 큰 것을 보았을 때뿐 아니라 작은 것을 보더라도 너무 경탄한다. 다시 말해 그들의 태도는, 오염된 세상에서 유일하게 불릴 자신의 노래만을 꿈꾸는 낭만주의자, 아니면 유아독존적인 엘리트주의자의 태도와 닮아 있다.

다음으로, 생명의 문학에는 결코 소재주의가 팽배해서는 안된다는 점을 강조해 두자. 환경 공해에 관한 용어 몇 개 쓴다고 모두 환경시가 되고 생명의 문학이 되지 않는다는 사실을, 우리는 '야근

하고 돌아와 잠든 누이'식 소재가 곧바로 민중문학이 되기도 했던 시절을 반성하면서 염두에 두자. 소재의 앞세움이란 정신의 부재와 관련이 깊을 때가 많다. 결국 우리가 생명의 문학을 말하게 된 것도 모두 정신과 육체의 부조화에서 비롯된 게 아닌가. 반면, 어떤 소재를 택할 때 그 소재에 대한 보다 전문화되고 과학화된 정보와 인식을 담는다는 것은 매우 중요한 일이다. 미세한 것에 대한 전문화된 관찰을 통해 보잘것없는 것처럼 보이는 존재들의 가치 회복에 기여할 수 있을 것이다.

마지막으로, 우리가 생각하는 생명의 문학은 궁극적으로 크고 많은 것을 원해온 인간의 욕망을 반성하는 자리에 가 닿아 그 욕망의 헛됨을 성찰케 하고 그 욕망이 소외시킨 사소하고 무수한 것들의 가치를 일깨움으로써 생명체가 가진 자생력 회복을 신뢰하게 하는 데 있다는 사실. 따라서,

알겠네 내가 더러 개미도 밟으며 흙길을 갈 때
발바닥에 기막히게 오는 그 탄력이 실은
수십억 마리 미생물이 밀어올리는
바로 그 힘이었다는 걸!

— 정현종, 「한 숟가락 흙 속에」에서

에서처럼, 현실을 보되 그 이면까지 보고, 미세한 것을 보되, 그것과 다른 것의 관련 속에서 보고, 비판하되 자기를 그 대상에 넣는 자기 희생을 보여줄 일이며,

썩어져 없어지지 않는 것이
가장 큰 죄, 죄악이다

비닐 같은 문명들 겹겹으로
오늘을 뒤덮고 있다 이 봄날 지나면
우선 내가 먼저
너로부터 썩어져 나가리니

— 이문재, 「비닐우산」에서

에서처럼, 자기를 희생하되 그 일에 도취되지 말 일이며, 한결 고양된 정신성을 중시하되 엄숙성에 빠지지 않는 태도를 견지해야만 할 것이다. (1993)

사랑을

제3장 사랑의 노래, 생명의 노래

노래하라

장자(長子)의 사랑노래
— 박남철의 시

1. 폭력과 자학 사이에……

요즘은 뜸한 일이 되었지만, 나는 지난 10년 동안 대학을 비롯해 여러 곳의 다양한 문학강좌에 나가 강의를 해왔다. 내가 강의에 나가면서 가장 고심했던 것은, '문학이란 심오한 정신세계를 난해한 언어로 표현한 것이다'라는 선입관을 갖고 있게 마련인 일반인들이나 문학 초보자들을 어떻게 하면 손쉽고 재미있게 문학의 본질적인 세계로 빠져들게 할 수 있을까 하는 것이었다. 그리하여 나는 조금씩, 누구나 재미있어할 만한 단골주제 몇 가지를 마련하게 되었고, 언젠가부터 매주 그 주제별로 강의를 진행하게 되었다. 그중 대표적인 주제 하나가 '우리 시대의 연시(戀詩) 읽기'이다. 소위 '사랑'이라는 주제를 내세워 수강생들의 관심을 촉발시키면서 자연스럽게 문학의 깊이 있는 세계로 끌어들이겠다는 속셈이었던 것이다.

이때 등장시키는 시가 어떤 것들인가 하면 "내가 너의 이름을 불러주기 전에는 너는 다만 하나의 몸짓에 지나지 않았다"로 시작되는 김춘수의 「꽃」, "내 그대를 생각함은 항상 그대가 앉아 있는 배경에서 해가 지고 바람이 부는 일처럼 사소한 일일 것이나"로 시작되는 황동규의 「즐거운 편지」, "사랑을 잃고 나는 쓰네"로 시작되는 기형도의 「빈집」 등 일반인들에게 연시로 알려져 있는 것들이다. 이런 시들이 한용운이나 김소월 등 한국의 대표적인 연시풍 시들과 어떻게 맥을 이을 수 있고 또 각각으로는 어떤 변별성을 가지고 있으며 얼마만큼 현대적인 것인지 등을 살펴보게 됨은 물론이다. 또한, 흔히 출판물 시장에서 베스트셀러가 되곤 하는 연시집 류의 시들과도 서로 비교하면서, 다같이 사랑을 노래하고 님을 잃은 슬픈 감정을 노래하는 시인데도 어째서 어떤 시는 단지 연시로만 평가되고 어떤 시는 연시로서보단 관념성이나 선적 경향이나 민중성 아니면 시가 보편적으로 가지게 마련인 서정성 쪽을 더 강하게 드러내는 시가 되는지 설명하는 시간도 갖는다. 그리고 맨 마지막에 어김없이 함께 읽는 시가 박남철이 80년대 초기에 발표한 시 「첫사랑」이다. 여기에 그 전문을 적어본다.

고등학교 다닐 때
버스 안에서 늘 새침하던
어떻게든 사귀고 싶었던
포항여고 그 계집애
어느 날 누이동생이
그저 철없는 표정으로
내 일기장 속에서도 늘 새침하던
계집애의 심각한 편지를

가져 왔다.

그날 밤 달은 뜨고
그 탱자나무 울타리 옆 빈터
그 빈터엔 정말 계집애가
교복 차림으로 검은 운동화로
작은 그림자를 밟고 여우처럼
꿈처럼 서 있었다 나를
허연 달빛 아래서
기다리고 있었다.

그날 밤 얻어맞았다.
그 탱자나무 울타리 옆 빈터
그 빈터에서 정말 계집애는
죽도록 얻어맞았다 처음엔
눈만 동그랗게 뜨면서 나중엔
눈물도 안 흘리고 왜
때리느냐고 묻지도 않고
그냥 달빛 아래서 죽도록
얻어맞았다.

그날 밤 달은 지고
그 또 다른 허연 분노가
면도칼로 책상 모서리를
나를 함부로 깎으면서
나는 왜 나인가

나는 왜 나인가
나는 자꾸 책상 모서리를
눈물을 흘리며 책상 모서리를
깎아댔다.

　대부분의 수강생은, 헤세의 시를 읽고 윤동주나 서정주나 김수
영이나 또는 동서양의 유명한 시인의 심오한 시를 읽고 즐기는 데
는 그런대로 익숙한 듯했다. 그에 비하면, 위와 같은 유의 시 앞에
서는 달랐다. 우선 드러나 있는 말 그대로의 내용을 파악하려고 하
지 않는 버릇이 그들에게 있다. 그 때문에 나는, 이 시에 등장하는
'나'가 남자냐 여자냐, 연애편지를 왜 누이동생이 들고 왔을까, 남
학생 여학생이 만나는데 왜 탱자나무 울타리 옆 빈터일까 등으로
질문을 해대면서, 이 시가 정말 유치한 연애 얘기를 하고 있는 시
가 아니겠냐고, 유치한 연애 얘기 들으면서 뭐 그리 심각하게 생각
하냐고, 시 앞에서 잔뜩 경직되어 있게 마련인 그들이 부담 없이
시 읽기를 행할 수 있는 분위기를 만들어준다. 그러면 수강생들은
조금씩 생각의 나래를 펼치기 시작한다. 그러는 사이 그들에게 이
시는, 연애편지를 받고 남학생(나)을 만나러 나온 여학생의 오빠
가 뒤따라와서 여학생을 죽도록 패는 것을 보고도 만류하지 못한
남학생이 못 견디게 괴로워하는……, 사춘기 아이가 처음 써보는
연애소설 같은 이야기로 파악되기도 한다.
　그때쯤에서 나는 이 시가, 연애편지를 전하려다 실패한 보통의
남학생이 쓴 일기가 아닌, 시로 불릴 수 있는 근거는 어디에 있을
까에 대해 다시 읽으면서 생각해 보라고 요구한다. 한참 뒤 나는
또 묻는다. 이 시의 3연에서 계집애를 실제로 죽도록 두들겨 팬 사
람이 누구일까? 그때쯤에야 제대로 된 대답이 나오기 시작한다.

3연에서 폭력을 휘두른 자가 4연에 이르러 무엇을 하고 있는가? 폭력을 행하고 나서 그걸 후회하면서 자학하고, 그러면서 그는 왜 울고 있는가? 그 마지막 질문 내용에까지 제대로 대답할 수 있는 수강생은 물론 없었다. 아니 있었을 수도 있지만 그럴 때까지의 분위기가 이루어진 것만으로도 이미 강의는 목표점에 도달해 있곤 했다.

나는 설명한다. 박남철의 이런 시가 '분열(이별)된 자아(나)와 대상(님)의 합일(화해)을 지향하는 목소리'라는 특징을 갖는 기존의 서정시(연시)와 무엇보다 명백하게 다른 것은, 그것이 애초부터 현실(산문)에서와 다름없는 인격체들을 등장시켜 구체적인 행동 양상을 드러내게 해버렸다는 데 있다. 마치 하루의 경험을 담은 일기 같은, 소설 같은, 현실에 대한 실제적인 태도 표명 같은 그런 상황을 표면에 드러내는 이와 같은 시적 현상을 '탈장르화'라고 말해준다. 서정 양식과 탈서정 양식의 차이는 무엇이고, 80년대 들어서부터 이런 탈서정 양식이 자주 나타난 이유와, 이후 형태파괴시의 유행과 해체시에 대한 다양한 논의나 포스트모더니즘의 성행 등의 시사적 변동을 아는 범위 안에서 설명하면서, 박남철 또는 그의 동년배 시인들이 그런 시사적 변동의 핵심에 있었음을 그들의 시집을 소개하면서 일러준다.

그리고 다시 박남철의 「첫사랑」으로 돌아간다. 보라. 사랑하는 사람과의 꿈 같은 만남을 그는 스스로 폭력을 휘둘러 좌절시키고, 그리고는 집으로 돌아가 칼로 책상 모서리를 깎아대며 울고 있다. 그게 뭘까? 여자를 패다니, 폭행범이구나! 그 폭력배가 금세 자학하듯 "나는 왜 나인가" 하고 운다는 건 또 뭔가? 연극, 자작극인가?(여기서 박남철의 다른 수많은 시에서 묘사되고 있는 폭력과 자학에 관한 내용을 참조할 수 있겠다. 그러나 부분적으로 인용할 바엔 하지 말자. 그의 시가 정말 그런 것들뿐인 줄 남들이 생각할까 나는 두렵다.) 어쨌든, 그는 사랑하는 사람과 만나 행복하게 될수 있을 찰나에 이를 스스로 거부하고는(남에게 폭행을 가하면서까지) 그걸 후회하며 울고 있다. 왜 그럴까? 폭력과 자학 사이의, 어찌 보면 엄청나기 이를 데 없는 괴리는 무엇을 뜻하는 것일까? 나는 그렇게, 시간이 가능한 대로 묻고 설명하곤 했다.

2. 돈 없는 장자(長子)의 서울살이

내가 강의실에서 꺼내는 여러 주제 중의 또하나는 이농 현상과 부권 상실에 관한 것이다. 물론 이런 주제는 좀더 문학적인 강의실에서 제시하는 내용이긴 하지만 일단 맛보기로, 돈을 벌기 위해 무작정 상경해서 공단을 떠돌다가 연탄가스로 죽어간 한 처녀가 남긴 편지, 정호승의 「마지막 편지」 같은 유를 낭송하게 하면 수강생들은 쉽게 문학의 세계로 들어와버리곤 했다. 여기에 황석영의 「삼포가는 길」이나 아니면 아예 김승옥의 「무진기행」 같은 소설을 곁들여 산업화되고 도시화되는 사회구조 변화와 날로 개인화되고 부의욕망을 따르게 되는 세태의 변화를 함께 살펴보기도 한다. 우리나라에서 급진적인 산업화가 이루어지던 시기, 농경사회가 해체되면서 농촌살이는 날로 피폐해지고(이런 내용들은 〈농무〉의 신경림에서 김용택, 고재종으로 이어지는 소위 농촌시 계열의 시들을 축으로 해서 따로 한 주제로 내세워지기도 한다), 농촌을 버리고 도시로이주한 가족들이 가난과 소외와 병을 겪어가는 사연들, 농촌에 살때 집안의 기둥이던 아버지의 노동력은 더이상 집을 지탱해 주지못하고…… 이러한 이농과 부권 상실의 과정을 가족사적인 사연으

로 드러낸 이성복의 시 「꽃 피는 아버지」를 읽게 하면 강의의 주제
는 그런대로 선명하게 부각될 수 있다. 뒤이어 이문재, 송찬호, 기
형도의 시들 속에 녹아 있는 가난하고 고독한 소년 시절을 상상하
게 하는 것도 강의 내용 속에 들어간다. 그리고 그와 같은 연장선에
서, 2학기 추석 연휴 휴강 때를 전후하여 내가 추천하는 시 역시 박
남철이 80년대 초반에 쓴 「추석」이라는 시다. 그 전문은 이렇다.

1
어머니 아버지 왜 나를 낳으셨나요

연탄불이나 피우자

연탄불이나 피우고
연탄불이나 피우면서
연탄불이 다 피었으니
빨래나 하자

빨래나 하고
빨래나 하면서
빨래를 다 했으니
방이나 치우자

방이나 치우고
방이나 치우면서
방 청소를 다 했으니

발톱이나 깎자
발톱이나 깎고
발톱이나 깎으면서

　　　　달아 달아 밝은 달아 이태백이 놀

　　　　달빛 어린 언덕엔 흰 구름만 흘러가네 어지럼 뱅뱅
　　　　엄마야 나는 어디로 가는 걸까 고추잠자리……

2
오빠

엄마 아빠 재홍이 언니 모두 잘 있어요
이제 며칠만 지나면 추석인데요
엄마 아빠께서는 이번 추석에는 오빠가 내려
왔으면 하는 눈치시던데 오빠의 사정은 어떠신지요

이 편지가 추석 전에 도착하면 오빠가 집으로
전화라도 해주었으면 싶은데요

이 시의 화자는 여자인가 남자인가? 화자는 어디서 뭐 하는 사
람인가? 1장 내용하고 2장 내용은 어떻게 다른가? 1장에서 같은
시구가 반복되고 있는 이유가 무엇일까? 화자의 가족 구성원은 어
떤가? 시 속에서 작은 활자로 적힌 대목은 어떤 상황을 보여주는
건가?
　이런 질문부터 해야 많은 수강생들이 뭔가 재미있는 사연이 많

구나 하는 느낌을 갖는다. 화자는 가족 중에서 어떤 위치이며 추석인데 왜 고향에 내려가지 못하고 있는가? 명절이 되면 부모나 아우들에게 줄 선물을 사들고 고향을 찾아가야 하는 우리네 아들딸들, 그중에도 맏아들, 그러나 돈도 없고 여자도 없는 자취생 신세라면 그의 심정은 어떨까? 돈 벌어 집안을 짊어지고 나가야 할 장자는 안타깝게도(이런 내용이라면 박남철의 다른 시편들에서 살짝 인용해 본다 해서 나쁠 게 없다),

> 졸……업하고 나면 갑자기 푸른 달이
> 흰 구름 속으로……버님 걱정 마세요 제가
> 이제 곧 장가만 들게 되면 맞벌이를 하지요 아버님
> 기운을 내세요 이까짓 낡은 집은 헐어 버리고요
> 어머님 신경통약…… 기운을 내세요 어머님 그까짓
> ——「백의환향」(《지상의 인간》)에서

에서 보듯이, 겉으로 말만 해댈 뿐이지 실은 자기 앞가림하기도 벅찬 처지가 되어 있지 않은가. 돈 없는 장자의 심적 고통을 재치 있게 드러내고 있는 시. 이 정도쯤에서 「추석」이란 시 읽기를 끝내도 좋을 것이다.

그러나 나는 두서없이 이것저것 마구 끌어다 대면서, 이 땅에서 장자로 살아간다는 것이 무슨 의미인지를 열을 내서 설명하곤 한다. 자신의 식솔뿐 아니라 부모나 조상을 잘 받들고 나아가 형제자매의 살림까지도 보살펴야 한다는 것이 장자된 도리라고, 장자 상속의 전통이 굳어진 이후의 이 땅에서는 거듭 가르쳐오지 않았던가. 논 팔고 집 팔아 자식 교육시키면서 그 자식이 나중에 출세해서 부모를 봉양하고 형제를 인도하고 가문을 빛낼 것을 기대하는

것이 우리의 관습 아니던가(이 문제가 단순하지 않은 것은, 장자
만을 중시하는 이런 풍토가 결국은 실제적인 장자뿐 아니라 장자
아닌 아들딸 너나할것없이 장자 구실을 해야 제대로 된 인간이 될
수 있다는 강박관념을 가지게 된다는 사실에 있을 것이다). 장자
에게 가문 전체의 흥망성쇠를 거는 문화 속에서 살아온 장자가 그
무게에 시달리지 않을 수는 없을 터, 그들의 삶은 이미 개인적인
삶이 아니고 가족사적인 삶이고 가문의 삶이고 사회문화사적인 삶
인 것이다. 바로 그런 사실을, 그 엄청난 문명적 현실을 설명하는
시가 우리 시에 언제 있었던가. 이런 얘기로 열을 올리면서, 나는
이 주제로 말만 그럴듯하게 하고 괜찮은 평문 하나 쓰지 못한 나
자신을 원망하곤 했다.

3. 20세기 말의 핏빛 일몰 아래서

사랑하는 사람과 만나 행복이 이루어질 찰나에 애써 그것을 포
기하고(폭력까지 쓰면서) 만 사람의 심리는 어떤 것일까?「첫사
랑」에서의 그 남학생, 아마도 시인의 실제 모습 그대로일 그의 내
면을 제대로 들여다보기란 쉽지 않다. 그는 도대체 무엇을 두려워
했던 것일까. 첫사랑이란 내가 꿈꾸던 것을 처음 현실에서 보게 되
는 대상, 즉 내가 이 세상에서 만나는 첫번째 타자(他者). 그런데,
그 타자가 속해 있는 세상은 내가 보기에 위선과 죄악으로 가득 차
있는 곳, 그곳에서 그 타자와 화해롭게 만난다는 것은 세상의 위선
과 죄악과 타협하는 일. 시인이 알고 있는 세상은 바로 다음과 같
은 세상.

목련꽃 그늘 아래
똥개 한 마리가
먹은 것을 게워놓는다.

생선 뼈다귀며
거품 어린 밥알들이 흥건하다.

개는 부들부들 떨다가 갑자기
증오의 이빨을 내게 쏜다.

아니야 아니야 애야
목련꽃을 보려고 왔었다니까,

갑자기 노린내가 왈칵 다가오며
내 입에서도 신물이 그득히 그득히 고인다.

아니야 아니야 애야
정말 목련꽃을 보려고 왔었다니까,
정말 목련꽃을 보려고 왔었다니까 자꾸 그러네.
—「목련에 대하여 Ⅱ」 전문

　세상은 나의 순결, 본의를 이해하려 하지 않고 오히려 적의를 드러내며 공박해 오지 않았던가. 그랬을 때, 시인이 원래 꿈꾸던 목련꽃(첫사랑)과 화해롭게 정을 나누는 일은 똥개(세상)와 타협을 한 뒤에야 가능한 것이다. 본의가 짓밟힌 시인이 마침내 똥개에 맞서 "보려고 왔었다니까 자꾸 그러네"로 짜증을 내며 맞서는 것은

제3장 사랑의 노래, 생명의 노래　169

당연한 일. 내가 어떻게 저 똥개들을 두고 한가로이 목련꽃이나 구경하고 있을 수 있어, 또는 이 더러운 세상을 잊어버리고 그녀와 사랑을 속삭일 수 있어, 라고 말하는 시인의 목소리를 충분히 상상할 수 있다. 그 때문에 「첫사랑」에서 그 남학생은 사랑하는 여학생을 죽도록 패버렸고, 그래 놓고는 그 여학생과의 사랑을 이루려 하지 않고 오히려 폭행해 버림으로써 자기 마음을 감춰버린 자신을 증오하고 있었던 것이다. 그 남학생, 시인은 게다가 장남이 아닌가. 지키고 감싸야 할 것들이 너무 많은데 세상은, 때로 부모형제까지도 그의 본의를 기다리고 지켜봐주지 않고 있으며(「우리집, 아니 남의 집 얘기」 같은 시를 참조해도 좋다), 그래서 그의 절망은 더 커지고, 따라서 폭력을 휘두르는 때가 많아지고(어떤 사람은 그 폭력을 방지하고자 먼저 폭력을 감행하기도 한다), 그리고는 그것을 후회하며 자학한다. 폭력과 자학 사이에는 이렇게, 그의 실존적이고도 사회문화사적인 본질이 놓여 있었던 것이다.

그런데, 세월이 너무 흘러 지금은 "20세기 말의 핏빛 일몰"(「자본에 살어리랏다」)이 눈앞에 와 있다. 그 사이, 시인 박남철은 자신의 본질을 다채롭게 보여주어 왔다. 초기 시부터 빛난 형태파괴적인 기법과 풍자적인 내용은 이미 그의 이름을 시사적 위치에서 말할 수 있게 했고, '비평시'라 스스로 이름붙인 인용시들도 그 이상의 새로운 시인이 없을 것 같다는 예상을 거듭 낳게 했다. 〈임제록〉등의 설법서에서 인용해 오는 경우가 아니더라도 그의 시 곳곳에 배어 있는 선적 이미지들이 기존의 소위 '정신주의' 계열에서 볼수 없는 독특한 세계를 형성하고 있는 것도 의미심장한 것이었다.

그러나 무엇보다 놀라운 것은 그가, 자신이 "자본주의의 정화조에 빠진 한 마리의 개"(「목련에 대하여 Ⅲ」)로 변해버린 치욕을 견디면서도,

다들 어디에 숨어 있니 사랑들아
빌딩나무 뒤에 숨어서들 웃고 있니
자본과 이자꽃 뒤에 숨어 있니

못 찾겠다 꾀꼬리 꾀꼬리 개꼬리
사십 년 가까이 오직 술래만을 했더니
이젠 내가 술래인지 아닌지도
—「못 찾겠다 꾀꼬리」에서

에서처럼, 첫사랑의 시절 자신이 폭력을 휘둘러버리고 울었던 그 사랑을 찾으며 시를 노래하고 있다는 사실일 것이다. 그 장자는 이제 심신이 더 지쳐 있지만, "시꺼먼 매연과 삭풍 속에 대각선으로 떨어지고 있는 눈보라의 이미지 속으로 기어이 날아오르고 있는 너 벌의 영혼이여!"에서처럼 야멸찬 자기 각성을 행하면서, 그 옛날의 노래보다도 더 아프게 이렇게 거듭거듭 노래하고 있다.

이제 책상 정리를 좀 해야 한다.
잠 좀 그만 자고;

이제 책상 정리를 좀 해야 한다.
술 좀 그만 마시고;
이제 책상 정리를 좀 해야 한다.
이제 책상 정리를 좀 해야 한다.

(3월이 오기 전에 시집 원고 정리도 좀 해야 한다)

움직여야 한다.
움직이지 않으면 안 된다.

움직이지 않으면 해미르가 울게 된다!

—「눈보라 속의 벌」에서

요즘은 뜸하지만, 내가 시인이고자 했을 때 아주 가까이에 있었던 사람이 박남철이었던 연유로, 내게 그가 대체 어떤 사람이냐고 묻는 사람이 제법 있었다. 나는 내가 아는 한껏 말해주는 버릇이 있는 사람이니까, 정말 내가 아는 한껏 대답해 주곤 했다. 이 시집을 계기로 오랜만에 그와 조우해서 그에 대해 더 많은 것을 알아버린 나로서는 앞으로 다시 한참을, 그에 대해 묻는 사람들에게 답해주는 일로 바빠야 할 것 같다. (1997)

미지의, 미완의 사랑학

1. 사랑하니까 시를 쓴다

다른 사람 글 얘기하지 말고, 내가 내 얘기를 직접, 재미있게 하자, 하고서 소설가가 되어놓고는, 막상 내 첫사랑 얘길 하려고 하니까 또 내 얘기를 꺼내기 싫어지는 거 있지요. 사랑에 얽힌 오래전의 내 시를 얘기하는 것도 별로 신나는 일이 아니고요. 그렇다고 제 첫사랑에 무슨 비밀스런 것이 남달리 있는 편도 아니거든요. 언제 사랑의 첫 느낌을 가졌는지 분명치 않다는 점도 남다른 게 아니지요. 그때 그게 사랑의 느낌이었는지 아닌지, 오랜 세월이 흐른 뒤에도 잘 알 수 없는, 그런 느낌도 무수히 많잖아요? 반면에, 사랑의 감정으로 충만했을 때는 시심(詩心)도 그만큼 충만했지요. 그럴 땐 정말 시를 쓰고 싶어 미칠 것 같았지요. 그 시를 어서 빨리 '사랑하는 그대'에게 보내고 싶어서 또한 미칠 것 같았던 느낌도 다른 이들의 추억과 꼭 같지요. 이렇게요.

내가 그대에게 하는 잦은 말들이
그대 영혼을 조금이라도 흔들지 못한다면
시는 있어서 무엇하리.

　　　　　　　　　　　— 윤성근, 「첫사랑의 시」에서

　사랑의 마음만큼이나 풍성한 시의 마음이었지요. 그대를 향한
그 많은 시들은 지금 다 어디로 갔을까요?
　그 사랑을 잃고 울던 시절에도 시심은 또 달리 충만했지요. 실연
의 아픔을 시 쓰는 일로 달랜다고나 할까요? 시고 뭐고 다 버리고
싶은 심정인데도 시를 쓰고 있었지 않았겠어요.

　날이 새면 기억하는 자의 가슴만
　혹독한 멍이 들거늘

　　　　　　　　　　　— 박주택, 「포구에서」에서

　혹독한 멍으로 남은 사랑을 다시 혹독한 상심(傷心) 속에서 노
래하고 있었지요. 이렇듯, 사랑의 느낌과 시를 쓰는 일은 특히 '첫
사랑의 시절'에는 참으로 뗄래야 뗄 수 없는 관계 아니겠어요? 그
점에서 보면, 그 누구나 시인이었거나 지금 시인이거나 장차 시인
일 게 분명하죠. 바로 이 책을 읽는 당신들 모두가 말이지요.

2. 그대가 누군지 몰라도 사랑의 시를 쓴다

　그런데 말이지요, 제 시와 더불어 한번 하고 넘어갈 사랑 얘기가
있기는 있어요. 사랑의 마음이 시를 낳는다고 했는데, 그게 꼭 사

랑하는 대상이 있어야 그런 것만은 아니라고 생각해요. 그냥, 그 누구든, 또는 그 누구가 아니든, 막 보고 싶어 미칠 것 같은 그런 느낌 속에서, 자신이 본 적도 없고 그려본 적도 없는 대상을 향해 사랑의 마음을 품고 시를 쓰는 때가 있어요. 미지의 존재를 향한 그리움을 노래한 시라고 볼 수 있겠지요. 제가 이미 십수 년 전에 낸 시집 〈아름다운 사냥〉(문학과지성사, 1984)을 이리저리 뒤적이다가 보니 그런 생각을 하게 만드는 시가 눈에 띄더라구요. 제목이 「하현달」이라는 건데요, 실은 이리저리 뒤적일 것도 없이 그 시집 첫머리를 장식하는 시지요. 그 시집에 실린 시들 중에는 가장 어린 나이에 쓴 시이기도 하지요. 제가 그 시를 여기다 적어놓을 테니까 기왕이면, 옆에 앉은 사람에게 피해가 되지 않을 만큼만 작은 소리 를 내면서 낭송을 해보시겠어요?

너는 참 이상한 꽃이야.

잠결에 어린 누이가 뜰에 내린 어둠을 쓸고 있다. 발목에 이 는 덜 깬 바람이 흐느적거리며 다시 어둠의 일부가 된다. 치마 폭에 갇혀서 나의 누이는 밤마다 꽃밭을 가꾸자고 한다. 물안 개를 뿜으면 꽃들은 조개처럼 입을 오므린다. 뜰에 가득히 꽃 잠을 자다가 나비잠을 자다가 간밤엔 초경으로 가슴 팔딱이 던, 오오라

네가
지상에 처음인 그
입술 작은 꽃이로구나.

제가 20세를 전후한 시절에는 김춘수 선생의 무의미시 전후를 넘나들고 있었던 것 같아요. 제가 살던 도시의 문화적 환경이 그랬지요. 시적 대상을 이미지화하는 가운데 관념의 문제에 제법 시달리는 듯한 그런 면이 그 지역 선배 시인들에게서도 많이 발견되지요. 「하현달」에서, 꽃과 누이와 달이 어우러지고 있는 밤이란 실재하는 밤 풍경이랄 수가 없겠지요. 이미지로 존재하는 밤이라고나 할까요. 그 밤을 위해, 잠을 "덜 깬 바람"이 "어둠의 일부"가 된다는 식의 표현이 얹어져 있어요. 바람이 어둠의 일부가 된다? 그건 이미지이면서 관념이지요. 그 관념은 무의미시론 이후의 김춘수 시인이 그토록 배제하려고 하던 것이지만요. 그땐 그런 거 저런 거 다 몰랐어요. 그때 제가 또 몰랐던 게 있지요. 이 시에서 초경을 맞은 누이란 실재하는 누이일 수 없을 뿐만 아니라, 상상 속의 소녀라고도 저는 별로 생각하지 않으려 했던 것 같아요. 그러나 사실로는 그렇지 않았을 거예요. 제 무의식을 제가 알 수도 없고 그 누구도 알 수 없겠지만, 이 시를 소리내어서 읽다 보면, 비록 이 시가 이미지로서의 풍경화로 제시되어 있다 하더라도, 뭔가 이 세상의 사물과 새로이(그러니까 처음으로) 만나고 있는 한 소녀의 실재적 이미지가 드러난다는 거지요. 그 누이는 누구인가? 제게는 누이가 없어요. 저는 남자만 육형제인 삭막한 집안의 막내였지요. 그런 제가, 없는 누이를 설정해 보았다는 것, 잠결에 부스스 일어나 뜨락을 거니는 누이를 상상해 보았다는 것, 그 누이가 하얀 달빛 아래서 꽃과 입맞춤을 한다는 것, 그런 것들은 여자에 대한 막연하지만 지극한 그리움의 소산이 아니고 무엇이겠어요. 꽃잠, 나비잠이란 시어에서 묻어나는 귀엽고 순결한 이미지가 "흐느적거리며" "조개처럼 입을 오므린다" "초경으로 가슴 팔딱이던" "입술 작은 꽃" 등이 풍겨주는 관능적 이미지와 만나게

176

된 게 다 필연이었다고 말할 수 있지 않겠어요? 그때 누이란 내게 미지의 존재, 미지의 사랑이었던 거지요. 제 시 중에 '첫사랑의 시'라고 할 만한 시가 없어서 이런 얘기를 하는 건 아니라고 했지요? 저는, 사랑의 첫 느낌은 어쩌면 구체적이고 직접적인 대상 때문에 생겨나는 것이 아니라 사랑하고픈 마음에서 먼저 시작되는 게 아닌가 싶기도 해요. 우리 시에 무수히 등장하는 누이니, 여인이니, 순이니 하는 이름들이란 실제로는 미지의 연인일 수 있다는 얘기지요. 윤동주 시인의 시에 나오는 '순이'도, 고은 시인의 초기 시에 등장하는 '누이'도. 더 나아가,

> 누이야 아는가
> 가을산 그리메에 빠져 떠돌던
> 눈썹 두어 낱이
> 지금 이 못물 속에 비쳐옴을

의, 송수권 시인의 절창 「山門에 기대어」에서의 '누이'도.

> 누이야, 이 봄엔 네게 피리를 주마.
> 옥처럼 깨끗하고 슬픈 하나의 피리를.
> 불어도 울지 않고 울어도 닳지 않는
> 저 하늘의 아지랑이 같은 아지랑이 같은.

의, 박정만 시인의 아름다운 서정시 「누이에게 주는 선물」에서의 '누이'도, 실재적 형상으로서의 누이나 애인이라기보다, 사랑하고 그리워하는 여성지향적 원망(願望)이 낳은 상징적 형상이라고 볼 수 있지요. 더욱 성큼 나아가면, 김소월 시인의 '님'이나 한용운

시인의 '님'이나 그 무수한 서정시들의 '님'들이 또한, 말로 설명 안될 미지의 대상이라고 볼 수 있지요. 우리들의 미지의 사랑이 무한한 시들을 낳게 했다는 얘기지요. 미지의 존재를 향한 사랑의 노래가 우리 서정시의 뚜렷한 한 전통이라는 얘기도 가능하겠지요.

3. 사랑을 잃고도 시를 쓴다

여기서 우리는, 우리를 설레게 하고 그리하여 시심을 일으켜 무수한 시를 낳게 했던 여성적 대상이 실재적 형상으로 구체화되는 때의 시에 대해서도 떠올려봐야 하지 않을까요? 그게 예정된 순서니까요. 상상적 존재로서의 연인이 구체적 존재로서 형상화되는 때의 그 느낌, 그 느낌을 노래한 시가 우리에게 또한 참으로 많지요. 바로 이렇게 표현되는 느낌 말이지요.

> 사랑했던 첫마음 빼앗길까 봐
> 해가 떠도 눈 한번 뜰 수가 없네
> 사랑했던 첫마음 빼앗길까 봐
> 해가 집으로 집으로 돌아갈 수 없네
>
> ― 정호승, 「첫마음」 전문

이 '첫마음'의 느낌 속에서 영원히 살 수만 있다면 얼마나 좋을까요? 암울한 식민지 시절, 순결한 영혼으로 자기 삶을 성찰하고 반성하기를 잊지 않았던 윤동주 시인마저도, 동경에서 만난 한 여자 유학생에게 연정을 품고 사랑을 발견한 그 기쁨의 순간을,

三冬을 참아온 나는
풀포기처럼 피어난다.

즐거운 종달새야
어느 이랑에서나 즐거웁게 솟쳐라.

—「봄」에서

이렇게 노래한 적이 있을 정도니까(작가 송우혜가 세계사에서 개정
판으로 낸 〈윤동주 평전〉을 참조하세요) 그 기쁨, 그때의 시심이란
얼마나 가슴 설레는 것인지 미루어 짐작하고도 남음이 있을 테지
요. 빼앗길 것 같아 해가 떠도 눈뜰 수 없고 해가 져도 집으로 못 돌
아가게 되는 그 첫마음이란, 그러나 얼마나 오래 간직될까요? 아
니, 그 마음이야 오래 간직될 수도 있지만, 그 마음을 품게 만든 그
사랑은 오래 간직될 수 없는 것이 인지상정 아니겠어요? 그러니 사
랑은 짧고 이별은 긴 것, 기쁨은 잠깐이요 아픔은 오래 지속되는
것, 그리하여 사랑의 기쁨보다는 사랑의 슬픔을 노래하는 시가 더
욱 우리 가슴을 치는 법이지요. 사랑은 없고 사랑의 느낌만 남은,
그런데도 그 사랑을 떠날 수 없는 시. 가령, 이런 시, 여러 번 읽으
면 절로 암송할 수 있게 되는 한 편의 시 말이지요.

사랑을 잃고 나는 쓰네

잘 있거라, 짧았던 밤들아
창밖을 떠돌던 겨울안개들아
아무것도 모르던 촛불들아, 잘 있거라
공포를 기다리던 흰 종이들아

망설임을 대신하던 눈물들아
잘 있거라, 더 이상 내 것이 아닌 열망들아

장님처럼 나 이제 더듬거리며 문을 잠그네
가엾은 내 사랑 빈집에 갇혔네

— 기형도, 「빈집」 전문

「빈집」이라는 제목의, 기형도 시인의 이 연시가 꼭히 '첫사랑의 시'라고만 명명할 수는 없겠지요. 하지만, 촛불 켜둔 책상 앞에 앉아 흰 종이 위에 사랑의 말들을 적으면서 이루어지지 않는 사랑에 눈물 흘리며 밤을 지새던 그 젊은 날의 일들이 고스란히 떠오르는 걸 보면 이 시가 그런 시절의 실연을 노래한 시일 수밖에 없음을 쉽게 예단할 수 있지요. 시인의 사후에 곧바로 발표된 유고시라 해서 이 시를 두고 시인 자신의 죽음을 예감한 시라고 추리한 사람도 있었지만, 그렇게 보는 것은 좀 그렇죠? 이건 이루어지지 않은 사랑을 노래한 연시 아니겠어요? 문제는 많은 연시 중에서 이 시가 상당히 돋보인다는 점이지요. 더욱이 누구나 경험할 수 있는 실연의 사연을 어쩌면 지나칠 정도로 감상적인 어휘들, 즉 촛불, 안개, 눈물, 열망 등의 말들로 드러내고 있는 이 시가 왜 뜻깊게 다가올까요? 그 열쇠는 첫연 "쓰네"와 마지막 행 "내 사랑 빈집에 갇혔네"가 가지고 있지요. 그 두 표현이, 오랜 감상(感傷)의 시간을 곁에서 감싸안고 있는 형태죠. 그건, 사랑의 열병을 한판 진하게 앓고 나서 그때를 돌아보는 지금 시간을 표나게 드러내고 있다는 뜻이지요. 사랑한 시간을 문제삼은 게 아니라 사랑을 잃고 그것에 대해 쓰는 지점, 즉 자기를 성찰하는 자세를 문제삼고 있다는 얘기지요. 마치 저 유명한 연시

내 사랑도 어디쯤에선 반드시 그칠 것을 믿는다. 다만 그때
내 기다림의 자세를 생각하는 것뿐이다.

— 황동규, 「즐거운 편지」에서

에서의 그 "자세"와도 같지요. "가엾은 내 사랑 빈집에 갇혔네"라
고 했지만, 실은 사랑했던 그 열병의 시간으로부터의 벗어남을 의
미하는 거지요. 아직은 다 벗어나지 못했으니 "장님처럼 더듬거리
며 문을" 잠그긴 하지만, 그 시간을 애써 과거로 밀어내고 객관화
하려는 자아가 고개를 들었다는 건 분명한 사실이죠. "쓰네"가 바
로 그 자아의 자세지요. 그리하여 이 시는 일종의 통과의례를 설명
하는 시로 나아갈 수 있게 되었지요. 인간이 한층 더 높은 단계로
성숙되는 과정에서 고통이 있다는 사실을 이제 막 이해하려 하고
있는 한 청춘의 모습을 느낄 수 있을 테지요? 그런 과정, 그런 모
습을 사건화한 소설을 일컬어 '성장소설'이라 이름하는데, 그렇다
면 이 시는 '성장시'쯤으로 명명될 수 있지 싶어요.

어쨌든 좋아요. 우리에게는 이렇듯 무수한 사랑의 시가 있고, 저
에게도 있었지요. 그 사랑들은 흘러가고 그 시들도 흘러가고, 그리
고도 많은 시가 남아 우리 주변을 맴돌고 있군요. 그 시들은 말하
고 있어요.

내 사랑하는 것들은 말이 없고
내 사랑하는 여자도 말이 없고
나는 너무 많은 사랑을 하다가 쓰러져
겨울 사내로 말이 없고

— 박노해, 「사랑의 침묵」에서

'미완의 사랑'을 노래하고는 있지만, 사랑하다 지쳐 더 말도 못
할 그런 사랑 얘기를 하고는 있지만, 실은 침묵 그 자체로 '사랑의
완성'임이 증명되는, '미완의 사랑'이되 '완전한 사랑학'일 수 있
는 그런 시들이 또한 우리 시의 뚜렷한 전통이어야 할 때가 되었다
고 말이지요.   (1998)

의지와 순응의 아이러니
— 황동규의 「즐거운 편지」

황동규의 시 「즐거운 편지」는 내가 태어난 해(1958)에 발표되었고, 처음 눈에 띈 것은 고교 시절인 1977년이었다. 군데군데 띄어쓰기 원칙이 무시된 곳이 눈에 뜨이는 황동규 시선 〈삼남에 내리는 눈〉(민음사, 1975)의 35쪽을 장식하고 있는 그 시를 나는 대학에 입학해서 젊은 시인 지망생과 어울려 다닐 때쯤에 온전히 암송할 수 있었다. 편지투로 씌어진 다른 몇 편의 시를 함께 보면서 황동규가 편지 형식을 즐겨 쓰는 이유에 대해서 곰곰 따져보기도 했고, 반면 「태평가」 「전봉준」 「삼남에 내리는 눈」 등 역사적 인식을 내포하고 있는 시편들에서 '지식인의 자기 검증'의 면모에 공감하고는 했다.

1

　내 그대를 생각함은 항상 그대가 앉아 있는 背景에서 해가
지고 바람이 부는 일처럼 사소한 일일 것이나 언젠가 그대가

한없이 괴로움 속을 헤매일 때에 오랫동안 전해오던 그 사소
함으로 그대를 불러 보리라.

2

　진실로 진실로 내가 그대를 사랑하는 까닭은 내 나의 사랑
을 한없이 잇닿은 그 기다림으로 바꾸어 버린 데 있었다. 밤이
들면서 골짜기엔 눈이 퍼붓기 시작했다. 내 사랑도 어디쯤에
선 반드시 그칠 것을 믿는다. 다만 그때 내 기다림의 姿勢를
생각하는 것뿐이다. 그 동안에 눈이 그치고 꽃이 피어나고 낙
엽이 떨어지고 또 눈이 퍼붓고 할 것을 믿는다.

「즐거운 편지」, 나는 왜 이 시를 굳이 암송하였을까. 나는 그때
이 시를 연애시로, 소박하고 아름다운 연애시 정도로 이해하고 있
었는지도 모른다. 하기는 1장에서 "내 그대를 생각함"이 "사소한
일"이라고 소박하게 고개 숙이고 "그대"를 그리는 여성적 풍모에
서 여성적 화자가 이별의 아픔을 참고 기다리며 사랑의 완성을 그
려보는 한국 서정시의 '님의 노래' 전통을 읽어낸 것은 그리 빗나
간 이해가 아니었으리라. 그러나 여기서 그대를 생각하는 그 "사
소함"으로써 "그대를 불러보리라"고 하는, 그대에게는 사소한 것
이나 내게 있어서는 하나의 굳센 의지인 '그대 생각'의 당당함에
는, 뭔가 분명치 않게나마, 그대를 향하는 사랑의 절대성보다 그것
을 견지하고 있는 자아 의지의 절대성 쪽이 더 강렬하게 내포되어
있었던 것이 아닐까. 이렇게 본다면, 「즐거운 편지」의 '님의 노래'
는 "죽어도 아니 눈물 흘리우리다"에서의 김소월보다 "타고 남은
재가 기름이 됩니다"의 한용운 쪽에 한층 더 가까운 것일 터이다.

사랑의 절대성에 비해 의지의 절대성이 강렬하게 내포되어 있을 것이라는 판단은 1장만 봐서는 모호한 구분이요, 속단일지도 모른다. 문제는 2장에 있다. 2장의 첫 문장은 이렇다.

진실로 진실로 내가 그대를 사랑하는 까닭은 내 나의 사랑을 한없이 잇닿은 그 기다림으로 바꾸어 버린 데 있었다.

이 문장은 좀 모호하다. 내가 그대를 사랑하는 것이 사랑 그 자체의 감정에 연유하는 것이 아니라, 그러니까 그 사랑이 절대적 사랑이기 때문에 있게 된 것이 아니라, 그 사랑을 한없는 기다림으로 바꿈으로써 절대적 사랑이 존재하게 되었다는 사실을 진술하고 있는 것이다. 이를테면 사랑이라는 것 속에 깃들인 절대성은 고스란히 그것을 실천하는 자의 의지에 종속된다는 말인 셈인데, 이때 남다르게 드러나는 것이 그 사랑하는 자의 자아 의지인 것이다. 이 서술은 슬쩍 자연 묘사적인 분위기로 시의 진술 형태가 바뀌는 가운데 이렇게 뒷문장을 거느리게 된다.

밤이 들면서 골짜기엔 눈이 퍼붓기 시작했다. 내 사랑도 어디쯤에선 반드시 그칠 것을 믿는다. 다만 그때 내 기다림의 姿勢를 생각하는 것뿐이다.

화자가 지향하는 것은 사랑의 성취가 아니다. 나아가 사랑의 실패를 예감하면서도 사랑의 절대성을 견지하겠다는 것도 아니다. 중요한 것은 사랑의 절대성을 끝내 견지하게 되는 그 자아 의지의 견고함에 있다. 1장에서 확인했던, 사랑의 절대성에 비해 의지의 절대성이 강력하게 내포된 것이라는 견해는 이 점에서 타당하기 그지없다. 아니, 좀더 예리하게 눈빛을 발하자. 화자는 사랑의 성취도 사랑의 실패도 마음 가운데 두고 있지 않은 듯, "내 사랑도 어디쯤에선 반드시 그칠 것을 믿는다"라고 말하고 있다. 사랑이 그친다는 것, 그건 무슨 말일까. 그대를 향한 내 사랑의 감정이 식을 것이라는 말일까. 문장의 표면 의미만을 보면 그렇다. 그런데 바로 이어 그 사랑의 그침에도 "기다림의 자세를 생각"한다는 대목에서는 그 사랑의 지속성이 그대로 내포되어 있음을 보게 된다. 그러니까, 그 사랑의 그침은, 나의 그대에 대한 사랑의 체념이나 포기가 아니라는 뜻이다. 그럼, 왜 화자는 사랑이 "반드시 그칠 것을 믿는다"고 했는가.

이 시에서 "믿는다"는 표현은 2장에서 두 번 행해져 있다. 앞서 본 "내 사랑도 어디쯤에선 반드시 그칠 것을 믿는다"와 마지막 문장 "그 동안에 눈이 그치고 꽃이 피어나고 낙엽이 떨어지고 또 눈이 퍼붓고 할 것을 믿는다"에서의 그것들이다. 1장의 끝 어미 "불러 보리라"가 그랬던 것처럼 "믿는다"가 어떤 의지를 뜻하고 있음은 주지의 사실인데, 사랑의 실패를 말하는 자리에서 왜 의지를 뜻하는 표현이 두 번이나 행해졌을까. 이 믿음들은 눈 내리는 밤 골짜기의 "어디쯤"에서나, 눈이 오고 꽃이 피고 낙엽 지는 사계의 순환 위에서 나타난 표현이다. 즉 자연의 순환 원리를 이해할 때 나타나는 믿음이다. 자연의 순환을 이해하고 받아들이는 때에 자신의 의지가 강렬해진 것이다. 사랑의 그침을 믿는 것과 자연의 순환을 믿는 것이 동시적인 일이었다. 따라서 "반드시 그칠 것을 믿는다"에서의 사랑의 그침은 그 자체로는 큰 의미를 얻지 못한다. 자연의 순환 속에 나의 절대적인 어떤 것을 수렴시켰을 때의, 그러니까 그 절대적인 사랑을 견지하게 했던 자아 의지마저도 자연의 순환, 순리 속에 수렴시키는 때의 진정한 내 모습이 문제다.

그 모습은 무엇인가.

　사랑에 대한 지속적인 굳은 의지가 사랑을 포함한 그 모든 것들의 순리 앞에 순응하는 순간의 모습, 의지인가 하면 순응이고, 순응인가 하면 의지인 그런 상태, 그 아이러니가 「즐거운 편지」의 내면과 표면을 넘나들고 있는 것이다.　　　　　　　　　(1992)

눈사람 이야기

1. 꼬마 눈사람

한겨울에 밀짚 모자 꼬마 눈사람
눈썹이 우습구나 코도 삐뚤고
거울을 보여줄까 꼬마 눈사람

강소천이 지은 유명한 동요 「꼬마 눈사람」의 1절이다. 아이가 스스로 만든 눈사람에다 못쓰는 모자를 찾아 씌워보고 눈썹도 붙여보고 코도 만들어 붙여보는 동심 어린 정경이 고스란히 떠오른다. 지금 서른 이상의 나이인 사람들은 이 동요를 부르다 보면 눈사람 만들던 어린 시절에 대한 향수가 금세 일 것이다. 하지만 어쩌면 이 노래가 현실에는 전혀 맞지 않는 '흘러간 동요'의 명부에 올라야 할 것 같다는 느낌을 한겨울을 넘길 때마다 가지게 되는 것은 어쩐 일일까.

　내가 살던 곳은 도시였는데도 겨울이면 폭설을 자주 볼 수 있었고, 그런 때면 손이 트거나 귀가 어는 중에도 어김없이 밖에 나가서 놀았다. 썰매를 타거나 멀리 하천까지 나가 스케이트를 빌려 타는 다른 겨울날에 비하면 폭설이 내렸을 때의 놀이는 당연히 눈싸움과 눈사람 만들기였다. 특히 나이 어린 아이일수록 어떻게든 나이 든 형제들 꽁무니를 붙들고 같이 눈사람이라도 만들어보려 애쓰곤 했다.

　눈사람을 만드는 놀이에 무슨 기준이 있는 것도 아니고 대개는 큰 경쟁 상대가 있는 것도 아니므로, 되도록 크게 만들어 사람 형체를 그럴싸하게 갖추어놓는 일만으로 성취감에 젖을 수 있었다. 물론 만들다 지치면 그만 해도 좋고 모양이 흉하게 되어도 그리 흠될 것도 없었다. 아이들은 그저 천연의 자연 속에서 하나의 생명체를 창조하는 일을 직접 경험하는 것만으로 멋진 체험을 하는 셈이었다.

　그러나 도시화가 심화되면서 이런 유의 동심 어린 체험을 하기란 쉽지 않아졌다. 폭설이 내려 도로가 막힌다는 뉴스를 겨울철이면 단골손님으로 맞지만, 아이들이 눈사람을 만들고 눈싸움을 하면서 하루 온종일을 보낼 수 있는 자연 환경이나 여가 시간을 갖는 경우는 흔하지 않다. 폭설은 쏟아지는데 도시의 땅은 이미 눈이 쌓일 포근한 땅이 '아니고, 인위적으로 만들어놓은 운동장이나 동산이 있어 그곳에 수북이 눈이 쌓인다 해도 거기서 오래 놀 여유를 가진 아이들이 없다.

　서정적이고 그래서 교육적이라는 이유를 내세워 아이들에게 현실성 없는 옛 노래를 들려준다거나 식민지 시대나 유행했을 법한 향토성 짙은 동화를 고집해서 전해주려는 어른들이 있다. 그러나 아이들에게 현실을 제대로 알라고 충고할 뜻이 있는 사람이라면, 어쩌면 「꼬마 눈사람」과 같은 노래는 자기 추억을 되살리려는 목적 외에 불러서는 안될 것 같은 생각이 자꾸 든다.

2. 가슴에 칼을 품은 눈사람

정호승의 초기 시에는 '눈사람'이라는 시어가 자주 나타난다. 연작시 중 하나인 「柳寬順 5」라는 시는,

가야지.
버림받은 이 계집의 술집으로 가야지.
눈물이 끝난 사내들이 찾아오면
젓가락 두드리고 눈이 내리고
이 한몸 눈사람으로 술 마셔야지.

로 시작된다. 겨울이면 곧잘 눈 속에 잠기는 주막 분위기가 "눈사람"이라는 이미지에 기대 표현되고 있다고 볼 수 있다. 즉, 지킬 것을 지키지 못하고 살아가고 있는 우리들의 반성과 회한의 정서를 '눈사람이 되어 술을 마시는' 정황 속에 담아내고 있는 셈이다. 거대한 것(유관순)과 천하고 흔한 것(술집 계집)이 동격일 수 있었던 것은, 깊은 겨울 눈에 젖은 주막과 술에 젖은 사람이 뒤섞여 혼연일체가 되었기 때문. 이때 "눈사람"이라는 상징어는, 정서적인 시에 구체성을 불어넣는 동시에 이성적인 세계(유관순을 생각하는 마음)를 정서적인 울림의 세계로 전이시키는 구실을 한다.
아예 「눈사람」이라는 시도 있다. 그 전문은 다음과 같다.

사람들이 잠든 새벽 거리에
가슴에 칼을 품은 눈사람 하나
그친 눈을 맞으며 서 있습니다.
품은 칼을 꺼내어 눈에 대고 갈면서

먼 별빛 하나 불러와 칼날에다 새기고
다시 칼을 품으며 울었습니다.
용기 잃은 사람들의 길을 위하여
모든 인간의 추억을 흔들며 울었습니다.

눈사람이 흘린 눈물을 보았습니까?
자신의 눈물로 온몸을 녹이며
인간의 희망을 만드는 눈사람을 보았습니까?
그친 눈을 맞으며 사람들을 찾아가다
가장 먼저 일어난 새벽 어느 인간에게
강간당한 눈사람을 보았습니까?

사람들이 오가는 눈부신 아침 거리
웬일인지 눈사람 하나 쓰러져 있습니다.
햇살에 드러난 눈사람의 칼을
사람들은 모두 다 피해서 가고
새벽 별빛 찾아 나선 어느 한 소년만이
칼을 집어 품에 넣고 걸어갑니다.
어디선가 눈사람의 봄은 오는데
쓰러진 눈사람의 길 떠납니다.

여기서 당장 눈에 띄는 구절은 "가슴에 칼을 품은 눈사람 하나". 이건 우리에게 동심을 유발할 수 있는 꼬마 눈사람도 아니고, 눈사람으로 혼연일체된 겨울과 주막과 계집과 사내의 정경 또한 아니다. 바로 정호승만의 눈사람이었다.
칼을 품은 눈사람, 새벽에 인간에게 강간당한 눈사람에 흥분하

지 않고 이 시를 읽어가면 이 시에는 이런 줄거리가 담겨 있음을
알게 된다.

별빛을 새긴 칼을 가슴에 품고 용기 잃은 사람들의 길을 위해 울
고 서 있는 눈사람이 있었는데(제1연), 그 눈사람이 눈물로 제 몸
을 녹이면서까지 인간의 희망을 위해 울고 있었는데, 이른 새벽에
어떤 인간에게 몸이 부서지고 말았다(제2연). 새벽 별빛을 보고
걷던 한 소년이 눈사람이 남긴 칼을 품고 길을 걸어갔다(제3연).

겨울밤은 깊고도 길다. 이미 세상에는 우리가 지키고 붙들어야
하는 그 어떤 존재가 소멸되어 버렸는지도 모른다. 그리고 모든 이
는 희망 없이 잠들어버렸다. 이때 눈사람이 그것을 속에 품고 밤을
견뎌내 아침까지 이어주려 하고 있다. 그 눈사람은 꼬마 눈사람처
럼 포근할 수 없고 주막집 눈사람처럼 한을 싸안고만 있을 수 없
다. 그래서 그는 칼을 품고 그 칼에다 자주 별빛을 새기고 있었던
것. 아침까지 희망의 빛을 품어 전하고자 제 몸이 흐르는 것을 재
촉해야 했던 그, 형편없이 줄어들어 결국 진짜 사람에게 치여 쓰러
져가야 했던 그. 그는 흔히 눈사람이라 했을 때의 친근감, 포근함,
향수 어린 정취를 자아내게 마련인 눈사람에 머물지 않고, 우리 인
간들이 처했던, 억압받아 너무 절망스럽던 시대의 어둠을 향해 당
당히 제 모습을 드러내고 죽어갈 수 있었던 존재, 바로 "자신의 눈
물로 온몸을 녹이며／인간의 희망을 만드는 눈사람"으로 새로 태
어나 있었던 것이다. 이쯤 되면, 그 무렵의 또다른 시 「맹인부부가
수」에서 "사랑할 수 없는 것을 사랑하기 위하여／용서받을 수 없는
것을 용서하기 위하여" 눈사람의 노래를 부르던 맹인부부가수가
마침내 그 스스로,

눈사람을 기다리는 노랠 부르며

　이 겨울 밤거리의 눈사람이 되었네
　봄이 와도 녹지 않을 눈사람이 되었네

눈사람이 되어야 했던 까닭도 명확히 이해할 수 있을 터이다.

3. 존재도 죽음도 아닌 눈사람

〈눈사람〉(세계사, 1996)이라는 시집을 한 권 내고도 모자라, 이 듬해 낸 〈여백〉(솔, 1997)이라는 시집에서까지도 눈사람 이야기를 끄집어낸 최승호에게 있어 눈사람이 뜻하는 바가 무엇일까 하고 물어보지 않을 수 없게 되었다. 우선, 꼬마와 어른이 함께 등장하는 「자동차에 치인 눈사람」이라는 시를 다 읽어보자.

　　자동차는 말썽이다. 왜 하필 눈사람을 치고 달아나는가. 아이는 운다. 눈사람은 죽은 게 아니고 몸이 쪼개졌을 뿐인데, 교통사고를 낸 뺑소니 차를 원망하는 것이리라. "눈사람은 죽지 않는단다. 꼬마야, 눈사람은 절대 죽지 않아." 아이는 나를 빤히 쳐다본다. "아저씨, 눈사람은 죽었어요. 죽지 않는다고 말하니까 이렇게 죽었잖아요."

시를 보니 요즘도 눈사람을 만드는 아이가 있기는 한 모양이다. 그런데 이 나라는 차가 문제. 아이가 만든 눈사람을 치고 달아나 버렸다. 아이가 우는 것은 당연한 이치. 짓밟힌 동심 어쩌구 하면서, 우리는 흥분해야 마땅하다. 그런데, 웬일? 시인은 시심도 없나, 행인 '나'를 내세워 오히려 아이에게 이상한 말을 하고 있다.

"눈사람은 절대 죽지 않아." 눈사람은 절대로 죽지 않는다고 위로하는 어른 '나'와 차에 치인 눈사람은 죽은 것이라며 우는 꼬마의 대립은 해석하기에 따라 색다른 이야기들이 낳아지는 것 같다.

우선, 이런 유의 시를 보는 초보자한테 한마디 해두자. '나'가 우는 꼬마를 달래기 위해 거짓말을 하고 있는 상황은 아니라는 것쯤은 알겠지? 혹, 눈사람이 사람이냐, 죽고 아니고가 어딨어 식으로 불평하는 독자는 시집을 덮을 것. "눈사람은 죽은 게 아니고 몸이 쪼개졌을 뿐"이라는 대목에서, '나'는 눈사람이 정말로 죽지 않았다고 생각하고 있는 사람이란 걸 알고 나면, 시 읽는 맛이 솔솔 나기 시작할걸?

자, 그럼 한 차원 높은 해석. 쪼개진 눈사람이건 서 있었던 눈사람이건 본질이 변하지 않았으니까 죽은 것이 아니라는 게 '나'의 생각. "눈사람은 죽었어요"라며 우는 아이를, 서 있었던 눈사람으로 되돌이킬 수 없게 된 현실을 잘 깨닫고 있는 세태적인 아이로 이해할 수 있겠다.

해석이 여기까지에만 머물면 이 시는, 쪼개진 눈사람이건 서 있었던 눈사람이건 본질이 변하지 않았으니 같은 것이라는 깨달음을 전하고 있는 시라는 얘기가 된다. 그것만으로도 괜찮다. 겉모양의 변화만으로 모든 가치평가의 기준을 삼는 인간세태의 어리석음을 간략하게나마 질타하는 내용이 될 수 있을 것이므로.

한차례 더 따져보자. 물론 처음에 아이가 운 것은 눈사람이 죽어버렸다고 생각해서다. 그러나 "눈사람은 절대 죽지 않아"라는 어른의 말을 듣고 그 어른을 "빤히 쳐다본" 그 아이, 그 아이는 울고 있지 않다. 대신 이렇게 말하기만 한다. "아저씨, 눈사람은 죽었어요. 죽지 않는다고 말하니까 이렇게 죽었잖아요." 처음에 본질이 변했으리라고 여겼던 아이가 어른의 말을 듣고 나서 어느새, 죽지

않는다고 집착하는 자체가 그 사물의 본질이 가지는 무한한 유동
성을 제한해 버리는 것이라는 것을 깨달았다는 얘기다. 즉, 눈사람
이 본래 무의 존재였는데, 무가 아니라 생명이었다고 하니까 정말
그 생명이 다해버렸다는 깨달음.
  이 점, 이 시인의 다른 시에서 도움을 받으면 명백하게 해명된다.

  시냇물
  하얀 재 흐른다
  눈사람들이 둥둥둥 물북을 치며
  강으로 바다로 은하수로 흘러간다
                            ―「눈사람의 길」 제3연

  시냇물에서 나는 때로
  눈사람이 부르는 노래를 듣는다
  가사는 없고
  곡조만 있는 노래를

                          ―「눈사람 생각」 마지막 연

  그분은 평생을 흰 모습에 식은 재처럼 사신 분이니 붉은 꽃
한아름 안고 가서서 빈 항아리 향기의 메아리로 물들이듯 붉
게 붉게 물들이시기를.
                            ―「눈사람 장례식」 전문
  눈사람의 체중은 제롭니다. 허공만한 눈사람이라 해도 제로
지요. 공의 저울은 언제나 제롭니다.
                              ―「제로」 앞부분

눈사람이 녹아 없어져도 그 물이 눈사람이고 그 물 흐르는 소리
와 향기가 눈사람일 수 있는 것은, 눈사람 자체가 애당초 아무것
도 가지고 있지 않았기 때문이다. 눈사람의 존재가치는 공(空)에
있었던 것. 공에게 무슨 가치가 있느냐 하고 물으신다면 그거야말
로 우문(愚問). '공즉시색 색즉시공' 했던 것이 부처님이요, '공
이 곧 중심이요 무가 곧 존재'라 했던 것이 노자였나 장자였나?
나 같은 중생이, 공이 노는 모습, 무가 살아 움직이는 모습을 그런
대로 무연하게 바라볼 수 있다면 그것도 제법 경지가 있는 축에
끼일 것이다.
　그래, 그 눈사람의 길을 따라다니며,

　눈사람의 팔과 다리는 둥근 몸 안에 있습니다. 그는 언제나
자신의 안에서 태극권처럼 유연하게 운동하며 길을 가지요.
머물지 않는 길을, 어디에도 머무를 수 없는 길을.
　　　　　　　　　　　　　　　　—「운동하는 눈사람」 전문

에서처럼, 공과 무가 가득 차고 넘쳐나는 길을 걸어갈 수도 있고,
그러다 보면 그 눈사람의 길이

　눈사람은 아시다시피 큰 공 두 개를 세워놓은 듯한 불안한
구조로 되어 있습니다. 그 녹아 내릴 이층탑 모양을 보고 있노
라면 어느 해인가 수타사 가는 길에서 만났던 스님들의 유골
항아리가 떠오릅니다.

　　　　　　　　　　　　　　　　　　　—「공」 전문

에서처럼 가물가물 사라져 가버렸다가,

불속에 훨훨 눈사람 하나 태우고 나서 백자 항아리에 재를
긁어 담으려고 꺼내보니 예전의 하얀 눈사람 그대로더군요.

—「寓話」 전문

에서처럼 어느새 온전히 모습을 다 드러내버리기도 한다. 이렇게
되면, 내가 무슨 헛것을 보고 있었던 게 아닐까? 내가 나인가 눈사
람인가 하고 어느 현자처럼 그렇게 되물어봄직하다.   (1997)

별밭을 우러르며
— 신덕룡의 김지하 시 읽기,
  또는 '우주적 시간'과 '생명의 노래'의 만남

1.

"일루 따라 나오라우!" 자정 넘은 지 오래였다. 그는 많은 말을
했다. 그의 일행이 새벽부터 갈무리해 온 싱싱한 대하를, 굽거나
날것 채로 안주해 먹으면서 우리는 이미 십여 병의 술을 비운 후였
다. 우리 중 누군가는 잠자리에 들어 있었고, 그는 갈수록 대화를
독점하고 있던 차였다. '까짓 거, 달밤에 체조 한번 하고 오면 되
지' 하는 기분으로 우리는 그를 따라 해변으로 나갔다.

보길도, 하고도 예송리였다. 방문을 열고 내다보면 마당 건너 숲
이 있고, 숲 너머로 바다가 보이는 민박집이었다. 그가 그의 대학
학생들과 답사 와서 머물던 곳이라고 했다. 광주 공항에서 그가 대
기시켜 놓은 승용차에 합류, 땅끝(토말)으로, 노화도 거쳐 보길도
로 와서, 고산 윤선도 선생이 토목공사를 해 짓고 가꾸고 지냈다는
세연정을 구경했고, 예송리에 와서도 별로 쉬지 않고 해변가를, 거

닐 만큼 실컷 거닌 뒤였다.

"이리 앉으라우!" 해안가로 깊이 밀려들어왔다 주춤거리고 있는 바닷물이 어둠 속 여기저기서 흔들리는 빨랫줄처럼 빛을 던지고 있었다. 바닷물이 우리의 발목을 적시려다 미처 뜻을 못 이루고 아쉬워하며 혀를 차는 소리를 냈다(그랬던 것 같았다. 우리도 술에 취해 있었고, 바다는, 그런 식이었을 것이다). 돌밭에 털썩, 먼저 주저앉은 그는 다시 그렇게 명했다. "웃어?" 허리를 꺾으며 웃는 우리에게 그는 정색을 했고, 다시 명했다. "누우라우!"

하는 수 없이 다리를 뻗고 누울 수밖에 없었다. 아직 한기를 크게 느낄 계절이 아니어서, 돌밭은 잠시 누워 있기에는 적당히 차가운 편이었다. 달밤에 체조하는 짓이 우스워 아예 눕지 못하고 웃고 선 사람을 제외하고 누운 우리는 그를 포함해서 셋. 돌밭에 누워 그때 우리는 보았다. 누가 호작질을 해서 다 망쳐버린 도화지처럼, 별들이 무작정, 울퉁불퉁 제멋대로의 크기로, 아무렇게나 밤하늘에 마구마구 찍혀 있는 것을. 게다가 그 하늘은 우리의 얼굴 가까운 곳에, 우리 집 우리 방 천장처럼 내려와 있었다. '별밭을 우러르며' 우리는 그렇게 누워 있었고, 그도 한동안 우리에게 명령하던 버릇을 잊은 채로 있었다.

그때, 별밭을 우러르며, 나는 얼핏, 김지하의 시집 〈별밭을 우러르며〉를 떠올렸다. 살과 피가 터지는 삶을 향해 절규하던 김지하가 1980년대 중반에 이르러 '애린'이라는 이름의 내면적 대상을 찾으며 노래하던 시절에 낸 시집이 그것이었다. 그렇다면 그가, 도시 일상의 때를 씻어내겠답시고 남행 비행기를 타고 멀리 달려온 우리로 하여금 별밭을 우러르게 한 것은 그런 김지하의 변화를 떠올리게 하기 위함인가. 아니면, 그가 몇 달 전에 써서 발표한 평론 「김지하론」을 왜 지금껏 읽지들 않고 있느냐고 따지려는 뜻일까.

　더이상의 일은 없었다. 오래지 않아 숙소로 돌아와 우리는 잠자리에 들었고, 밤새 별밭 천장 아래 자는 기분이었다. 그리고 우리는 다음날 아침 그에게, 우리를 별밭까지 끌고 간 까닭을 물었다. 그는 대답했다. "그으래? 바닷가까지 갔단 말이야, 밤중에?" 어쩔 수 없었다. 그가, 그런 적이 없다면 그뿐인 일. 하지만, 겨우 하룻날 밤을 지내는 여행이라 해도, 제법 문학적인 일을 업으로 삼아온 우리들인 만큼 여행지에서 얻은 조그만 화두나마 붙들어보는 예의는 갖추어야 했다. 나는 책더미 사이사이에서 김지하라는 이름이 눈에 뜨일 때마다 책을 뽑아 뒤적거려보곤 했다. 한데, 이번에는 〈별밭을 우러르며〉라는 시집이 보이질 않고, 그렇다면 「별밭을 우러르며」라는 시라도 어디 인용돼 있을까 싶었더니, 그마저 도통 보이질 않는다. 이러다가, 시인 김지하마저 "내가 언제 그런 시를 썼어?"라고 시치미 떼버린다면 어쩔 것인가?

　그러는 사이에 날이 가고 달이 가고 있었다.

　2.

　시집 〈별밭을 우러르며〉(동광출판사, 1989)의 제목은 그 시집에 실린 다음과 같은 시에서 뽑아온 것임을, 나는 그 시집을 책장에서 찾아내 뒤적거리면서, 도대체 이 제목이 어디서 왔나 궁금해 하면서 그것을 알기 위해, 김지하론으로 박사학위를 받은 한 후배와 전화통화를 하던 도중에야 뒤늦게 발견했다. 「겨울 거울」이라는 연작 중 둘째 시였다.

설운 것이 역사다
두려운 것 역사다
두려워도 피할 수 없는 것 역사
아하
그 역사의
잔설 위에 서서 오늘 밤
별밭을 우러르며
역사로부터 우주를 보고
우주로부터 역사를 보고
잔설 속에서 아리따운 별밭을 또 보고.

〈별밭을 우러르며〉에는 이와 같은 유의 연작시가 아홉 편 실려 있다. '겨울 거울'이라면, 상식적으로 생각해서 겨울에 거울을 본다는 뜻쯤 될 터인데, 실은 정색한 상태에서 자기자신을 반성한다는 의미가 그 속에 내포되어 있을 것이다. 나아가, 한시도 자신을 나태하게 하지 않고 성찰, 반성하는 자세를 견지하겠다는 자기 다짐이기도 하겠다. 이럴 때 이런 유의 시에는 자기자신을 성찰하게 만드는 방법적 기제가 개입되는바, 위의 시에서 '별밭'이 바로 그런 것이고, 다른 시에서 "내 가슴속 핏멍"처럼 피어 "내게 오는 동백"(「겨울 거울 3」)이며, "잠속의 낮닭 울음소리"(「겨울 거울 4」) 등이 그런 것들이다. 그런 것들을 통해 자신을 들여다보는 순간 그것은 어느새 내게 "온몸에 돋아오는 새파란 별자리"(「겨울 거울 1」)가 되고, "가슴 찌르는 비수"(「겨울 거울 8」)가 되어, "내가 내 같질 않"(「겨울 거울 5」)은 것 같은 자기 반성을 거듭 유도하게 되고, 따라서 나는 무수한 일상 속에서 점점 "천지 이치를"(「겨울 거울 6」) 다시 배우고 깨달아가게 된다. 그리고 이제 궁극적으로 남는 문제는, "별밭을 우러르며" 과연 진정으로 무엇을 배우고 깨닫느냐는 것.

시 전반부의 문면에서 강조되고 있는 것은 '역사'. 설운 것, 두려운 것이라는 그 역사는 구체적으로 어떤 의미인지 잘 알 수는 없다. 다만 말 그대로, 인간들이 살아온 흥하고 망하고 성하고 쇠한 그 역사를 의미하는 것에서 크게 벗어나는 게 아니라면, 화자는 이 시에서 "두려워도 피할 수 없는" 그 역사에 스스로 피하지 않고 동참해 온 자신의 삶을 함께 말하고 있다고 볼 수 있겠다. 자기 중심에 와 있어야 비로소 의미가 있었던 역사, 그래서 피하지 않았고, 그 때문에 크게 상처입은, 그래서 다시 서럽고 두려운 것이 되었던 역사를 말하고 있는 것 같다. 그러나 세월이 제법 흐른 지금의 화자는 그 역사에 대해 다시금 생각해 본다. 그 역사는 한발 물러서 보면 당장 눈앞에 있는 것만이 아닌, 오래고 오랜 인간의 체취요 시간인 것, 나 없는 때도 나 아닌 때도 있었던 것이 아닐까 하고, 그윽히 반성한 듯하다. 역사는 더 크게 보면 우주의 흐름 속에서의 일순이요, 내 삶의 역사도 곧 우주 속의 일이었던 것이다. 그리하여, 세상 사는 일에서 소중한 일이란 겸허하게 우주의 원리에 순응하는 것일 터이고, 그때의 순응이란,

현수막 현수막
찢긴 포스터들 어지러운데

홀로 샘물 길러 간다
내일 마실 물.

—「겨울 거울 7」에서

에서 보듯이, 나든 상대든 서로 몸을 부딪고 맞서 살아야 하는 현
실적 삶의 논리보다 더 몸을 낮추어 삶을 보듬는 일(내일 마실 샘
물을 긷는 일)이라고 화자는 이제 말하고 있다. 겨울 잔설 위 별밭
아래 서서 차갑고 맑게 된 정신으로 화자는, 그것을 오늘에야 깊이
깨닫고 있는 시인의 모습을 대신해 보이고 있는 것이다. 즉, 역사
속에서 치열하게 살아온 삶과, 그 삶의 참뜻을 묻고 감싸는 우주
사이에서 자신을 아프게 각성하는 자리에 김지하의 시가 와 있다
는 얘기.

3.

이렇듯, 그날 별밭에서 그가 내게 던져준 화두에 시달리는 흉내
를 내본즉 그럴싸하긴 한데, 아무래도 색다른 해석일 수는 없을
것 같다. 이 지점에서는, 늦었지만 그가 쓴 평론 「눈부신, 새살처
럼 돋아오는 아픔 : 김지하론」(제9회 김달진문학상 평론부문 수상
작)을 꼼꼼히 들춰볼 수밖에 없는 것. 그는 처음부터 "시보다 사
상적 편력에 맞춰서 시를 해석"하여 출중한 사상가의 사상적 텍스
트로도 읽힐 수 있는 김지하의 시를 그 사상을 설파한 시로만 평
가하는 일의 위험을 경계한 뒤, 무엇보다 "깨달음을 향해 나아가
는 여정"에 초점을 두고 김지하의 시세계를 이해하려 하고 있었
다. 따라서 그의 이번 글은, 마치 김지하가 "폭력적 현실에 대한
대결의식"에서부터 "내부 지향의 치열함"의 자리로 옮겨앉아 "자
신의 내면에서 새로운 삶을 찾아"가는 외롭고도 진지한 자기 탐색
의 모습을 보여준 것처럼, 다시 그 '자아의 현상학'의 과정과 진
실성을 탐색하는 또다른 탐색자로서의 자세가 무엇보다 문제될

것으로 보였다.

  그는, 1980년대 들어서의 김지하의 시적 변모를 설명하는 거의 모든 논객들과 다르지 않게 김지하의 자기 탐색의 시발점을 「애린」 연작에서 보고 있다. 시인이 '애린'을 찾아나서는 여정을, 그가 선가(禪家)의 그림인 「십우도(十牛圖)」에 견준 것은 당연한 일. 그러나 시 「소를 찾아나서다」의 마지막 행에서의 "가투 나선 젊은 이들 노래 소리"와 십우도의 첫째 단계인 尋牛頌의 결구 "저문 날 단풍숲에서 매미 울음 들려오네"의 정확한 대응관계를 짚어내는 등의 예리한 관찰력을 빛내면서 김지하 시의 중심적 흐름을 실증적으로 읽어 내려간 진지함이 결국 오늘 이 자리를 있게 했으리라. 그는 이번 글에서, 그토록 찾고자 했던 '애린'이 실은 자기 체험과 일상 속에서 온갖 형상으로 편재되어 있었음을 알게 된 시인이 그것을 연민의 대상으로, 그리하여 반드시 합일되어야 할 사랑의 대상으로 변주시켜 가는 과정, 시인이 '애린'을 그러한 자기 구속에서 떨쳐 보내고 새로운 생명체로 태어나도록 지켜보는 과정, 그러한 '구속-죽음'의 세계에서 '살림-생명'의 세계로 자리 옮김해 가게 된 그 '애린'이, 다른 이가 아니라 바로 자신임을 깨닫는 과정을 거쳐 끝내 진정한 '애린', 즉 진정한 자아를 발견해 가는 시인의 내적 이력을 꼼꼼하게 읽어갔다. 그런 중에 그는 남다른 통찰력을 드러내고 있었으니, 바로 이런 대목이었다.

  자아란 무엇인가. 모든 나뭇잎이 다 떨어져버린 메마른 나무요, 그 그림자일 뿐이다. 형상은 없으되 실체는 있는, 그러면서도 생명을 발산하는 존재로서의 자기 인식이다. 이와 같은 인식은 '뼈'의 상징성에서도 여실히 드러난다. 뼈에 붙은 '살'이 모습을 이루는 것이라면 '뼈'는 모습을 이루는 바탕이

된다. 따라서 뼈의 단단함은 자신의 내부에 숨어서 더 이상 파괴되지 않는 생명의 바탕이요 실존의 핵심을 의미한다. 그렇기에 뼈만 남아 자아 속에서 "풀잎 자라고/해와 달뜨"는 것을 스스로 체득할 수 있었고, 그 자리가 곧 "천지를 키우는 자리"이며, 모든 생명의 삶과 죽음, 메마름과 풍요로움, 추락과 상승, 한과 사랑이 함께 어우러져 "밤낮/굿치는" 공존과 화해의 세계임을 노래할 수 있었던 것이다.

인용문은 한 편 한 구절의 시적 표현에 투영된 시인의 내면을 따라 읽는 그의 천진성이 여전히 잘 드러나는 대목이다. 나아가,

뼛속에서
풀잎 자라고
해와 달뜨고

밤낮
굿치는 소리 들린다

—「一山時帖 5」에서

라는 시에서, 그 바로 앞에 인용한 시 「예전엔」에서의 "메마른 나무"와 동질의 비유로 이해한 '뼈'를, "뼛속에서 풀잎 자"란다는 표현의 내적 의미를 읽어내면서, "파괴되지 않는 생명의 바탕이요 실존의 핵심"으로 파악한 것이며, 그런 연후에 "밤낮 굿치는 소리"의 삶과 죽음, 메마름과 풍요로움, 추락과 상승, 한과 사랑이 함께 어우러진 '공존과 화해의 세계'에 대한 찬양으로 설명한 것은 참으로 유효적절하다 하지 않을 수 없다. 그 다음의 추이도 놓치지

않는다. 그는, 삶과 죽음이 함께 어우러진 공존과 화해의 세계를 보게 된 시적 자아가 '나'와 '남', '나'와 '사물' 사이의 경계를 뛰어넘어 모든 생명을 지닌 존재들에게로 공감을 확산시키고 있음을 구체적으로 밝혀냄으로써, 김지하의 시가 궁극적으로 '생명의 노래'인 근거를 온전히 보여준다. 그는 메마른 것, 버려진 것, 비어진 것 들을 보면서 그러나 그런 것들과 함께 고통을 감내하며 새로운 생명의 힘을 체험한 시적 자아가 거듭 사물과의 교감을 통해 '생명의 충일감'을 보여주고 있음을, 이렇게 들려준다.

시적 자아와 사물 사이의 교감은 새로운 존재에 대한 축복이며, 동시에 일체가 되어 느끼는 생명의 충일감이다. 따라서 이런 시적 자아가 "보이지 않는 숲속의/벌레들 애잔한" 신음소리 (「외로움」)를 듣는 것이나, 꽃눈 트는 가지에서 "내 삶에 한 줄기/물오르는 소리"(「빈 가지」)를 느끼는 일은 당연한 일이다. 그것은 모두 "내 속에/텅 빈 속에서/바람처럼 움트는/웬 첫사랑 우주소리"(「無」)에서 보듯 비어 있음으로 충만한 생명의 세계다. 그 속에서 움트는 모든 것이 생명의 현현이고, 나 역시 그 생명의 하나이고 그렇기에 내가 아님이 없는 것이다.

십우도에서 확인되는 끝없는 수행과 깨달음의 단계와도 같은 고통스런 '애린' 찾기의 싸움과 여정, 그 끝에 얻은 참자아, 그 참자아의 자리에서 보게 된 "생명의 비밀스런 모습" 등등을 형상화하고 있는 김지하 시의 흐름과 성취가 결코 현란하지 않은 한 평론가에 의해 여기 이렇게 파악되고 있었던 셈이다.

206

4.

　그는 이렇게, 산업사회 이후 현대사의 질곡 속을 헤쳐와 오늘을
사는 한 뛰어난 시인을 따라 읽고 나서 그 세심함과 통찰력을 인정
받는 자리에 섰지만, 사실 그의 관심이 이 복잡한 현실이나 현실을
꿰뚫는 정신을 향하고 있지 않았다는 사실을 나는 알고 있다. 쉽게
말하자면 그의 석사학위 논문은 「〈금오신화〉의 시간구조 연구」
(1981)였으며, 문학평론가로 등단하기 전까지는 주로 문학작품의
'신화성'과 '시간성'에 주목해 온 이른바 '신화문학론자'였다. 그
러다가 박사학위 논문 「해방 직후 리얼리즘소설 연구」(1988)의 전
후에는 첨예한 이데올로기 시대의 소산인 민족문학론, 노동소설
들에 관심을 두고 있던 소위 '사회주의 리얼리즘 연구가'로 변신
해 있기도 하였다. 이후 그는 「포석 조명희론」(1993), 「심훈, 맞섬
과 반역의 정신」(1995), 「'무녀도'의 샤머니즘 수용 양상과 구조」
(1997) 등의 굵직한 논문을 발표하는 학자로, 「폭력의 시대와 80
년대 소설」(1994), 「'토지'의 삶과 역사」(1994), 「버팀과 발견의
시학: 고재종론」(1996), 「꿈꾸기 혹은 그리움의 시학: 송수권론」
(1997) 등의 평론으로 한국 문학의 현실을 진단하고 독려하는 현
장비평가로 활동해 왔다. 이렇게 되면 그가 이번 평론의 주제인
'생명' 문제와 직접적으로 만난 것은 그리 오래되지 않았음을 알
수 있다. 그가 소위 '에코토피아'를 지표로 삼고, 환경 오염과 자
연의 생명성을 문제삼고 있는 평론과 시들을 모아 엮은 〈초록 생
명의 길〉이 나온 것은 1997년 2월이었다. 나도 잘 사용하지만 그
가 역시 잘 쓰는 용어를 빌려 말하면, 그는 문학작품을 통해 신화
를 '탐색'했고 현실적 삶을 '탐색'했으며, 그리고 이제 지금 우리
의 삶이면서 그 원인인, 그 모든 존재의 생명성을 '탐색'하고 있는

중이다. 그 탐색의 시간은, 신화로부터 현실적 삶의 시간까지라는 대상 범위를 고려한다면 가히 '우주적 시간'이라 할 만하다. 그가 초기에 전공한 신화문학론에서는 이 시간 속에서 어떤 존재 양상에서건 변하지 않는 형태로 모습을 드러내는 것이 있다고 했는데, '原型(archetype)'이라 명명되는 그것의 아주 훌륭한 표상 하나를 오늘 김지하의 시와 그것에 대해 논한 이번 평론에서 함께 찾은 것일 수 있다. 바로, 김지하의 시적 자아가 '애린'을 찾고 자아를 찾아 다시 삶 속에서 우주 속에서 끊임없이 생성되고 있는 생명을 노래했듯이, 그도 그 오랜 시간을 더듬어 그 시간 속에서 인간이 자기 조건의 고통을 감내하며 찾고 가다듬어야 할 한 정신을 향해 탐색한다 할 때의,

　　텅 빈 속에
　　바람처럼 움트는
　　웬 첫사랑 우주소리

— 「無」에서

비었다 하면 어느새 움트며 생성되는 그 생명, 그 정신 말이다.

　　5.

　　우리는 전통찻집에 앉아, 주인의 전화를 빌려 광주로 전화를 걸었다. 수상축하 전화. 그도 좋고, 훗날 '학장급 조교'로 평가되기까지 하는 그의 '눈부신' 조교 활동 덕분에 이십대 초반 나이에 시체 말로 '한수' 크게 배울 수 있었던 나 또한 기껍기 그지없던 일. 그

런데 그런 우리를 내려다보고 있는 벽이 있었고, 벽에 붙은 경구들이 있었다는 것을 나는 모르고 있었다. 그 경구 중 하나가 이런 것이었다. '배고프다고 수선피우지 마라. 여자들이 웃는다.' 게다가 우리가 머문 전통찻집의 상호가 뭐고 하니 '尋牛房'. 김지하의 시와 그를 해석한 또 한 편의 성실한 평론을 있게 한 그 이름 중 하나. 나는 그걸 모두 뒤늦게 알고서, 그 뭔가 나를 찾아가는 험한 길 앞에 퍼질러져 잡념에 혼을 앗긴 것 같은 내 스스로를 때려본다.

(1998)

누가 그의 노래를 들려주리
— 박정만의 시와 삶

1. 10년 세월

"들에는 들국화 소소로이 피고 길에는 코스모스 수런수런 피었네. 높푸른 하늘에 흰구름 떠가고 그리워라 그 얼굴 보고 싶어라. 아아아아아아……." 양수리를 지날 때쯤, 경상도 출신임에 분명한 중년 사내의 노랫소리가 들려온다. 나는 놀란 느낌에 이어지는 호기심으로 인해, 모처럼 만에 주체하지 않고 뒤돌아본다. 그럴 즈음 나는 그 목소리의 주인공을 벌써 알아차린다. 어제「숨은 그림 찾기 1」이라는 소설로 동인문학상을 수상한 뒤끝의, 탁한 음색의 작가 이윤기다. "이거 정마이가 잘 부르던 노래라, 여 오이 생각나네." 가을 들길을 달리는 버스 안이다. 그 옆에 앉은 시인 김영석이 사족 달기를 잊지 않는다. "정만이가 그 노래를 나한테 배워가서는 지가 더 잘 불렀다는 걸 알아야 돼야." 그게 가수 패티김의 노래란 걸 나는 안다. 나는 그 노래 가사를 최근 쓴「끝이 없는 길」

이라는 단편에다 고스란히 담아놓고 노래 제목을 끝 대목 "아아아 아아아 가을인가, 음음음음음음 사랑의 계절"에서 얻은 '사랑의 계절'이라고 썼다가 확신을 못해 제목 없이 얼버무려놓은 처지였으며, 설마 그 노래를 누가 기억하고 있으랴 하고 내 두뇌의 '가요 반세기'를 과신하던 중이었다.

박정만이 노래를 잘 부르고 많이 아는 정도가 특출났다는 사실을 나는 작가 김성동이 쓴 시인 김지하에 대한 글에서 읽었다. 출감한 김지하를 위한 주석에서 가요의 달인이라는 작가 송기원과 대적해 서로 한치 양보도 없던 어느 날 밤의 박정만의 모습이 그 글에 묘사되어 있었다. 나는 그의 노래를 들을 기회가 없었다. 뿐 아니라, 나는 술에 절어 살았다는 그의 인생에서 한 번도 대작(對酌)해 보지 못한, 말하자면 그의 진면목을 못 본 지인(知人) 중 한 사람이다.

그와, 12년이라는 나이 차치고는 썩 가깝게 대할 수 있게 된 기간이 그의 말년 1년 정도다. 나는, 1987년 "8월 중순부터 건강이 극도로 악화돼 사경을 헤매다가 갑자기 미친 듯이 시를 쓰기 시작" 접신의 경지에서 20여 일 만에 3백여 편의 시를 썼다는 그에 대한 기사를 신문(중앙일보, 1987.9.27. 이 기사를 쓴 젊은 기자 시인 기형도도 그 사이 고인이 되고 없다)에서 읽었고, 곧이어 그 해 가을 문예지들에 쏟아져 나온 그의 시를 읽었으며, 그 기사와 그 시편들만을 두루 인용한 월평을 《한국문학》 11월호에 실었다. 나는 그의 시를, 내가 잘 이해하고 있지도 않은 '노장사상'과 연계해 설명했다. 이후, 그의 대학 동기생 작가 박종원이 그걸 알고 좋게 여기더라는 얘기를 그가 내게 했다. 무수한 그의 시편들이 차례로 시집 출간으로 이어지게 되면서, 나는 자연스레 그중 한 권의 해설자로 미리 정해졌다. 나는 그 무렵 국내의 유수한 시 문학상이 그에게 가지 않은 것에 통탄해 하고 있었다.

그해 겨울 그는 간경화로 봉천동 자애병원에 입원했다. 그는 겉보기에는 멀쩡했다. 예수님을 보았다는 얘기도 했고, 선배시인 천상병이 간경화로 입원한 병원에 인터뷰차 갔던 때의 일을 내게 들려주기도 했다(그에게서 "완전히 끝난 삶"이라고 묘사될 정도로 병이 깊었던 천상병은 그보다 수년을 더 살았다). 퇴원 후, 평민사에서 나온 시집 〈슬픈 일만 나에게〉의 해설 문제로 그를 만나는 동안 그는 줄곧 금주(禁酒)였고, 내게 술을 몇 잔 부어주기만 했다.

시는 노래와 가까워져야 한다는, 그의 지론인 듯한 얘기를 들은 게 그때였다. 그때 그는 내게 약속했다. "진정한 한국적인 정서를 가락으로 선보이겠다. 작곡하는 이들에게 어느 정도 말이 되어 있는데 잘하면 내년 봄쯤 해서 가곡제를 열 수 있을 것이다. 박형도 그때 시 한 편 줘야 해. 가곡제도 열고 그것을 레코드로 보급도 하고……." 아울러 그는 이런 약속도 했다. 자신이 술을 마실 수 있게 되면 내게 "코가 비뚤어지게 술을 사겠다"는(물론 그는 그 두 가지 약속을 모두 못 지켰다. 나는 이 일을 그가 죽은 직후 또 《한국문학》11월호 월평에다 썼다). 그와의 인연은 다시 이어진다. 그해 여름 3개월 동안 나는 청맥출판사에 기획위원으로 관여하면서 그의 시화전 개최에 맞출 시화집 편집을 진두지휘하기도 했다. 나는, 그때 그 책명을 '박정만 시화집'만으로 생각하고 '누이에게 주는 선물'이나 또다른 친근한 시 제목에서 따올 생각을 하지 않은 일을 두고두고 후회하고 있다. 시화전은 8월, 시인 김성옥이 운영하는 인사동 서림화랑에서 10일간이나 열렸는데, 그때도 그는 나에게 술을 사지 않았다. 노래도 들을 수 없었다. 그것이 나와는 마지막이었을 것이다.

　지각생을 기다리느라 출발 시간을 한 시간이나 늦춘 버스는, 그러나 순조롭게 경기도 양평군 서종면에 있는 무궁화묘원에 도착한다. 청명한 가을인데, 아직 덥다 싶은 날씨. 10년 전 박정만이 떠난 10월 2일 88올림픽 폐막식이 있던 그날도 아주 맑은 날이었다. 봉천동 조그만 언덕길에 있는 그의 집 앞에서 자리를 깔고 술을 마시던 기억이 난다. 그런 날, 너무 빨리 찾아든, 그래서 억울하기 그지없는 지인의 죽음 앞에서 곧잘 그러는 것처럼 우리 중 어떤 이들은 술을 먹다 말고 시비가 붙기도 했다. 이틀 뒤, 공원묘원이라는 느낌을 주지 않는 한 산골의 가파른 언덕길을, 길지 않은 행렬이 두서없이 관을 들고 오르던 기억도 난다. 10년 세월이 흐르는 동안, 그 사이 가깝거나 멀거나 한 문인들의 죽음을 보았고, 그를 죽음으로 몰고 간 아주 큰 원인이 되었던 당시 철권정권의 우두머리와 그 후대 통치자가 함께 철창에 갇혔다 풀려나온 일도 있었다. 10년 세월, 그 세월이 마치 가지 않았던 세월이기나 한 것처럼, 사람들은 그때와 비슷하게, 절망도 희망도 애써 밀어내고 있는 어정쩡한 표정을 짓고 있다.

　이름하여 박정만 시인 10주기 추모식. 그의 사후에 그를 기리는 일이 자주 있어오긴 했다. 이런 일도 있었다. 그가 떠나고 얼마 뒤, 그의 시인으로서의 삶과 죽음을 단막으로 극화하게 된 KBS TV의 한 프로듀서가 대본을 들고 내게 찾아왔다. 감성이 예민한 한 시인이 뜻하지 않은 사건—작가 한수산의 소설 구절 때문에 생긴 조작된 필화사건임을 제대로 설명하지 않은 채의—으로 고문 후유증에 시달리면서 현실에 적응하지 못하고 죽어갔다는 식으로 이어지는 구성이라, 겉으로 드러나는 적당히 화제적인 시국성 얘기보다 더 깊은 얘기를 다루어야 한다고 충고를 하긴 했는데, 통할 상황이 아니었다. 드라마는 예상대로 깊은 인상을 남기지 못했다. 이미 준비중이던 시집 〈그대에게 가는 길〉이 유고시집으로 한 달 뒤에 발간되었고(실천문학사), 이듬해 4월 황동규에 의해 "한국 서정시의 한 극점"으로 뒤늦게 받아들여지면서 시선집 〈해지는 쪽으로 가고 싶다〉(나남)로 결실이 맺어지기도 했다. 시전집 〈다시 눈뜬 아사달〉(외길사)이 나온 것은 1990년 9월. 생전에 받을 수 있으리라고 많은 이들에게 기대되었던 상은 사후에 현대문학상(1989. 2), 정지용문학상(1992. 5) 등 좀 달라진 이름으로 그에게 찾아들기도 했다. 그의 시를 대상으로 삼은 석사학위 논문도, 밝혀진 바로 이미 4편. 그외, 생전과 사후에 발표된 박정만론을 모으면 책 두세 권 분량이 될 것이다. 사정이 이러하다면, 그는 행복한 시인일까 혹은 아닐까? 아니, 이날 10주기에 모인 이들은 그런 질문 따위는 할 생각도 없는 사람들이었다. 상대적으로든 절대적으로든 그를 더 뜻깊게 생각하지 못하고 살았다고 자책해 오던 사람들이 그의 사후 10년이 가까워지면서 초조해 하기 시작했고, 추석 연휴를 피해 뜻 맞는 사람들끼리라도 간단한 추모 모임을 갖기로 했던 것. 의외로 문단 선후배 시인들, 대학 후배 문인들, 출판 관계자, 기자 등 해서, 대절한 버스가 그런대로 한몫할 수 있는 삼십여 명이 된 것이다.

올여름 수해는 서울 서북부 일대를 훑고 지나갔는데 시인이 묻힌 무궁화묘원도 이에서 벗어나지 못했음을 묘원 초입에 서 있는 합동 분향소가 단번에 알려준다. 얼마간 정비해 두긴 했지만, 여기저기 허물어진 무덤의 둔덕 어디에선가 인골(人骨)이 삐죽삐죽 손을 내뻗을 것 같은 느낌이다. 추석 때 다녀간 유족들의 흔들리지 않는 발걸음이 없었다면, 혹시 박정만의 유골도……? 하고서 당황했을 법하다. 평소 운동량이 적은 살찐 사람들이 숨차할 정도의 높이에 시인은 묻혀 있었다. 반남박공정만지묘(潘南朴公正萬之

214

墓). 표나게 앞으로 튀어나왔으면서도 둥그스름함을 자랑하던 박
정만의 광대뼈 같은 봉분은 좀 초라한 듯하면서도, 비탈진 언덕빼
기를 깎은 묘터에 잘 어우러졌다는 느낌이다. 이 느낌을 위해 그는
그토록 반복해서 "저세상의 구중궁궐 대청에 누워" "산뻐꾸기의
울음도 큰댓자로 들을 참이네"(「대청에 누워」) 하고 저세상 구중
궁궐과 친해지려 애써온 것일까.

양평에서 합류한 참배객까지 합쳐서 사십 명에 이르는 사람들이
모여서 함께 추념(追念)하기에는 너무 좁아 앞줄에 서 있는 다른
이의 무덤터를 자연스럽게 빌린 채, 추모식이 시작된다. 버스 안에
서 박정만이 즐기던 노래를 불러댄 이윤기가 시인과의 술판에서의
추억을 더듬고, 중학교 때부터 대학 때까지 줄곧 선배였던 김영석
이 "맑은 영혼을 가진 사람은 지상에 오래 붙들어두지 않는 법"이
라며 박정만의 심성을 추억한다. 김영석은 이어 박정만이 평소 "죽
으면 화장하라"는 식으로 입버릇처럼 말했는데, "시인에겐 기념할
자리가 필요하다"는 한 원로시인의 견해를 받아들여 그 사실을 강
조하지 않았었다고 밝혔다. 대학 1년 선배인 시인 정성수가 시인의
연보를 설명하는 동안은 모두들 박정만과의 몇 가닥 인연을 되새
김질해 보기도 한다. 1981년 세칭 한수산 필화사건 때 죄 없이 끌
려가 전기고문까지 당하고 나온 울화통 터질 것 같은 박정만의 심
정으로 빨려 들어가는 것 같아 나는 잠시 정신이 아뜩해진다(고문
후유증이 정말 그 정도일 줄 나는 모르고 있었던 것이다!).

동기생인 서예가 조용호의 시 낭송은 10년 전 장례 때의 고별사
못지않게 격정적이고, 시인 문정희의 시 낭송은 박정만 시의 리듬
을 멋지고 한스럽게 살려낸다. 계간 《시와 시학》에서 주관하는 박
정만 시비 건립기금 모금운동이며 이후의 추모사업에 대한 계획이
각각 고찬규, 정호승 두 시인에 의해 간략하게 설명된다. 아이 엄

마가 되어 부친이 살던 집에서 다복한 가정을 꾸리고 있는 큰딸 (박송이)은, 장례 때 하얀 소복을 입고도 복숭아 같은 낯빛만은 감추지 못하던 그 혈색 좋은 얼굴로 "이렇게 많은 분들이 아버지를 생각해 주어서 정말 좋다"는 말로 인사를 대신한다. 좌장 격인 선배 시인 김종해, 서정춘의 헌작(獻酌)에 이어 모두들, 도가 넘치고도 흘러넘칠 정도로 마신 술을 마지막까지 마시다 이미 그길로 떠나간 박정만에게 다시 철철 넘치는 술잔을 안긴다. 박정만의 이른 결혼의 비사를 들려주는 시인 김종철. 벌써 10주기? 하고 놀랐다는 시인 김형영. 그리고 이윤기가, 버스에서 부르다 만 그 노래를 불러젖히고, 원조 김영석이 그를 받쳐준다. 나도 가만히 따라 부른다. "들에는 들국화 소소로이 피고 길에는 코스모스……." 올 여름의 수해는 시인의 무덤가에 들국화 코스모스 몇 송이도 제대로 못 피게 만든 것 같다.

2. 조숙한 방랑자, 그 이름은 시인

박정만이 쓴 산문 「슬픔의 보석상자」는 그의 성장사를 알리는 드문 자료다. 그는 나의 대학에 12년 먼저인 1966년에 입학했는데, 출생일이 1946년 8월 26일인 걸로 치면 남보다 한 해가 늦다. 그는 그 글에서 "시골에서 국민학교를 다녔기 때문에" 중학교 입학이 늦은 편이라고 밝히고 있다. 출생지는 전북 정읍군 산외면 872번지다. 화죽초등학교를 졸업한 것은 1959년 3월. 그리고 1년 공백을 두었다가 중학교에 입학한다. 전주북중이다. 체격도 크고 키도 큰 편이었으며, 남보다 월등한 팔의 완력 때문에 체육 교사로부터 "야구부원이 될 것을 권고"받을 정도였다. 그는 그걸 "내심

자랑으로 여기고 있었다". 한데 그때만 해도 '세칭 명문 중학교'에
다니는 몸이어서 "공부를 등한히 하면 당장 큰일이라도 나는 줄"
알아서 뿌리친다.

그러나 중2 때부터 "공부라는 것은 인격을 도야하는 데 충분한
가치가 있는 것이긴 하지만 별로 쓸모없는 물건처럼 생각"되기 시
작한다. 중1 때 어머니가 고혈압으로 쓰러져서 "죽음이라는 것에
대해 막연히 동경과 연민을" 느끼게 되면서부터 벌써 방황이 깊어
가고 있었던 것이다. 이때부터 집도 학교도 교회도 친구도 벗삼지
못하고 "비뚤어진 골목길처럼 비뚤어져" 방황과 배회와 사색 속에
서 중2 말까지 보내게 된다. 이 시절의 모습을 엿보게 만드는 시
한 대목.

나는 아주 이상하게 방황하였다.
수천 년 동안 아주 이상하게
죽음 저편의 건너 세상까지를
막연한 명칭 밑에 방황하였다.

— 「누이를 위한 小曲」에서

그런데 사실 이런 정도뿐이라면, 신분은 자유롭지 못하고 정신
은 존재와 생명을 넘어 먼데까지를 두루 섭렵하게 되는, 감수성 예
민한 사춘기 소년으로서 한 번은 겪어갈 방황이었다고도 볼 수 있
다. 그는 여기에 보다 더 큰 정신적 굴절의 더께를 쌓아간다.

더는 이런 방황을 못 견뎌 "슬픔과 고통을 잊으려고" 택한 것이
핸드볼 선수. 핸드볼에다 유도까지 하면서 "땀과 소금의 양으로
모든 것을" 잊어본다. 한데 이것이 그에게 화를 불러온다. "지나
친 열성이 건강을 해치는 결과를 초래하고 만 것이다." 6개월간의

병상 생활 끝에, 그는 다시 더욱 처절한 정신적 고뇌를 시작한다. 중3. 가출을 해 "동해의 어느 곳에서" 자살을 시도하기까지 한다. 그는 "낯선 사람들에 의하여 본의 아니게 구조되고" 마침내 고향으로 돌아오게 된다. 그곳이 고향인지 어딘지도 모를 정도로 정신이 어지러운 채 받아들인 그때의 고향 이미지를 뒷날 이렇게 술회한다.

나는 어디론가 돌아왔다. 아마 그곳은 고향일 것이었다. 나는 거의 무의식 가운데서 고향에서 울고 있는 뻐꾸기와, 그 뻐꾸기의 울음 속에 숨어 있는 안개들의 응집력, 그리고 언뜻언뜻 반향하는 풀잎들의 몸 비비는 소리를 들었다. 그것은 인간의 모습이었다.

내 고향은 남도(南道)의 깊은 산골로 보리 이삭이 팰 무렵이면 뒷산 숲속에서는 늘 청아한 소리로 뻐꾸기가 울었다. 4월과 5월을 그렇게 소리 없이 울다가 가을이 되면 산과 함께 잦아들어 겨울 동안은 기별조차 없었다. 그러다가 다시 보리 이삭이 팰 무렵이면 맑은 산의 이마 위에 소리 없이 나타나 또 청아한 목소리로 한 율조를 지어내는 것이었다. 사실 뻐꾸기는 사철 내내 울었지만 나는 가을과 겨울 동안은 먼 나라의 꿈을 꾸느라고 그 소리를 못 들었음에 틀림이 없었다.

풍문처럼 떠돌다가 기별도 없이 돌아오는 고향의 뻐꾸기 울음처럼 나는 오래 잊고 있던 고향으로 돌아와 비로소 새로이 태어난 것이었다.

나는 점점 인간의 모습으로 탈바꿈되어 가고 있었다.

그의 많은 시편들에 남도(南道)의 자연미와 그 가락이 구성지고도 한스럽게 어우러지며 녹아 있는 이유를 우리는 이 지점에서 얻을 수 있다. 그의 시가 어째서 전통적인 시적 운율에 맥을 대면서도 그로부터 새로운 율격 체계(가령, 4행＋1행의 시 형태)를 지향하고 있는가를 따져볼 수도 있겠다. 죽음을 더욱 가깝게 인식하게 되는 말년의 시편들에 특히 고향 이미지가 많은 것도 이때의 각성과 연관이 깊다.

  이어, 앓던 어머니가 작고한 것은 고1 때. 그러나 그는 이미 그 이전부터 죽음의 슬픔을 몸으로 예비하고 있었던 터. 그 때문인지 일찍 여읜 어머니 애기가 시에 직접 드러나는 사례가 별로 없다. 슬픔을 속으로 삭일 수 있을 만큼 그는 조숙해 있었던 셈이다. 하지만 어찌 슬픔을 말하지 않으리. 그는 "언덕을 넘어가는 어머니의 꽃상여를 따라가며 마구 울어대는" 식구들에 비해 냉정했지만, "어머니가 돌아가신 다음해부터" 황폐해지기 시작한 집 꽃밭을 보면 뒤늦게 슬픔에 휩싸였다고 산문 「꽃 속으로 걸어가는 길」에서 밝히고 있다. 또는 다음과 같이, 드문 경우이긴 하지만 죽은 어머니에 대한 상념이 그려지기도 하고, 평소 자주 어머니를 일찍 여읜 자의 외로움과 슬픔을 토로했다는 주변인의 회고도 있다.

　　꿈속의 어머니도 오지 않는데
　　적막강산에
　　무엇이 죽어서 새로 오는가.
　　일요일, 서풍이 불고 하늘은 맑음.
　　나를 놓고 쏜살같이 달려가는
　　오, 늘 푸른 처녀성 처녀성.

—「오월의 개철쭉」 전문

　반면에, 그의 시에서는 어머니의 죽음과 같은 직접적인 형상보다는, 보다 초시간적인 의미를 지니는 죽음, 생의 종말을 의미하는 것이 아닌, 존재하는 것과 존재 너머에 있는 것의 조응이라는 뜻에서의 죽음이 중시된다고 볼 수 있다. 그에게는 죽음도 삶도 그것 자체로서의 의미보다는 전체적인 조화, 이를테면 뻐꾸기 울음과 풀잎들이 몸 비비는 소리, 그 소리 뒤에 숨은 안개의 응집력, 그것들의 있는 듯 없는 듯한 어우러짐이라는 의미로 받아들인다. 그 때문에 필연적으로 그의 시는, 말 중에서 가장 자연에 가까운 말, 시 중에서 가장 자연에 가까운 시를 지향하게 된다. 이때 그 자연이란 바로 음악, 시로 한정해서 보면 운율인 것, 박정만의 시에서 운율감이란 이렇듯 핵심적인 것이다. 그가 내게까지 '한국적인 정서를 가락으로 선보이겠다'는 의지를 보인 이유도 거기에 있었으며, "수도 없이 추고를 하면서 입에 붙을 정도로 달달 외어지도록"(정성수의 증언) 한 시라야 발표하고는 했던 이유도 그랬다. 아는 이들이 그를 시인으로 부르기보다 "소리꾼이라고 부르는 것이 더 적절"(김성동의 글)하다고 여긴 것도 그가 실제로 가수 뺨치는 소리꾼이었던 탓만은 아니라 이러한 맥락에 의해서였다.

　어머니의 와병과 죽음, 생래적 고독과 사춘기적 방황, 그 극단에서의 가출과 자살 체험 등으로 이어진 십대의 한복판을 그는 서서히 문학을 통해 지탱해 내는 지혜를 얻은 듯하다. 전주고교 시절 그는 "도서관의 맨 왼쪽 마지막 구석 자리"에서 "아우구스티누스를 읽고, 시를 쓰"면서 "이 지구 위에 찍어놓을" 자신의 "발자국을 생각했다". 그는 시를 쓰고 있었으며, 시를 통해 미래를 설계하고 있었던 것이다. 백일장 같은 데 나가 자신의 문학적 역량을 뽐내게 되는 건 그 미래의 설계도에서 아주 초보적인 일. 초보 중에서도 절정의 순간이 있었으니, 바로 경희대 주최 고교생 백일장에 나가장원으로 뽑힌 것이 그것이다. 1965년 7월 경희대 임간교실에서 "군인화 신고 학생모를 약간 옆으로 삐딱하게 쓴 그는 새파란 청년문사답게"(정성수의 회상) 장원 작품 「돌」을 낭랑하게 읽어갔다. 이듬해 그 특기를 인정받아 그 대학 국어국문과에 장학생으로 입학한 것은 당연한 수순. 당연히 그 앞으로는 시인의 길이 펼쳐질 수밖에 없었던 것. 그는 결국 시인이 되려고 그토록 힘든 십대를 살아온 게 아니었을까. 그는 뒷날, 스무 살 되기 전의 자신의 시간을 이렇게 노래했다.

> 보랏빛 등꽃 아래 앉으면 보랏빛 눈물
> 시름 곁에 앉으면 다시 또 시름의 눈물
> 그때는 왜 그렇게 눈물이 흔했는지 몰라.
> 한 모금의 소주와 꽃다발과
> 푸르게 넘쳐나는 정열의 돛폭을 높이 달고
> 한숨의 떼 무리 지어 밀려올 때도
> 마음 금쪽같이 금쪽같이 나누어 썼네.
>
> ─「스무 살 이전」 전문

3. 율동하는 죽음 이미지

박정만이 시인으로 첫발을 디딘 것은 1968년 대학 3학년이 되던 해, 서울신문 신춘문예에 「겨울 속의 봄 이야기」가 당선되면서이다(여러 신춘문예에 동시 당선될 것이라는 오만한 발언을 서슴지 않은 그를 정성수가 회상해 준다). 겨울 속의 봄 이야기라……. 박정만에게 드리워져 있는 비극적 색채에 비하면 썩 희망적이라고 볼 수 있는 말이 아닐 수 없다. '신춘문예용' 시라고, 그의 사후 황동규는 박정만 시를 다시 읽으며 이 시를 간단히 평했는데, 사실 그런 면이 있다. 당시 신춘문예 당선이라면, 가난하고 고독하지만 단 한 편의 시로 일시에 세상을 제압해 버릴 정열에 불타는, 박정만 같은 문학청년들이면 누구가 연연해 할 수밖에 없던 시절. 그 당선작 중에는 특히,

> 아침 한때, 순금(純金)의 부리로 빨갛게
> 새들은 남은 잔설(殘雪)을 쪼아대고

같은, 빨간 부리의 새가 하얀 눈을 쫀다는 색채 이미지의 조립이 '신춘문예적'이었다. 신춘문예 당선이라는 경력이 벌써 그렇지만, 이런 구절을 보면 역설적으로 박정만의 시 학습이 어느 정도인가를 짐작할 수 있다. 그런데 그는, 겨울 속에서 봄 기운을 읽는다는 투의 다분히 상투적인 시적 정황에서도 그다운 체취를 풍겨내는 데 성공한다.

> 사무쳐 있는 암흑의 깊은 땅 속에서
> 몸살난 곤충들은 얼마나 앓고 있는가.

여기서 곤충으로 태어날 미물들의 움직임이 돋보일 수 있었던 까닭은 바로 "사무쳐 있는 암흑의 깊은 땅 속"이라는 죽음의 배경 때문이었다. 빛의 세계, 탄생의 세계로 걸어가는 그 길 뒤로 죽음의 그림자가 어른거릴 때 더욱 아름다워지는 그런 정경을 그는 놓치지 않고 있었던 셈이다.

그러니 등단용으로 아주 많이 신경썼을 이 작품 외의 다른 작품

들에는 그 특유의 죽음 이미지가 더욱 돋보이지 않을 수 없다. 첫
시집 〈잠자는 돌〉(고려원, 1979)에 이르는 길목의 많은 시편들을
보자.

　　　말이 죽고 한 침묵이 살아
　　　그것이 더 큰 침묵이 되더라도
　　　이제 내 눈을 감겨다오,
　　　이 세상의 마지막 山, 마지막 禪 모양으로.
　　　　　　　　　　　　　　　　　　　　　—「잠자는 돌」에서

　　　나 죽음 곁에 엎디었노라 — 꽃비에 젖어
　　　꽃같이 나 죽음에 엎디었노라.
　　　　　　　　　　　　　　　　　　—「芍藥꽃밭에서」에서

　　　무덤이 무덤을 불러서
　　　무덤끼리 도란도란 숨어 사는 곳
　　　　　　　　　　　　　　　　　　　—「숨쉬는 무덤」에서

　마지막 눈을 감고, 죽음 곁에 엎디어, 마침내 무덤이 되는 사연
은 이 시집 곳곳에 녹아 있다. 그런데 이러한 죽음 이미지가 빛나
는 시행들을 되풀이해서 읽어보면 어느새 읽는 이로 하여금 흥에
취하게 하는 분위기가 가꾸어져 있음을 알게 된다. 그것은 일차적
으로, 다소 외재적(外在的)으로 보이는 율격 장치에 의해서 얻어
지는 율동감 때문일 것이다. 달리 보면, 죽음을 율동으로 받아들일
수 있게 된 시적 자아가 문제시될 수 있다. 죽음이라는 것이 그의
시에서 실제적인 소멸이나 존재의 끝이라는 의미를 띠고 있지 않

다는 것. 평론가 김재홍은 그 시집의 해설에서 이를 두고 "지나치리만큼 시집 전체를 압도하는 '죽음'의 이미지는 실상 그것이 비극적 세계관을 바탕으로 한 현실의 종결이 아니라 '죽음'이라는 무의 통과과정인 영원한 현실의 시작을 의미"(「비극적 세계관과 부활의지」)한다고 지적하고 있다. 적어도 첫 시집을 내기 전후 동안에는 그의 시의 죽음 이미지는 죽음이면서도 부활이며 재생인, 그런 에너지로 빛을 발하고 있었고, 그것이 형식적인 면 즉 운율감과도 어우러지면서 독특한 서정세계를 일구어낼 수 있는 원동력이 되었다고 볼 수 있다.

죽음 이미지와 그것을 소멸의 세계가 아니라 재생의 세계로 이끌어가는 운율성은 첫 시집에서부터 말년의 시까지 시종일관 두드러지게 나타나는 박정만 시의 특징이라 할 만하다. 그러나 그 세월 사이, 그 죽음의 이미지에는 생의 절망감이 더욱 둔중하게 얹어지고, 따라서 시의 운율 또한 호흡의 장단이며 강약, 율격의 변형과 해체를 경험하게 된다. 이런 변화와 확장은 말할 것도 없이 그의 생애의 굴절과 비극의 연장선에서 얻어진 것인데, 역설적이게도 그 때문에 그의 이름은 더욱 뚜렷한 시인의 이름으로 남게 되었다.

박정만이 결혼하고 첫딸을 얻은 게 대학 재학 때. 이 이른 결혼이 어쩌면 시인에게 너무 많은 족쇄가 된 건지도 모른다. 그는 1971년 2월 대학을 마치고 나서부터 여러 출판사를 전전하면서 가장으로서의 역할도 수행해 나가야 했고, 시도 부지런히 써야 했다. 시인과 가장, 어쩐지 잘 어울리지 않을 것 같은 이 생활을 그러나 그는, 술과 방황의 세월 속에서도 어쨌든 해낸 사람이었다. 상금이 많은 현상공모에 시와 동화를 함께 투고해 모두 당선된 저력도 이때 발휘되었다. 일찍이 출판사 편집부장 직함을 갖고 있기도 했다.

이런 그에게 뜻하지 않은 운명이 닥쳐온다.

1981년 5월. 중앙일보에 연재중이던 작가 한수산의 소설 〈욕망의 거리〉의 어느 한 대목에 군인을 비방하는 투의 말이 한 구절 있었던 것을 빌미로 한수산을 비롯 중앙일보 관련인과 주변인을 잡아들여 무자비하게 고문한 뒤 무혐의로 내보낸 기막힌 사건이 발생한다. 이 사건의 주무부서는 지금은 군기무사로 명칭이 바뀐 국군보안사. 문인·언론인 7인이 2박3일, 또는 4박5일 동안 취조를 당하고 나왔다. 당시 고려원 편집부장이었던 박정만은 대학동문 한수산과 그 소설의 출간 문제로 잠시 만난 일 때문에 끌려갔던 것. 박정만은 2박3일 쪽이었다는 걸 오히려 다행으로 알아야 할까(이후, 한수산은 자신을 그렇게 만든 자가 대통령으로 있는 나라에 살 수 없다 하여 일본으로 가서 다년간 체류하기도 했다). 그때가 전두환 정권이 여의도에서 국풍이라는 문화 축제를 열어 전국을 떠들썩하게 하던 시절. 말년에 쓴 다음 시는 그때의 정황을 말해준다.

> 그 막막하고 깊은 어둠 속에서
> 군화 신은 아이들이 내 몸뚱어리에
> 뼛속까지 스며드는 상처를 내고
> 나이팅게일 그려진 안티플라민을 주었어.
>
> 1981년 5월, 國風이 여의도에서 흐느끼던 날.
> ─「수상한 세월 1」 전문

이에 이어지는 「수상한 세월 2」에서는 아예 물고문이라는 말이 단번에 떠올려지게, "내가 그 어두운 지하실에서/가시면류관을 쓰고 물 먹고 반쯤 죽어갈 때"라고도 썼다. 시인은 한 산문에서 이를 조금 더 자세하게 밝혀놓기도 했다.

> 10여 명의 검은 제복들이 일시에 내 안면을 강타하고 있었다. 나는 명치께를 끌어안았다. 숨이 컥 막히고, 천장의 일각으로부터 새어나온 스포트라이트가 내 망막 위에 사선의 빛줄기를 그었다. (……) "뼛가루는 못 보내도 사진은 보내줄 거야." 검은 제복의 사나이가 찰칵 하고 카메라의 셔터를 눌렀다. (……) 결국 나는 구두 뒤축에 장딴지를 짓눌리고, 구두의 크기만한 발자국을 내 몸의 문신으로 새겨야 했다. 그 위에 다시 구두코가 안개처럼 내 몸을 핥았다.
>
> ―「안개 또는 액자 속의 새」에서

정성수는 "전기고문으로 다리는 절룩거리고 온몸은 시커멓게 되었더라"고 진술한다. 박정만은 원래 술을 좋아해 병을 얻고도 많이 마시긴 했지만, 그 사건 이후로는 폭음하지 않고는 아파서 잠을 못 이룰 정도가 되었다(그런데 나는, "안주도 필요없지. 소주 한 잔에 포도알 하나를 퐁당 빠뜨려서 그놈을 한 잔 짝……"이라고 하던 그의 말을 들으며 그게 말술을 자랑할 수 있는 시인의 멋이라고만 이해하고 있었으니……). 다음 시를 보라.

> 어혈을 풀기 위해 한약 한 제를 지어 왔다.
> 코 위에 안경을 걸친 한약방 주인이
> 물에다 끓이지 말고
> 막걸리를 부어 끓이라 한다.
> 술 먹고 大韓民國처럼 망가진

내 몸뚱이의 내력을
소상히 알고 있는 듯한 말투다.
참 용타고 생각하며
아내는 탕기에 술을 넣어 약을 달인다.
펄펄 끓는 물솥에 수건을 적셔
내 몸의 어혈 위에 찜질도 하고……
탕기에선 한밤내 부글부글
죽음이 들끓는 소리.
절명하라, 절명하라, 절명하라,
이를 갈다 이를 갈다
가슴도 부글부글 소리를 내고……
분노도 피딱지도 약에 녹아 하나가 되고……
어혈은 풀어져서
내 몸의 피와 살과 뼈에 스미고……

—「瘀血을 재우며」 전문

죄 없이 당한 고문의 고통에 시달리면서 약을 지어 마시고 술도
마시며 견뎌낸다. 그러나 더 무엇으로 견딜 수 있으리. 복수를 꿈
꾸기는커녕 어디 가서 하소연도 할 수 없었던 시인의 뼈에 사무친
원한이 이가는 소리로 살아 들려온다. 이 지점까지가 대체로 두 번
째 시집 〈맹꽁이는 언제 우는가〉(오상사, 1986)를 전후로 한 시절
이었다고 볼 수 있다.

그러던 중에 결혼 생활에 커다란 시련이 지나간다. 첫 부인과
이혼을 하고 다음의 부인을 얻는 일도 있었다. 원래 어떤 시인이
고 그 일상사란 것이 순탄치 않을 운명인 경우가 많은데, 육신과
정신에 깊은 병을 얻은 그가 다복하게 일상을 영위하기란 참으로

어려웠을 것이다. 그는 두 번째 시집 시작 노트에 이미 이렇게 썼다.

내게 있어서 1985년은 절망과 고통의 올로 죽음의 피륙을 짜던 한 해였다. 바깥 출입이라곤 거의 금하다시피 하고 날이면 날마다 방구석에 처박혀 미친 놈처럼 소줏잔만 기울였다. 작년 한 해 동안에 내가 쳐죽인 술병의 숫자가 1천병을 훨씬 웃돈다면 누가 곧이들을까?

아마도 이즈음부터가 아닐까. 그의 시에 있어서 죽음 이미지가 아주 색다른 면모를 보이기 시작한 것이. 통음과 자폐의 나날 속에 원한과 자조가 어우러지면서, 그의 시를 넘나들던 죽음 이미지가 전에 없는 생생한 운율로 빛을 발하게 된 때가 또한 이때가 아닌가 한다.

내 목숨을 해치우려는 어둠의 떼가
제발 순서라도 있었으면.
그냥 무자비하게 나를 처치하려 해.
숙련된 저것들의 보슬비 같은 소리.

때려도 때려도 얼굴만 아파오고.
　　　　　　　　　　　　　— 「마지막 순서」 전문

1987년 여름 그 접신의 경지에서 쓴 시들이 대부분 이처럼 4행＋1행 형식의 단시. 이 형식에서 끝 1행은 앞 4행까지의 시적 정황을 대담한 생략으로 확장하면서 강렬한 여운을 주는 효과를 보인다. 이 "빈 공간이야말로 그가 삶에서 죽음으로, 죽음에서 삶으로 건너뛰는 무의식적 충동"으로 해석(최동호, 「서러운 목숨의 귀울림」)되기도 한다. 또는 이 시기의 시를 두고 "규모는 작지만 그의 최상의 정신구조와 한국 서정시의 한 도착점을 보여주는 대폭발"로 설명(황동규, 「대역설, 혹은 한국 서정시의 한 도달점」)되기도 한다. 아마도 박정만을 시인으로 떠올리는 어떤 자리에서고 그가 말년에 주로 택한 이 독특한 시 형식을 연상하지 않을 수 없을 것이다(그 단시들 밑에다 창작 일시까지 꼬박꼬박 적어두기도 했다). 과연, 삶과 죽음을 건너뛰는 충동의 시편들, 그리하여 한국 서정시의 한 도착점을 보여준 대폭발을 보라. 〈슬픈 일만 나에게〉에서 〈박정만 시화집〉에 이르기까지 쏟아져 나온 시집들, 시선집 〈무지개가 되기까지는〉(문학사상사, 1987.10)을 시작으로, 〈서러운 땅〉(문학사상사, 1987.11), 〈저 쓰라린 세월〉(청하, 1987.12), 〈혼자 있는 봄날〉(나남, 1988.1), 〈어느덧 서쪽〉(문학세계사, 1988.3), 〈슬픈 일만 나에게〉(1988.3), 그리고 〈박정만 시화집〉(1988.8)에 이르는 시집들을.

그리고 그는 1988년 10월 2일 오후. 여전히 많은 시를 쓰다가 양변기 위에서 죽어간다. 직접적인 사인은 지병인 간경변. 죽기 수일 전부터 또다시 술만으로 숨쉬며 살았다고 한다. 죽음이 눈앞에 오고 있다는 사실까지도 그는 시로 노래하고 싶었던 것일까. 그가 남긴 것들 속에서 발견된 시인지 미완성의 시 구절인지 중에 이런 게 있다.

나는 사라진다
저 광활한 우주 속으로.

4. 그의 노래를 기다리며

다시, 1998년 10월 10일. 박정만 묘소에서 돌아오는 버스 안. 박
정만에게 다녀오면서 술로 즐기지 아니할 수 없다는 논리로, 양평
의 한 문우(작가 노수민)의 집 부근에서 하차한 이들도 다수이고
버스에 남아 술판을 벌인 문인도 또한 다수. 누군가 "박정만의 시
는 모두가 노래 같아. 음수율이 착착 맞아요"(평론가 하응백) 한
다. 다른 이가 답한다. "아까 낭송하던 거(「어디선가 들려오는」),
그건 그대로 노래데. 부탁해서 노래 만들어볼까?"(방송작가 박진
숙). 좋죠, 좋죠. 내가 대꾸한다. "「어디선가 들려오는」에 나오는
'배꽃가지 반쯤 가리고'라는 시행은 원래 박목월 선생 시 구절이
래요. 박정만 선생이 이걸 너무 좋아했어요. 이 구절을 넣은 시로
오페라를 만들고 싶어했지요"(시인 김성옥)라는 귀띔을 들으면서
나는 마음이 더 급해진다("배꽃가지 반쯤 가리고 달이 가네"가 반
복되는 박목월의 시는 「달」이다). 박정만 10주기 행사 때 낭송하
기 편한 시를 택하기 위해, 시인 박해석과 전화를 주고받으며 나는
얼마나 고심했던가. 당연하다 싶게도 가수 이동원의 이름이 거론
되고, 박정만 특유의 한스런 운율을 담아내는 데는 또다른 가수 장
사익이 적당할 것 같다는 얘기도 나온다. 나는 박정만의 육성으로
노래를 들은 적 없고 그 일은 또한 영영 불가능해져 버렸지만, 이
제 그가 바라던 대로 누군가 그의 '진정한 한국적인 정서'를 가락
으로 살려 노래해 주어야만 할 게 아닌가. 들어보라, 다음 시가 얼
마나 한스럽고 처연한가를.

배꽃가지 반쯤 가리고 달이 흐르고
이 밤이 깊을수록 외로움도 깊어가는데

가만히 귀 기울이면
어디선가 들려오는 나직한 음성,
사람의 아들아,
나지 말지어다, 나는 것 괴롭도다.

청솔가지 반쯤 가리고 별이 흐르고
가을이 깊을수록 그리움도 깊어가는데
조용히 귀 기울이면
어디메서 들려오는 나직한 음성,
아 사람의 아들아,
죽지 말지어다, 죽는 것 괴롭도다.
— 「어디선가 들려오는」 전문
(1998)

그리고 나한테 주어진 길을
―윤동주의 시와 삶

1. 윤동주가 '공포소설'의 주인공이 된 이유

　몇 년 전 〈공포특급〉이라는 책을 내서 출판계에 돌풍을 일으킨
한 회사가 있었다. 항간에 떠도는 '무서운 이야기'들을 새롭게 픽
션화한 짧은 이야기 모음집이 그렇게 폭발적인 베스트셀러가 될
줄은 아무도 몰랐다. 이듬해 같은 유형의 〈공포특급 2〉를 펴내 또
상업적 성공을 거둔 그 출판사는 그 이듬해에는 이런 생각을 들고
나를 찾았다. "한국의 정통 소설가들에게 공포소설을 쓰게 할 수
없겠는가?" 나는 대답했다. "공포감을 불러일으키는 내용의 단편
소설을 한 편씩, 열 명 정도에게 원고를 받아내 한 권의 '공포소설
집'을 엮을 수 있겠다." 물론 일반적인 고료에 비해 아주 높게 책
정해야 한다는 것을 전제로 했다. 나는 곧, 중견에서 신진에 이르
는 열 사람의 작가에게 연락을 취해 승낙을 받아냈다. 그 과정에
서, 공포스럽고 비극적인 이야기가 주는 카타르시스 효과를 설명

한 아리스토텔레스의 '비극론'을 끌어오기도 했고, 영국 공포파
(School of Terror) 작가들이나 기 드 모파상, 나다니엘 호돈 등 세
계적인 작가들이 괴기소설(gothic Romance)을 써서 명성을 날린
바 있음을 설명하기도 했다.

　공포 단편소설을 쓰게 된 국내의 중진·신진 작가 열 명 중에 나
도 포함되었는데, 정작 내 고민이 만만치 않았다. 어떤 이야기가 가
장 공포스러운 이야기인가? 사람 잡아먹는 귀신 이야기? 악몽 같은
이야기? 단두대에 선 사형수 이야기? 고문받는 이야기? 이런 것들
이 얼마나 공포스런 내용이 될 수 있으며, 또한 당연히 의미 있는
소설이 될 수 있을 것인가? 나는 색다른 공포에 대해 생각했다. 누
군가 줄곧 나를 보고 있었던 것 같다는 느낌이 들고 그러자 갑자기
온몸에 소름이 돋던 순간의 공포를 생각해 보았다. 누군가가 나를,
내 일거수일투족을, 나의 그 미세한 숨결까지도 바라보고 있는데,
돌아보면 아무도 없고, 또 돌아봐도 아무도 없는데, 나를 보는 인기
척이 언제나 들려오고 나를 바라보는 눈길이 언제나 뒤따르는 상
황. 게다가 그가 내가 아는 사람인 것만 같은 느낌. 그때의 전율과
공포는 아주 독특하고 의미 있는 것이지 않을까. 나는 거기서 한 폭
깊은 상황을 생각했다. 나를 바라보는 그 누군가가 어떤 존재인가
에 따라서 그 공포의 의미는 아주 달라질 수 있을 게 아닌가. 가령
사랑하는 사람이 나를 보고 있는 느낌이라면 그 공포는 아주, 자주
즐거움을 수반하는 공포가 될 수 있다. 또는 존경하는 선생님이 나
를 보고 있는 느낌이라면 그때의 공포는 나를 정직한 나로 지키지
않으면 안되게 만드는 그런 공포일 것이다. 나는 그런 식으로, 보다
가치 있는 공포를 생각해 갔다. 그와 동시에 나는, 내 안에서 나를
끊임없이 지켜보고 있던 눈길 하나를 만났다.

　만 28세의 나이, 1945년 2월, 나라의 광복을 보지 못한 채, 이국

의 감옥에서 죽어가고 있었던 시인 윤동주(尹東柱). 20세기 후반
부에 태어나 성장하고 있던 내가 그를 안 것은 아마도 누구나 그랬
던 것처럼, 「서시」라는 시를 통해서였을 것이다. "하늘을 우러러
한 점 부끄럼이 없기를 잎새에 이는 바람에도 나는 괴로워했다."
학교의 많은 선생님들은 그 시를 "거짓 없이 살아라"라는 교훈으로
이용하기를 즐겼다. 교훈적인 것이면 무엇이든 다 싫어해서 「서시」
에서마저도 큰 감동을 얻지 못하던 나는 그러나, 혼자서 다시 그
시를 읊조리곤 하다가, "잎새에 이는 바람" 같은 사소함에 이끌리
는 그 시를 '소녀 취향'의 감상적인 시라고 치부하기도 했고, 그럼
에도 불구하고 혼탁한 세상에서 유약하고 외로운 모습이지만 끝내
자기 순결을 지키며 살아내는 한 인간의 얼굴을 떠올리기도 했다.
  이어, 그의 이력을 조금씩 더 자세히 알게 되면서 그의 시를 남
달리 인상 깊게 받아들인 편이었다. 고등학교 교과서에 실린 「참
회록」과 같은 시에 어른대는, 거울을 보는 사내의 이미지가 성장
기의 내 가슴에 슬쩍 채색되기도 했다. 그가 이국의 감옥에서 병사
한 일과 그의 시가 그의 사후에야 제대로 공개된 일이 그를 색다르
게 기억하게 하는 요인이 되었을 것이다. 나아가 그가 내 가슴속으
로 들어와 나를 바라보는 눈이 된 것이 언제부터라고 말할 수는 없
다. 다만, 그의 옥사에 얽힌 비사(秘史)가 알려지면서 나는 그를
다시 생각하곤 한 것이 분명하다. 그가 일본군의 생체실험 대상이
었다는 근거 있는 주장을 신문기사로, 책으로 접하는 동안 내 몸은
조금씩 전율하고 있었던 것이다.
  모국의 침략자들의 손에 하루하루 죽어가고 있었던 한 젊은 시
인. 일제에 의해 죽임당한 사람이 한두 사람일까만, 나 역시 그때
태어났더라면 그렇게 죽어갈 수도 있었으리라는 생각에 몸이 떨렸
다. 치안유지법 위반으로 구속돼 실형을 선고받고 일본 구주의 복

강형무소에서 '혈장 대용 생리식염수 주사'를 맞으며 죽어간 시인. 그 주사가 쉽게 말해 인체에 혈액 대신 소금물을 넣고 견디는 상태를 알아보는 실험 주사였으니……. 나는 윤동주의 시를 읽다가, 하관이 발달된 그의 미끈한 얼굴 사진을 보다가, 그 주사를 맞고서 날로 초췌해져 갔을 그를 떠올리곤 했다. 그러다 내 감정이 격화되는 어느 순간, 그가 오래도록 나를 지켜보고 있었던 것 같은 느낌에 갑자기 알 수 없는 공포감으로 전율하곤 했다.

나는 그런 공포를 생각하며 한 편의 공포소설을 떠올렸다. 윤동주의 시를 사랑하는 한 여대생을 주인공으로 내세워, 윤동주의 미공개 시 한 편(「옥중우물」이라는, 물론 가상의 시다)을 발굴해 낸 소장학자가 의문의 죽임을 당한 일을 풀어나가는 과정을 썼다. 이름하여 「우물 사나이」가 그 소설이다. 바로 「자화상」의, 우물에다 자신의 얼굴을 비춰보고 그것을 미워하고 가엾어하는 한 사나이의 모습에서 따온 말이다. 「참회록」에서 자기 거울을 손바닥으로 발바닥으로 닦으며 제 모습을 비춰보는 사람처럼, 자신을 비춰보고 들여다보며 초라한 자신의 모습에 괴로워할 수 있었던 시인은, 50년도 더 지난 세월까지도 우리 곁에서 끝없이 자기를 성찰하는 하나의 거울, 하나의 우물로 살아 있으니, 어찌 공포스런 일이라 하지 않을 수 있을까. 나는 그런 공포를 겪고 있었으며, 그런 공포를 만인에게 전파시키고 싶었던 것이다.

2. 동시의 세계와 기독교 정신

서정시의 나라 한국에서 가장 오래도록 사랑을 받고 있는 시인 명단을 작성한다고 할 때 윤동주를 빼놓는 사람은 드물 것이다. 문학사적 평가에서도 그렇지만 특히 독자 대중들 사이에서는 윤동주의 시가 그 명단에서도 가장 앞선 자리에 놓일 것임에 틀림없다. 이 점, 그가 생전에 시집으로 내려고 준비하고 있던 원고가 그의 사후 3년 만인 1948년에 〈하늘과 바람과 별과 시〉라는 제목의 시집으로 출간된 이후 무수한 판본의 '윤동주 시집'으로 이어 나온 일로도 충분히 증명된다고 할 수 있다. 그뿐이랴. 그를 기리는 일본인들의 모임이 있어 일본에서도 그의 문학과 삶은 아주 잘 알려져 있으며, 그가 살던 중국 연변 지방에서도 그의 시집이 여러 판본으로 나와 있다.

그럴 만한 이유는 짐작 못할 바 없다. 우선 표면적인 이유만을 간단히 따져보면, 위에서 밝힌 그의 비극적인 이력이 그의 시를 남다른 관심의 표적이 되게 했다고 볼 수 있을 것이고, 또 한편으로는 하늘, 바람, 별 등의 자연물과의 교감에 익숙한 우리나라 독자 대중들의 정서적 취향과 쉽게 결부될 시세계를 지닌 덕분에 공감의 폭이 그만큼 컸다고 볼 수도 있을 것이다. 하지만 그런 것들이 그의 시가 지속적으로 사랑받는 이유의 온전한 내용이 될 수는 없을 터. 세월이 가고 사람이 바뀌는데도 그의 시를 읽는 사람이 많아지는 이유를 그의 삶과 문학 전반을 훑으며 밝혀내 보자.

작가 송우혜가 쓴 역저 〈윤동주 평전〉에서 밝히는 윤동주의 이력에 따르면, 부유한 농부이면서 기독교 장로인 할아버지 윤하현(尹夏鉉)이 이끄는 집안에서 태어나(1917. 12. 30) 유아세례까지 받았으며, 아버지 윤영석(尹永錫)은 중학교 교원이었다고 한다. 원래 이름은 해환(海煥)이었는데 고향 명동(明東)에서 따와 나중에 아버지가 동주로 바꿨다. 가정형편도 넉넉한 편이었을 뿐 아니라 기독교 사상과 민족의식이 팽배해 있던 명동촌에서 소학교를 다닐 수 있었으니, 지적으로 또는 문화적으로 일찌감치 눈을 뜰 수 있는 교양 환경에서 성장하고 있었다고 볼 수 있다. 특히 명동소학교 4학년인 12세 때 당시 서울에서 간행되던 어린이잡지 《아이생활》을 정기구독한 것이 문학에 크게 눈뜬 계기가 되었을 것이다. 고종사촌이면서 평생의 동지인 송몽규(宋夢奎)는 이때 《어린이》를 정기구독했는데, 서로 돌려 읽고 하면서 그해에 여러 친구들과 함께 《새명동》이라는 등사판 잡지를 만들기에 이른다. 이 경험은 윤동주의 문학적 인생에서 대단히 중요한 체험이 되었을 것임에 틀림이 없다.

윤동주는 1931년 15세 때 명동소학교를 졸업하고, 근교에 있는 중국인 소학교 6학년에 편입하여 1년간 수학을 한다. 이듬해, 용정으로 이사를 가서 미션계인 은진중학교에 입학한 후, 4학년 1학기까지 다니게 된다. 1935년에 평양숭실중학교 3학년으로 전학, 1년을 다니다가 다시 용정 광명학원 중학부 4학년에 편입해서 22세 때인 1938년 2월 초에 졸업을 한다. 이 무렵에 쓴 것으로 지금까지 남아 전해지는 작품이 동시와 시 각각 30편 내외다. 윤동주 문학전반을 두고 볼 때 가장 쉽게 드러나는 특징이, 뛰어난 시인으로 기억되는 한 시인으로서는 수준 높은 동시가 차지하는 비중이 아주 높다는 점과 기독교의 정신을 바탕으로 하는 시가 많다는 점인데, 이미 이 무렵에 그 두 가지 특징이 고스란히 드러나고 있다.

윤동주가 '1934년 12월 24일'이라고, 원고를 정리한 일시를 분명히 밝힌 최초 시는 「삶과 죽음」 「초 한 대」 「내일은 없다」 등 3편이다. 용정으로 이사를 가서 다니던 은진중학교 2학년 때(18세)의 일이다. 촛불이 춤추다 사그라지는 모양을 보고서,

光明의 祭壇이 무너지기 전
나는 깨끗한 祭物을 보았다

—「초 한 대」에서

에서처럼 "깨끗한 祭物"을 읽어낸 일이 어떤 정신에서 연유한 것인가를 우리는 그보다 몇 년 후(1941)에 창작된 저 유명한 시,

종소리도 들려오지 않는데
휘파람이나 불며 서성거리다가,
괴로웠던 사나이,
행복한 예수 그리스도에게처럼
십자가가 허락된다면

모가지를 드리우고
꽃처럼 피어나는 피를
어두워가는 하늘 밑에
조용히 흘리겠습니다.

— 「십자가」에서

로 이어지는 '순교' 이미지에서 고스란히 확인할 수 있다. 「팔복(八福)」 「또 태초의 아침」 「이적(異蹟)」처럼 아예 성경의 내용을 원용한 흔적을 뚜렷이 드러낸 시는 더 말할 나위도 없고, 윤동주의 시는 이처럼 기독교에서 주요 정신으로 삼고 있는 희생, 참회, 순결 등의 덕목에 기초하고 있다고 볼 수 있다.

한편, 윤동주가 명동소학교 시절 이미 많이 습작했으리라고 여겨지는 동시는 「조개껍질」(1935.12)을 첫 작품으로 기록하고 있다. 이어, 동생이 요에 싼 오줌 앞에서 불우한 환경에서도 희망의 시간을 기원하는 아이의 심리를 재치 있게 드러낸 「오줌싸개지도」를 비롯, 「병아리」 「빗자루」 「무얼 먹고 사나」 「거짓부리」 등 다섯 편의 동시를 1936년과 그 이듬해 《카토릭소년》에 차례로 투고해

발표하게 된다. 이후 동시는 연희전문 1학년 때까지만 쓰게 되는
데, 그중에는,

> 넣을 것 없어
> 걱정이던
> 호주머니는,
>
> 겨울만 되면
> 주먹 두 개 갑북갑북.
>
> —「호주머니」 전문

에서처럼 고단한 현실을 직접적으로 빗대며 동심 어린 정경을 묘
사한 시가 있는가 하면,

> 까치가 울어서
> 산울림,
> 아무도 못 들은
> 산울림.
>
> 까치가 들었다,
> 산울림,
> 저 혼자 들었다,
> 산울림.
>
> —「산울림」 전문

에서처럼 아이와 같은 시인의 순결한 의식 상태를 보여주는 작품

도 있다. 동시란 무엇인가. 그것은 아마도, 세상의 질서를 단숨에 꿰뚫어보는 순진한 마음이나, 세상의 이치에 눈뜨는 때의 경이로운 느낌을 친숙하고 리듬감 넘치는 언어 형식에 담아 보인 게 아닐까. 그렇다면 윤동주가 동시를 많이 썼다는 사실은, 그만큼 그가 삶과 시에서 순진하고 순결한 정신을 견지하려고 부단히 애썼다는 사실을 입증하는 셈이다.

이렇듯 희생·참회·순결을 본질로 삼는 기독교 정신, 동시의 세계에서 극명하게 드러나는 순진성과 단순성의 미학이야말로 윤동주 문학의 원형이라고 말할 수 있다.

3. 나의 욕된 얼굴을 보면서

윤동주는 부친의 반대에도 불구하고 연희전문 문과에 합격해 진학하게 된다. 이때가 1938년(22세) 4월이다. 대성중학교 4학년을 졸업한 송몽규와 함께였다. 이들 둘은, 연전 기숙사 3층 지붕 밑 방에서 동급생 강처중과 함께 생활한다. 이미 일제는 1937년 중일전쟁을 일으켰고, 이를 빌미로 조선 전역을 전쟁 분위기로 몰아가고 있었다. 치안유지법이라는 명목으로 많은 지식인들을 투옥하기도 했다. 대학 교수들도 신사참배를 거부하거나 독립운동에 연루되어 구속되는 일들이 이어졌다. 이런 외중에도 윤동주가 입학해 다니던 연전은, 민족운동의 본산으로서의 역할을 해가던 장소였다. 윤동주는 여기서 최현배(우리 말본), 이양하(문학), 손진태(역사), 정인섭(작문), 민태식(한문) 등에게서, 훗날 우리 지성사를 대변할 많은 인물들과 함께 강의를 듣게 된다.

앞에 소개된 동시 「산울림」은 바로 정인섭 교수의 작문 과제로 쓴 시 8편, 동시 5편, 그리고 산문 「달을 쏘다」 중 한 편의 동시다. 그런데, 연전에 입학한 그해 이후 다시는 동시를 쓰지 않는다. 이 현상은 주목할 만한 일이다. 이에 대해 작가 송우혜는 〈윤동주 평전〉에서 "그는 동시를 쓸 수 있는 마음의 여유를 잃은 것"이라고 진단한다. 주권을 빼앗긴 나라 안에서, 나라 빼앗은 자들이 일으킨 전쟁을 감당해야 했던 그 시대, 그 어두운 세상을 직접 맞서내는 언어로서 아무래도 동시라는 양식은 부적합했을지도 모른다. 아니 나다를까, 연희전문 첫 해 쓴 시 중에 이런 게 있다.

> 흰 수건이 검은 머리를 두르고
> 흰 고무신이 거친 발에 걸리우다.
>
> 흰 저고리 치마가 슬픈 몸집을 가리고
> 흰 띠가 가는 허리를 질끈 동이다.
>
> —「슬픈 족속」 전문

  여기서 말하는 "슬픈 족속"은 누구일까? 묘사되는 한 여성의 슬픔은 그 자체로의 것일 수가 없는 것. 당연하게도 우리 민족을 그렇게 파악한 것임에 틀림이 없다. 그 슬픈 족속을 동시의 해맑은 순정성으로 드러낼 여유가 그에게 남아 있기 힘들었을 것이다. 윤동주의 관심은 해맑은 동심의 세계를 뛰어넘어 슬픔의 노래, 슬픔을 인식하는 노래로 변주되어 간다.
  흰 옷에 흰 고무신에 흰 띠에 흰 수건을 한 그 모습은 단순히 관념적인 슬픈 족속, 우리 민족인 것이 아니라, 바로 자신의 모습이기도 하다. 즉, 그 자신을 하나의 대상으로 제시해 두었다는 얘기다. 흔히 '자아의 대상화'라 부르는 시적 기법이 윤동주의 시에서 독특한 방법이자 정신으로 자리잡게 된 것이 이때부터로 보인다.
우리가 잘 아는 두 편의 시를 보자.

 (1) 산모퉁이를 돌아 논가 외딴 우물을 홀로 찾아가선
   가만히 들여다봅니다.

   우물 속에는 달이 밝고 구름이 흐르고 하늘이
   펼치고 파란 바람이 불고 가을이 있습니다.

   그리고 한 사나이가 있습니다.
   어쩐지 그 사나이가 미워져 돌아갑니다.
               —「자화상」에서

 (2) 파란 녹이 낀 구리 거울 속에
   내 얼굴이 남아 있는 것은
   어느 왕조의 유물이기에
   이다지도 욕될까.

   나는 나의 참회의 글을 한 줄에 줄이자
   —만 이십사년 일개월을
   무슨 기쁨을 바라 살아왔던가.
              —「참회록」에서

 위 시들은 각각 우물과 거울을 매개로 보는 자와 비치는 자의 관계를 드러내준다. 즉, (1)에서 외딴 우물을 찾아간 사람과 우물 속 사나이의 관계, (2)에서 거울 보는 나와 거울 속의 나의 관계가 그

렇다. 보는 자는 비치는 자에 대해 미움, 울음, 욕됨 등의 감정을 느낀다. 즉, 보는 자 스스로가 자기를 미워하고 욕되게 생각하는 그 감정을 비치는 자의 모양을 통해 드러내주는 방법을 취한 것이다. 시적 자아를 보여지는 상황으로 대상화하고 있다는 얘기다. 이런 '자아의 대상화' 방법은 당연히 자기 성찰, 또는 자기 반성의 성향을 두드러지게 한다. 욕된 자기, 부끄러운 자신을 인식하고 괴로워하고, 욕되지 않은 삶, 부끄럽지 않은 삶을 살아내려는, 그러나 그런 삶을 방해하는 세상 속에서 번민하는 자아가 윤동주 시의 대표적인 시적 자아다. 보라.

> 죽는 날까지 하늘을 우러러
> 한 점 부끄럼이 없기를
> 잎새에 이는 바람에도
> 나는 괴로워했다.
>
> — 「서시」에서

부끄럼을 자각하고 그것을 씻으려고 괴로워하는 이 사람을.

4. 아름다운 혼이 하는 말을 들으며

1942년 초 연희전문을 졸업한 윤동주는 일본 동경의 입교(立敎) 대학 문학부 영문과에 입학한다. "창밖에 밤비가 속살거려 육첩방은 남의 나라"로 시작되는 또하나의 명편 「쉽게 씌어진 시」가 씌어진 게 6월 동경에서의 일이다. 나라 빼앗은 나라의 중심지에서 그는 다시 "시가 이렇게 쉽게 씌어지는 것은 부끄러운 일이다"라고 자신을 부끄러워했다. 이 점, 거울 속의 나, 우물 속의 나로 성찰과 반성의 면모를 부각시키던 것과 다르지 않다. 그러나 거기서 놀랍게도

등불을 밝혀 어둠을 조금 내몰고,
시대처럼 올 아침을 기다리는 최후의 나,

나는 나에게 작은 손을 내밀어
눈물과 위안으로 잡는 최초의 악수.

라고, 부끄러운 나를 부끄러움을 딛고 새로 태어날 나로 바꾸어 노래하고 있다. 앞날이 기대되는 훌륭한 변신이 아닐 수 없다. 그리고 그 다음의 시는? 그 다음의 시는 남아 있지 않다. 그해 10월에 경도에 있는 도지사대학 영문학과에 전입학한 그는, 그 이듬해 7월 14일, 나흘 먼저 검거된 송몽규에 이어 독립운동 혐의로 검거되고 다시 그 이듬해 3월 31일 경도 지방재판소 제2형사부에서 징역 2년을 선고받고 곧바로 복강형무소로 이송된다. 예정대로라면 1945년 11월 30일이 출감이었고, 역사적 변동에 의해서라면 조국의 광복에 맞추어 출감되어야 할 몸이었다. 그러나 매달 일본어로 엽서 한 장씩 보낼 자유만 허용받은 징역 생활을 1945년 2월 16일 새벽 3시 36분까지만 하고 그는 눈을 감는다. 그의 유해는 곧 북간도의 용정에 안장된다. 송몽규 역시 그 다음달 초에 옥중에서 죽음을 맞고 용정에 와서 묻히게 된다.

　윤동주는 이미 연전 4학년 재학 때 자비로 시집을 내려는 계획을 세우고 돈을 모으고 있었다. 「서시」 등 19편의 시들이 담긴 시집의 제목이 〈하늘과 바람과 별과 시〉였다. 이 시집은 그 이후 씌

어진 다른 시들과 한 묶음이 되어 1948년에야 지상에 내놓여진다. 윤동주의 이름과 그의 시가 어둠 속에서 실로 우리 민족의 이름으로 솟는 순간이 아닐 수 없다. 이때 오래 전에 윤동주가 자신을 찾아와 만난 적이 있음을 기억도 해내지 못하고 쓴 당대 최고의 문사 정지용의 다음과 같은 서문은 오늘날까지도 회자된다.

청년 윤동주는 의지가 약하였을 것이다. 그렇기에 서정시에 우수한 것이겠고, 그러나 뼈가 강하였던 것이리라. 그렇기에 일적(日賊)에게 살을 내던지고 뼈를 차지한 것이 아니었던가?
무시무시한 고독 속에서 죽었구나! 29세가 되도록 시도 발표하여 본 적도 없이!
일제 시대에 날뛰던 부일문사(附日文士) 놈들의 글이 다시 보아 침을 배앝을 것뿐이나, 무명(無名) 윤동주가 부끄럽지 않고 슬프고 아름답기 한이 없는 시를 남기지 않았나?

1980년, 윤동주가 옥중에서 당한 생체실험이 어떤 것인가를 밝힌 글이 발표되었다. 한국에 와서 한국 문학을 전공한 일본인 홍농영이(鴻農映二)가 「윤동주, 그 죽음의 수수께끼」(《현대문학》 10월호)에서 윤동주가 죽기 전 강제로 맞고 있었던 이름 모를 주사(송몽규의 최초 증언)가 '혈장 대용 생리식염수 주사' 일 가능성이 크다고 주장한 것이다. 일제가 한국인들에게 가한 천인공노할 폭력에 이렇게 윤동주마저 죽음에 이르렀던 것이다. 우리는, 한국과 일본과 간도에서, 윤동주의 시를 사랑하지 않을 도리가 없다.
소설가로서의 내 눈을 번쩍 뜨이게 한 건 다음 대목이었다.

매달 한 장씩 일어로 허락되던 엽서만으로는 옥중생활을 알

길이 없으나, 〈영일(英日)대조 신약성서〉를 보내라고 하여 보
내드린 일과 "붓 끝을 따라온 귀뚜라미 소리에도 벌써 가을을
느낍니다"라고 쓴 나의 글월에 "너의 귀뚜라미는 홀로 있는
내 감방에서도 울어준다. 고마운 일이다"라는 답장을 준 일이
기억된다. 편지 쓸 날짜를 얼마나 기다렸던지, 매달 초순이면
어김없이 깨알같이 써오는 편지에는 가끔 먹으로 지워버린 곳
이 있었다. 옥중의 노동 장면 등의 구절이 간수들에 의하여 지
워졌음을 짐작할 수 있었고, 더러는 짐작할 수 없을 정도로 먹
칠해져 있었다.

앞에 말한 〈윤동주 평전〉에 인용된 동생 윤일주의 증언문이다. 나
는 내 소설 「우물 사나이」를 쓰면서 윤동주가 옥중에서 쓴 시가 발
굴된 것으로 가상했다. 바로, 감방에 와서 우는 귀뚜라미에 초점을
맞춘 것이다. 시 「쉽게 씌어진 시」 이후 단 한 편의 시도 전하지 않
는 안타까움을 나는 내 소설로 풀어보았던 셈이다. 그러나 나는 줄
곧, 성경책 하나만 읽을 수 있는 감방에서 홀로 마음속의 별을 키우
면서 죽어가는 윤동주의 얼굴을 떠올리고 또 떠올렸다. 그는 '백
골' 처럼 내 옆에 누워 있곤 했다. 나는 무서웠다. 그는 내게 "아름다
운 혼"(「또다른 고향」)이 되어 소리 없이 말하곤 했다. 너에게 주어
진 길을 가라. 그리고 나한테 주어진 그 길을 내가 잘 알고 가고 있
는지 나는 나의 거울, 나의 우물을 들여다보려 애쓴다.   (1999)

사랑을

제4장 문학을 죽여서 문학을 살리자

노래하라

시청각 시대의 문학의 운명

1. 문학의 위기와 시청각문화

문학 위기론이 난무한다. 어떤 이유에서건 문학이 인문학적 소통의 중심에서 소멸될지도 모른다는 그런 위기감이 우리들 사이에 팽배해 있다. 절대로 문학은 소멸되지 않을 것이라고 낙관론을 펴는 사람들조차도 당장 문학작품이 안 읽히고 안 팔리는 대신에 영화나 CD, 텔레비전 같은 것이 갈수록 위력을 발휘할 것이라는 예측만큼은 아주 쉽게 해내고 있다. 그런 점에서 보면 우리는 이미 오래 전에 문학의 위기를 감지하고 있었다고 볼 수도 있다. 예를 들어, 기계 복제 시대를 맞아 한 편의 문학작품이 대중을 선도하는 예술품이 됨으로써 과거보다 더 호황을 누릴 수 있었는가 하면, 곧이어 영화산업, 오디오산업 등의 등장과 발달이 때로는 문학작품의 확산이나 변동과 결부되면서 점점 더 크게 위세를 떨쳐왔음을 우리는 알고 있다. 그러나 이때까지만 해도 문학은 다양한 인쇄매체(책문화)를 통해 영상문화 따위의 ˙대중성에 결코 뒤지지 않게 대중이 향수할 문화적 거점을 확보하고 있었고, 때에 따라서는 대중문화에 맞서는 고급문화의 중심에 서서 오히려 그 시대를 지배하는 정신을 창출하기도 했다. 이렇게 본다면, 우리가 쉽게 말하는 문학 위기론이 그저 영상산업의 위력에 문자문화가 위축되고 있는 현실만을 지적하는 정도에 머문다면 이미 문학의 현실을 제대로 파악한 게 아니라는 결론에 이르게 된다.

그렇다면 오늘날 거론되는 문학 위기론의 실상은 무엇인가. 오늘날은 다양한 대중적 매체 속에서도 원작의 창작성이 온존할 수 있었던 시대와는 달리, 작품이 대중에게 유통되는 과정 속에서 그 창작성이 와해될 가능성이 증폭된 시대이다. 컴퓨터의 발달은 이 시대에 대표적으로 주목되는 현상이다. 컴퓨터의 발달이 무한한 정보의 유통을 가능하게 했다는 말은 곧 컴퓨터로 인해 그 정보의 생산과 소비의 양이 무한하게 늘어났다는 말일 뿐 아니라 그 정보 생산의 기획에서부터 소비 단계에 이르기까지의 전 과정을 관리할 수 있는 시스템이 구축되었다는 말이기도 하다.[1] 즉 컴퓨터문화는 예술품의 창작성까지도 하나의 관리 대상으로 삼게 되고 이에 따라 종래에 진리의 창조자로 군림해 있던 창작자 또는 창작품이 유통 소비되는 시스템의 요구에 의해 마땅히 조절되어야 하는 피주문 생산자의 자리에 서게 된다. 게다가 이 컴퓨터는 정보의 대량생산과 대량소비를 즉각적으로 잇기 위해 다양한 시청각적인 장르를 원용하게 되는바, 이를테면 영화나 음악, 그래픽 등을 내용으로 하는 영상문화, 오디오문화는 그 대표적인 장르이고, 그에 비해 상대적으로 문자를 표현 매개로 하는 문학은 크게 소외되는 장르일 수밖에 없게 된다. 컴퓨터가 주도하는 이러한 시대를, 생산 형태를 기준해서 전자 복제 시대로, 소통 매개를 기준해서 시청각문화 시대로 명명하는 이유가 여기에 있으며, 당연히 그 용어들은 각각, 문학이 호황을 누리던 기계 복제 시대, 문자문화 시대에 대응하는 말로 자리해 있다. 그렇다면 문자를 매개로 하는 문학이 시청각을 매개로 하는 예술 장르에 비해서 더욱 심각하게 창작성의 와해라는 위기를 실감할 수밖에 없는 셈이다.

2. 문학과 시청각 매체와의 만남

이 같은 시청각문화 시대라 해서 문자문화가 날로 쇠퇴하는 것만은 물론 아니다. 시청각문화 시대에 유포되는 대량정보는 여전히 상당 부분 문자를 매개로 표현되고 소통될 뿐만 아니라, 그 창작성이 엄청난 교환 가치로 전환되는 일도 자주 목도되고 있는 것이다. 대표적으로 문학작품을 모태로 한 영상문화의 대량소비는 괄목할 만하다. 또는 시청각 매체를 이용한 상품 선전에 힘입어 문학의 직접적인 대량소비가 이루어지는 것도 쉽게 볼 수 있는 일이다. 그러나 어떠한 경우든 종래에 진리의 창조자의 자리에서 존중받던 창작성이 특별히 옹호되는 사례는 없다고 봐야 옳다. 정보의 즉각적인 소비를 날로 지향해 가는 대중들을 위해 우리의 창작성은 얼마든지 가공되고 변질되고 와해될 수 있다. 이를테면 문학에서 대중문학이 득세한다거나, 무슨무슨 문학상이라는 권위를 이용한다거나, 대량광고에 힘입는다거나 하는 현상 자체가 이미 그 작품의 고유한 품성이 존중되는 시대가 아님을 입증해 준다. 이에 따라 문학 장르 중에서도 대중성과 관련이 깊은 소설 쪽에 비해 시장르가 시의 왕국으로 불리는 우리나라에서조차도 더이상 폭 넓은 관심의 대상이 되지 못하고 있는 일이며, 나아가 그러면서도 오히려 시든 소설이든 작품 생산량은 한없이 많아지는 일 등도 좋은 사례가 된다. 좀더 깊이 있는 예로, 기존의 작품들을 복제하거나 혼성시키는 기법 즉 패스티시(pastiche)나 시뮬레이션(simulation) 따위가 문학에서 하나의 특징적인 사조로 인정되는 분위기도 창작성이 와해되고 있는 작금의 문학 위기 현상을 증명해 준다고 하겠다. 이런 만큼, 가장 주되게는 문자문화 시대에서 창출되던 문학, 즉 자기 성찰을 겪게 하는 독서 대상으로서의 문학은 이제 날로 소외된 길을 걸어야 할 것임에 틀림이 없다. 그렇다면, 인류가 오래도록 자랑해 마지않던 그런 문학, '인문학적 성찰'을 유도하는 문학은 이제 스스로 파기해야 마땅하고, 대중을 향해 대중을 위해 즉각적인 소비를 목적으로 하는 문학작품을 양산하는 일을 우리의 본분으로 삼아야 할 것인가?

　여기서 이러한 질문에 우리는 당장 답해버릴 수도 있다. 가령, 그러한 빛나는 문학은 참으로 아쉽게도 우리가 원하든 원하지 않든 파기될 것임에 틀림이 없고, 시청각문화의 다양한 유형 속으로 편입되고 있는 극도로 소비지향적인 문학만이 그나마 득세할 시대가 되리라고. 그러나 만약에 그러한 일이 실제로 일어난다 하더라도 인류가 이성과 감성의 결합적 총체로 발명해 낸 문학의 원형만큼은 어디엔가 어떤 변화된 형태로든 살아남아 있지 않겠느냐는 믿음을 쉽사리 버릴 수는 없을 것이다. 마치 그것은, 그 옛날 인류가 예술의 기원으로 삼던 춤이라는 가장 원시적인 예술 장르가 이성이 지배하는 이 시대, 나아가 가상 현실이 지배하게 될 이 시점에 이르러서도 그 원형이 굳건히 전승되고 있는 것과 마찬가지일 것이다. 사정이 이러하다면, 표면적으로 문화를 선도하는 시청각 매체 속에서도 문학이 그 원형을 더욱 완전하게 지키고 어쩌면 창조적으로 확장할 수 있는 근거를 마련할 수도 있지 않을까 하고 기대를 품어봄직도 하다.

　실제로 기존 문학의 개념에서 존중되던 문학성을 시청각 매체를 이용해 대중에 가 닿게 하려는 움직임이 다각적으로 일어나고 있다. 가령, ‘하이텔 문학관’처럼 특정 PC 통신회사에서 특별하게 운영하고 있는 기성 문학작품 게재란이나 일부 정보회사들이 상업화하려고 애쓰고 있는 전자 출판 판매코너 같은 것이 좋은 예가 되겠다. 이 경우 문자문화 시대의 책의 기능을 그들 전자통신이 감당해 주고 있는 셈이다. 이들의 노력에는 진정으로 인간의 삶을 반성케 하는 문학작품에 대한 배려가 배어 있기도 하지만, 이를테면 그들은 문학이라는 고급문화를 내용물로 하는 문화 유통산업을 하고 있는 셈이다. 대중음악이 번성한 이 시대에 오히려 클래식음악의 보급이 확장되고 있는 현상과 마찬가지로, 대중지향적인 문학작품이 득세할 이 시대에도 이처럼 고급한 문학은 고고한 자리를 점하고 있다고 볼 수도 있다. 그런데 실은 문제가 뭐냐 하면, 문학작품은 클래식음악처럼 새로운 연주자에 의해 되풀이 연주되는 가운데 새로운 가치가 창조되는 양식으로 자리잡혀 있지 않다는 것이다. 문학은 다른 예술 장르의 예술 행위, 예를 들어 셰익스피어 드라마를 무대화하는 연극이나 승무를 추는 춤, 베토벤을 연주하는 음악 등등에 비추어보면 거의 새로운 것만을 추구하고 취급하는 장르에 해당된다. 그 점에서는 대중가요나 영화 등의 창조성에 견줄 만한데, 당연하게도 그것들과는 절대로 대중적인 면을 함께 저울질할 수 없다는 사실은 이미 자명해져 있다. 그러니 전자 출판과 같은 매체적 탈출구가 있다 하더라도 문학에 가해지는 본질적 위협은 거의 감소될 수 없다는 사실을 짐작할 수 있다.

　그런 점에서 PC 통신이나 전자 북을 매개로 하는 문학이 대중의 기호에 맞춘 주문 생산품의 단계로만 이해될 때 스스로 시청각문화에의 종속을 서두르는 결과를 초래하고 말 것이란 사실을 인식하는 가운데서, 그들 시청각 매체를 활용하는 적극적인 방안을 모색해 나가는 것이 현명한 일일 것이다. 예를 들어, 인류의 오래되고 많은 문학적 자산의 데이터베이스(data base)화를 기초로 한 '문학 정보 센터' 개념으로 전자 출판 형태를 취할 수 있겠다.[2] 실로 인류에겐 너무나 많은 문학작품들이 있다. 그 방대하고 위대한 문학작품들이 현실의 삶에서도 소중한 유산임에 분명하다면, 지금까지의 책문화에서보다도 더 적극적으로 그것을 집적해서 검색하고 향수할 길을 열어놓을 수 있는 시대가 바로 이 전자 복제 시대인 셈이다.

3. 문학적 인식의 전환

그러나 여전히 숙제는 많이 남아 있다. 남아 전해지는 문학작품은 그렇듯 문학 정보 센터나 전자 도서관 또는 전자 출판 형태로 살아남을 수 있지만, 오늘날 생산되는, 그 권위를 당장은 인정할 수 없는 작품들은 어떻게 다양한 시청각적 생산물들과의 경쟁에서 살아남을 수 있을까? 사실은 오늘을 살아가는 문학인들에게는 바로 이것이야말로 절대절명의 주제로 부각되어 있다. 시청각문화에 걸맞은 대중지향적인 문학을 양산하라는 끝없는 주문 속에서 우리의 문학가들이 살아남을 방도는 무엇인가? 사실을 말하면 우리의 작가들은 이 문제에 대해 실제적으로 크게 시달리고 있는 것 같지는 않다. 즉, 문화적 대전환기, 매체의 대변혁기를 겪고 있는 이 현실을 직시하고 고민한 흔적이 그들 작품들에서 보이지 않고 있다는 것이다. 자신의 작품이 책으로 발표될 것인가 시청각 매체에 제공될 것인가 하는 문제를 당장 염두에 둘 필요는 없다. 다만 작품의 본질이 유통 문화 환경으로 인해 훼손되고 변질될 가능성이 있다는 사실 정도는 염두에 두어야 하지 않을까. 그리하여 유통 환경, 문화 환경의 변화에도 불구하고 작품의 본질이 견지되는 탄력적인 방법을 동원해야 할 게 아닌가. 이 말은 지금 인류가 처한 시대가 어떤 시대인지를 제대로 파악하고 있는 작가가 진정한 작가일 수 있다는 교훈이기도 하다. 농경사회에서나 어울릴 미문체(美文體), 반공 시대에서나 빛을 발했을 법한 계몽주의, 또는 변화에 대한 성찰을 거치지 않은 소위 신세대풍, 과거로 신화로 미래로 80년대로 가는 과정에서 현실은 고스란히 삭제해 버리는 탈현실적인 유행 따위가 여전히 그들 작품을 이끌고 있다면 이건 여간 안타까운 퇴행이 아닐 수 없다. 우리가 존중해 주고 보호해 주어야 할 순수한 문학 정신은 진정 있겠지만, 그 정신이 이 시대에 살아남을 수 있는 것인지 아닌지를 고민하지 않는 안이한 태도는 반드시 불식되어야 한다. 이 점, 문학인들의 문화에 대한 인식 전환이 크게 요구되는 대목이 아닐 수 없다.

문학 연구자들의 인식 전환도 중요하다. 무엇보다 오늘날의 문학이 이미 생산부터 소비까지의 문화 환경 전반으로부터 전면적인 영향 아래 놓인다는 점을 직시한다면 문학 연구는 문학 그 자체에 대한 연구일 뿐 아니라 문학 환경 연구 즉 문화 연구로 나아가야 할 것으로 보인다. 특히 우리 문학에서는 지속적인 대중화 시대에 돌입해 있으면서도 대중의 반응이 문학 연구 대상으로 함께 놓인 적이 거의 없었다 해도 과언이 아니다.[3] 소비지향적인 대중문화에 편입될 수 없다고 자존심을 내세우는 문학이 정작 그 대중들을 고급문화의 자리로 끌어오려는 노력마저도 업신여기는 명분론적인 풍토와 비논리가 우리 문학계에 남아 있다. 상아탑의 권위가 자주 상업주의에 이용되는 현실을 알고도 전혀 그 현실에 무감각한 문학 연구에 만족하는 비평가와 문학 교수들의 인식의 전환이 중요한 때이다.

마지막으로 문학 행정가나, 각종 문화 재단, 문화 단체에서의 인식 전환도 크게 요구되는 실정이다. 앞서 문학 정보 센터 개념을 말한 바 있지만, 학교 교육, 공공 도서관 같은 공적 기관이나 제도에 있어서 문학이 시청각문화 시대에도 훌륭한 문화 자산으로 보급되고 정착될 길을 능동적으로 열어주어야 한다. 이미 권위를 인정받은 작품들은 말할 것도 없고, 현재 발표되고 있는 좋은 작품들도 시청각문화에 젖은 대중들 사이에서 향수될 수 있는 길을 부지런히 열어주어야 한다. 예를 들어 근작 소설들의 영상화를 행한 '단편소설 영화제'나 '원작 소설과 함께 보는 영화' 등 문학과 시청각문화가 결합되는 대회나 시설 등을 시행 또는 설비함으로써 오늘날 발표되는 문학작품을 현실의 문화로 호흡하도록 하는 방법도 있을 것으로 안다.   (1996)

---

1) 이 글은 특히 '95 문화의 달 토론회 '뉴미디어 시대의 문화 정책 과제'(문화체육부 한국문화정책개발원)의 문학분과 토론자로 나가 얻은 지식을 토대로 씌어졌다. 당시 발제 「뉴미디어 시대의 문학진흥정책」(강내희)에서는 "컴퓨터 기술의 발달로 생산 공정 자체에 계획이나 기획의 즉각적인 수정과 변경, 첨가 등이 가능해졌고, 상품의 수요나 공급, 배분 등에 관한 복잡한 계산들이 쉽사리 처리될 수 있게 되어 상품의 생산과 소비 전공정에 대한 주도면밀한 관리가 가능해"진 이 시대를 전자 복제 시대로 명명하고 있었다.
2) 앞의 주에서 설명한 토론회에 참석한 한 토론자(허병두)의 질의문에는 "민족의 훌륭한 문학작품들을 파일로 보관하여 일정 절차만 밟으면 전송받을 수 있게" 하는 등의 일을 수행해 주는 '문학 정보 센터' 개념이 설명되어 있었다.
3) 주1)에서 소개된 발제문에서는 「문학 연구에서 문화 연구로」라는 소주제가 개진되어 있었다.

문학을 죽여서 문학을 살리자

1. 한국 문학도 한국 경제처럼 위기다

문학이 인류 역사의 발전에 기여해 왔다거나 적어도 그것의 변화와 서로 영향을 주고받아왔다는 말에 이의를 달지 않는다면, 최근에 한국에 불어닥친 국가부도 위기 조짐의 뿌리에 한국 문학이가 닿아 있었다고 말한다 해서 틀린 말이 되지 않을 것이다. 내부의 모순과 허점을 파악하고 개선해 가면서 새로운 일을 도모해 가는 그런 수순을 밟지 않고, 무엇이 진정으로 이익이 될지 파악하지 않은 채로 일을 벌이다가 결국 제 스스로 그 일을 마무리짓기는커녕 그 동안 벌인 일의 경비마저도 못 갚고 부도를 내고 만 것이 한국 산업의 전국가적 차원의 현실이었다. 마찬가지로, 지금 한국 문학의 현재도 내부의 모순과 허점 위에 현재에 어울리지 않는 봉건적 전통을 답습하거나 표피적인 새로움을 현실적 대안으로 제시하는 데 급급함으로써, 문학작품은 대량생산되는데 정작 소중한 문학은 찾기 힘든 현실이 되었다.

　질적 수준과 상관없이 팔리지 않는 작품에 대한 멸시와 무관심을 당연시하게 된 문단, 반대로 그런 문학적 현실을 외면하는 것을 오히려 특기로 하는 몰현실적 순수성, 또 그런 유의 순수성을 재빨리 상업적으로 포장해 버리면서 문학의 순수성은 살아 있다고 외치는 유사 순수주의 문학 산업, 시청각 매체에 심취해 있는 몰역사적 삶들에 집착함으로써 쉽게 쟁점의 중심으로 들어와 있지만 그 스스로 역시 다음 대에 이어질 저력은 쌓지 못하고 있는 신세대 작품들, 그렇듯 단절적인 세대교체에서 아예 눈을 돌려버리고 구태의연한 자연주의식 문장론이나 유교적 이데올로기를 재현하는 엉뚱한 복고주의, 그러는 사이 정작 표피적인 삶의 근거를 따지고 묻는 작품들을 가려내는 힘을 상실하고 비이성적인 문학 쟁점과 근거 없는 감동지상주의에 매달려 ‘예쁘고’ ‘중후하고’ ‘오래 간직하고 싶은’ 문학작품을 읽고 있다는 착각에 빠져 있는 독자들, 또는 컴퓨터 통신공간 등을 활용해 기성의 폐습을 확장시키면서 스스로 문인이 되어버리는 무수한 아마추어 문인들, 일단 무슨 작품이고 많이 팔리는 게 있어야 좋은 작품도 팔린다는 명분으로 베스트셀러 지상주의로 치닫다가 결국 자가당착에 직면한 도서유통 기관, 이 같은 현실을 잘도 반영해서 좋은 작품이라는 평가를 받으면서도 상업적으로 성공할 수 있는 문학책을 엮어내는 문학상 운영위원회나 그와는 아주 달리 고고한 문학 정신을 기린다는 명분 외에는 아무런 개연성도 없이 우후죽순처럼 탄생되고 있는 문학상, 입시교육의 연장선에서만 문학작품을 뒤적거리게 되는 어마어마한 숫자의 교사와 학생과 학부모들, 문학의 질적 향상이나 문인의 권익 옹호보다는 문인들간의 친목에, 문인들간의 친목보다는 문단 권력다툼에 더 관심이 많아보이는 문인단체들, 국내시장 형편을 고려하지 않고 터무니없이 로열티를 올려놓은 문학 수입 관례, 국내의 이 모든 문화적 현실을 자율적인 시장원리에 맡겨놓고 상당한 예산을 들여 한국의 우수한 작품을 외국어로 번역해서 외국에다 '선물'하고는 그 실독률 증가에 쓰일 예산을 감안하지 못해온 정부기관……. 지금 한국 문학에서도 이런 내적·외적 모순 요소가 불거져 나온 상태라면 IMF 시대가 초래한 물질적·정신적 공황을 통과할 수 있게 할 '문화의 창'을 문학의 구조조정안으로써 만들어볼 수 있을 것으로 본다.

2. 책을 현실화시켜라!

현재의 IMF 시대가 출판시장에 준 영향 중 가장 두드러진 것 하나가 종이값 인상이다. 체감되는 인상폭은 거의 50%에 달한다. 책 출간에 있어서 실제작비의 반 정도가 종이값이다. 여기에 인쇄 때 필요한 인화지값이며 필름값도 상승하고 심지어 제본시 필요한 풀값까지도 인상됐다. 책 제작시의 실제작비가 적어도 60%는 상승되었다고 치면 적어도 그 반 정도는 책값에 반영되어야 마땅하다. 다시 말해 7천 원짜리 책은 적어도 9천 원 이상 받아야 한다는 얘기다. 그런데 과연 그렇게 했을 때 구매자들의 반응은 어떨까. 이 일은 지금 출판업자들이 직면해 있는 중요한 사안이다.

실제로 우리나라에서 출간돼 서점에서 파는 대부분의 책은 한국의 현 소비생활에 견주면 싼 편에 속한다. 그런데 우리나라 독자들 중에는 책값이 싸다고 여기는 사람은 거의 없다. 그렇게 된 데는 여러 가지 이유가 있을 것이다. 우선은 책다운 책이 흔하지 않다는 점을 지적할 수 있겠다. 다음으로는, 우리의 독자들이 책 한 권에서 너무 많은 것을 기대하는 습관이 있다는 점을 지적해야 마땅하다. 한국의 독자들은 책을 사면 오래 간직하는 버릇이 있다. 두고두고 본다는 얘기가 아니라, 그 책에서 조금이라도 더 많은 것을 얻고자 하는 심리 때문인 것으로 보인다. 우리 독자들은 어쩌다가 한 권의 책을 비싸지 않게 사고도 그것에서 많은 것을 얻지 못해서 아까워한다. 독자들의 이런 심리가 책을 편집하고 유통시키는 데 상당한 영향을 미쳐온 것이 우리 현실이다. 비싸지 않은 한 권의 책에다 아주 많은 것을 배려해야 한다. 그게 내용에도 큰 영향을 미쳤지만 책의 겉모양에도 큰 영향을 미쳤다. 책의 겉모양에 많은 투자를 하게 되면서 다량판매가 아니면 손해일 수밖에 없는 그런 처지가 되었고 그게 과당 광고나 베스트셀러 순위 조작과 같은 부작용이 생겨나는 요인이 되었다.

이제 책값을 대폭 인상할 수 있는 근거가 충분해졌으니까 이 기회에 책의 겉모양새에 지나친 투자를 자제하면서 책값을 현실화하는 편이 현명하다고 본다. 독자들도 책을 실용적인 관점에서 사고 읽어야 한다. 책을 사서 최대한 얻을 걸 얻은 것으로 그 책에 대한 권리를 포기하는 길을 택해야 한다. 문학작품을 읽는 일도 마찬가지다. 독자들이 문학의 질적 수준을 기대하는 것은 당연한 일이다. 카타르시스를 요구해도 좋고, 지적 욕구를 충족시켜 달라고 해도 좋다. 그러나 독자들의 그런 기대와 요구 속에는 문학작품을 보는 구태의연한 고정관념들이 자리할 수 있다는 사실을 명심할 필요가 있다.

흔히 그들이 말하는 감동이라는 것은 감상(感傷)의 다른 이름이기도 하고, 민족사니 가족사니 하는 교훈은 '책 읽는 사람이 유식한 사람'이라는 자기 합리화이기 쉽다. 독자들의 이런 심리를 공략

하려는 의도를 가진 문학상 수상작품집 발간이나 감상적인 내용이
주를 이루는 문학작품에 대한 예찬 풍토 따위를 현실적인 관점에
서 개선하지 않으면 안된다.

3. 미문체와 신비주의의 망령에서 벗어나라!

책을 현실화시키자는 말을 독자 얘기에서 시작한 것은 문학작
품 스스로 실용성을 따질 수 있어야 한다는 얘기를 하기 위해서
다. 우리 문학작품은 '문학'이라는 미명하에 너무 많은 언어를 과
소비하고 있다. 그 대표적인 형태가 소위 '시적인 문체'로 일컬어
지는 '미문체(美文體)'의 남용이다. 특히 심리묘사에 치중하는
소설의 경우 이런 미문체가 너무 돋보여 지나칠 지경이다. 이는
곧 그 작품이 가족이나 다른 사회 구성원들과의 단절된 삶이 중심
적으로 그려진다는 사실을 드러낸다. 그 안에 나와 남이 함께 사
는 삶의 현장이 호흡할 리 없다. 그런 내용, 그런 묘사, 그런 미문
체가 빛날 작품들이 분명 있을 것이다. 아니, 문장이야 아름다울
수록 좋다. 문체는 곧 작가의 세계관이다라는 격언도 믿어 의심할
게 없다. 바로 그렇기 때문에, 근거 없는 문체주의를 뛰어넘어야
한다. 현실에서 고립된 자의 내면에 대한 과대한 미학적 묘사가
별 근거도 없이 순수문학의 본질인 것처럼 평가되는 것은 바람직
스럽지 않다.

그런데 여기서 더 나아가 그런 묘사가 문학의 순결을 옹호하는
대표적인 문학성으로 평가되고, 때로 문학상 수상으로까지 이어지
게 되면 다시 독자들의 감상주의적 독법이 기승을 부리게 된다. 이
런 따위의 현상에 대한 제대로 된 반성이 없었기 때문에, 그런 미

문체 문학의 상대적인 자리를 점하는 대작(大作)주의 풍토에 대한 반성도 쉽게 이루어질 수 없다. 또한 최근엔 자본주의의 표피적 문화 생활에 심취한 삶을 묘사하는 데 많은 문장을 바치고 있는 소위 신세대 소설들이 양산되고 있고, 그에 대한 비판도 그에 대한 옹호도 일방적이어서 소통되고 공유될 만한 담론문화가 실종된 실정이다.

소설에서의 미문체의 문제를 시로 옮겨놓으면 그 자리에 신비주의와 감상주의가 자리한다. 사람 많은 곳에 가면 마음이 더러워지니 가지 말라고 가르치는 시, 아니 사람 많은 곳에 가서 부지런히 남을 씻어주고 있으면 세상이 다 맑아진다고 가르치는 시는 결국 독자들에게서 현실감각을 빼앗는 데 일조한다. 마음을 열어주고 남을 사랑하게 해주는 시가 너무 많아서 우리는 행복해야 마땅할 것 같은데 전혀 그렇지 못한 실정이다.

혼자서 문학, 문학, 문학 하고 떠드는 게 문학이 아닐 것이다. 또는 문학판 사람들끼리 모여 누가 더 문학적으로 사나 하고 경쟁하고 시샘하는 게 문학이 아닐 것이다. 문학은 좀더 현실 속으로 삶 속으로 인간 속으로 스며들고 흩어져야 한다. 하잘것없는 사람들이지만 그들의 일상 속에 깃들여 그들의 체취와 어우러져야 한다. '문학'을 내세워 스스로 고고해지려 할 게 아니라 '문학'을 죽여서라도 그 이웃의 삶들로부터 고고한 문학으로 숭상되도록 해야 한다. 그 자리에 이 시대를 총체적으로 반영하는 서사성도 자리할 수 있을 것이고, 참으로 애잔하고 감성스러운 '미문체'도 다시 꽃필 수 있을 것이며, 헛된 세태적 욕망을 다스릴 참다운 '정신주의'와 '생명 문학'도 존재할 수 있을 것이다.

4. 문학 수출도 다시 시작하자!

IMF의 상륙으로 빚어진 출판계의 큰 어려움 중 한 가지가 번역 작품의 로열티 문제다. 그 동안 국내 출판사간의 지나친 경쟁으로 국제시장에서 국내 번역 출간에 따른 로열티가 터무니없이 높게 책정돼 있은 데다, 이제 환율 폭등까지 겹쳤다. 이 역시 우리 책문화의 현실화에 반영되어야 할 문제다. 그렇다면 우리 문학의 해외 수출은 그만큼 용이해지지 않았을까 하는 사람도 있을 것이다. 물론 모르고 하는 얘기다. 세계에서 마지막 남은 분단국이며, 국가부도라는 위기감에 시달리는 나라의 문학작품에 세계인이 얼마만큼 관심을 두고 있겠는가.

그 동안 해외 번역사업을 많이 벌여왔다. 정부 차원에서 적지 않은 예산으로 번역사업을 지원하고 있고 민간단체에서도 번역 문학상을 신설하는 등 한국 문학의 해외수출에 나서고 있다. 신문지상을 통해서 볼 때 어느 정도 그 성과를 거두고 있는 것도 사실이다. 그런데 지금까지는 우리 쪽에서 돈을 들여 우리 작품을 번역하여 외국에다 갖다주는 방식이 대부분이었다. 과연 그 책이 현지에서 얼마만큼 읽히고 있는가, 아니 읽힐 만한 환경 속에 그 책이 놓여 있는가에 대한 뚜렷한 보도를 접하기는 어려웠다. 이런 점에서 볼 때 한 가지 대안을 내세워보겠다.

기존의 다양한 번역 출간사업과 병행해서, 번역 가능한 무수한 한국 문학작품을 일목요연하게 파악하게 하는 문학 정보지의 수출을 시도할 필요가 있다. 세계인들과 함께 삶을 호흡하고 있는 문학이 한국에도 존재하고 있다는, 그것도 유구한 문화적·언어적 전통을 가진 문학이 존재하고 있다는 그 자체를 탄력적으로 소개할 수 있어야겠다. 세계에서 시집이 가장 많이 읽히고 문학상의 숫자며 문학인의 양적 팽창도도 세계의 으뜸군을 이룬다는 그런 사실도 그들에게 상당한 흥미거리일 수 있다.

지금 채산성 없는 문예지들이 양산되고 있는 현실에 비추면 어쩌면 해외판 한국 문학 정보지 정도는 손쉽게 생산 보급할 수 있지 않을까. 매호 쟁점적인 주제별 목록이나 시대별 목록, 최신 정보, 대표작 리뷰 등등을 싣게 되면 서서히 국제적인 관심을 끌 수 있을 것이다. 물론 외국 작품이 우리나라에서 읽히고 있는 현장도 소개해 주는 '수입 세계화'의 자세가 없어진다 해서 나쁠 게 없다. 이 같은 문학 정보지의 간행을 정부 산하기관에서 직접 담당할 경우, 국내 여러 문예지에 근무하는 문학전문 편집인들이 파견되는 형식을 취한다면 효과적일 수 있다. 민간단체에서 이를 주관한다면 정부에서 적극적으로 후원하는 형식을 취하면 될 것이다.

이 문제는 정부 차원에서뿐 아니라 해외에 진출하는 기업의 자사 홍보 차원에서도 가능할 것으로 본다. 한국에서 주관되는 각종 국제적 행사 또는 한국이 주요 참가국인 해외 행사도 좋은 홍보 시장이 된다. 이건 문학만의 문제가 아니다. 다른 문화계 장르와 뒤섞이는 가운데서도 좋은 결실이 맺어질 수 있을 것으로 본다. 이 점에서 우리 문화는 다른 장르와의 소통체계를 갖추지 못한 후진성을 면치 못하고 있다. 문학만을 세계화해야 한다는 차원이 아니라 당장 문학작품 자체가 눈앞에서 제시되지 않더라도 세계인의 관심을 우리 쪽으로 끌어올 수 있는 다채로운 문화적 모델을 선보이는 가운데, 나아가 한국 문학의 실체를 조금씩 선보일 수 있어야 할 것이다.   (1998)

* 이 글은 1998년 1월 19일 세종문화회관 대회의실에서 열린 'IMF 시대 문화불황 극복 세미나' 문학 분야 발제 원고를 일부 수정한 것이다.

붕괴 또는 확산
―대중문화 속의 소설의 운명

1. 대중문화의 변모

대중문화라고 했을 때 맨 먼저 저급하다는 의미부터 떠올리는 사람조차도 현대사회를 풍미하는 대표적인 문화 형태가 대중문화라는 사실을 부정하지는 못할 것이다. 대중문화란 무엇인가? 말할 것도 없이 대중사회를 기반으로 성립되는 문화를 말한다. 대중사회란 무엇인가? 마찬가지로 대중을 기반으로 성립되는 사회를 말한다. 대중이란 무엇인가? 대량생산과 대량전달을 특징으로 하는 현대사회를 구성하는 대다수의 사람, 현대사회의 절대 다수를 형성하는 근로 계급의 사람을 이름하여 대중이라고 우리들의 국어사전은 이르고 있다. 산업화 이전 사회에 있어 대중이란 존재는 대체로 한 사회 집단 내에서 그 집단을 주도적으로 이끄는 권력적·제도적 상층부들에 비해 지극히 수동적인 지위에 머물러 있었다. 비록 사회 상층부가 주도하는 사회 전체의 흐름에 동적 자원을 생산

하고 제공하는 계층이긴 했지만 그 생산으로부터 얻어지는 물적·
정신적 혜택을 누릴 수 없었던 존재들이었다. 그 주목받지 못하던
계층의 사람들이 오늘날 현대사회를 움직이는 실질적 중심부에 들
어설 수 있었던 이유를 여러 가지로 설명할 수 있겠지만, 우선 그
들 계층의 두드러진 확장은 바로 산업화에 의한 것이라는 점을 주
목해야 한다. 산업화, 즉 인간 생활에 필요한 여러 가지 재화를 생
산하는 일의 효율화 과정에서 그 계층의 노동력은 절대적이었으
며, 그들 노동력을 기반으로 하는 산업 제도의 변동이 이루어져야
했고, 그 노동력과 제도 개선이 마침내 그들로 하여금 사회 전체를
움직이고도 남을 만한 양의 생산을 가능하게 했다. 이렇게 대량생
산된 생산물은 과거 사회를 이끌던 상층부는 물론이고 그들 생산
자들, 즉 대중들에게도 보다 많은 재화로 제공되기에 이르렀다. 또
한 그 과정에서 그들이 몰려든 산업 현장을 중심으로 그 인구 집중
을 매개로 하는 거대한 도시가 형성되기에 이르렀으며 이에 따라
그들 집중된 다수들이 효율적으로 대량생산을 하고 대량생산된 그
것을 판매, 소비로 이어가기 위한 소통 체계가 필요하게 되었다.
공장은 분업으로, 집단은 커뮤니케이션의 활성화로 생산성과 능률
의 극대화를 꾀해야 했으며, 권력은 그들의 새로운 가치를 인정하
여 그들이 사회 체계 운용에 직접 참여하는 권리(대표적으로 시민
권)를 부여하기에 이르렀다. 이렇듯, 산업화 과정 속에서 사회 집
단의 주도적인 흐름을 이끌어가게 되는 다수의 사회 일꾼들이 괄
목할 만한 세력을 형성하였으니, 그들이 곧 오늘날 말하는 대중이
다. 그 대중의 형성과 아울러 필연적으로 조성되는 사회가 있으니
그것이 바로, "노동의 자본주의적 분업화의 발전, 대규모 공장 조
직과 대량 상품 생산, 도시로의 인구 집중, 도시화, 의사결정의 중
앙집권화, 보다 복잡하고 광범위한 커뮤니케이션 체계의 발달, 노

동자 계급의 선거권 확대에 따른 정치적 대중운동의 증대"를[1] 특
징으로 하는 대중사회인 것이다.

　다시, 대중문화란 무엇인가? 대중사회에서의 삶을 영위하는 대
중들이 확장된 자신의 재화로 자신의 다양한 물질적·정신적 욕구
와 관심을 해소하려는 움직임을 보이는바, 여기서 나타나는 대중
사회로서의 특징적 문화가 곧 대중문화라 이름되는 것이다. 그렇
다면, 대중문화는 어떤 성향을 보이는가? 말할 것도 없이 대중문
화는 대중들의 다양한 생활 양태를 그대로 반영한다. 많아진 재화
와 그에 따른 여가를 기반으로, 교육 수준의 향상, 매스컴 등에 의
한 정보 취득량의 상승적 평준화, 취미의 개발 등을 꾀하게 된 대
중들은, 과거 어느 때보다 급격한 양의 문화를 소비하게 된다. 건
전하거나 그렇지 않은 오락들, 여가를 즐겁게 때울 수 있는 여러
가지 구경거리들, 나아가 소위 상층부에서 즐기던 고급문화들(이
를테면 클래식음악, 고상한 미술품, 심오한 문학작품 등)까지도
이 대중들의 주요 향유물이 된다. 이 극심한 문화 소비 현상은 자
본주의가 지향하는 이윤 추구라는 가치 체계에 기대어 필연적으로
문화 상품의 확장이라는 결과를 낳게 되고, 이 문화 상품의 확장은
다시 역으로 문화 소비 계층인 대중들의 취향과 어우러지면서 문
화 소비를 상승시켜 가게 된다. 이때 오늘날의 대중사회에서는 대
중의 원활한 소통을 위해 발생된 매스컴의 역할이 두드러져서 생
산과 소비를 신속히 연결 확장시켜 가는 상품논리 그대로 문화 확
장의 충실한 매개자가 된다. 따라서 대중문화는 빨리 소비되는 양
식, 그러니까 대중 취향에 근접하려 하거나 대중 취향을 유도하는
전략 속에 자리하게 한다. 즉, 인간의 성장과 발전을 구하는 인간
사회의 정신적 활동을 중시하는 문화의 본질적인 의미 내용은 그
건전한 빛을 잃게 되고 육체적이고 물질중심적인 의미 내용을 더

앞세우는 경향이 나타나게 된다. 이때부터 대중문화는 저급한 것이다라거나 상업주의적이다라고 하는 대중문화 비판론은 충분히 근거 있게 고개를 든다.

사실 대중문화란 그 이름이 쓰이기 이전부터 비판의 표적이 되어왔다. 무엇보다 그것은 기존의 고급문화를 침식한다는 비판을 받는다. 고급문화가 침식당하는 일이 왜 좋지 않은 현상인가 하면, 그 이전에 있어 위대한 문화는 곧 '엘리트문화'라는 인식이 지배적이었기 때문이다. 우유 선전을 위해 바흐의 음악이 쓰이고, 화장품 선전에 레오나르도 다 빈치의 그림이 사용되며, 타락한 예수의 모습이 풍자되는 연극들이며, 성의 쾌락을 좇는 귀족들 이야기를 담은 소설들, 한 권의 책으로 다이제스트되는 백 편의 세계 명작들이 대중의 취향에 어우러지는 문화 현실이 미적이고 철학적인 고급문화 양식의 파괴를 유도한다는 사실을 깨닫는 순간, 고급문화 창작자이며 향수자라고 자부하던 사람들이 겪어야 하는 갈등은 충분히 헤아릴 수 있다. 20세기에는 여기에 매스컴을 통한 광고의 위력이 한껏 확대되어 있다. 저속한 것이 공식화될 뿐 아니라 공식화되어 있던 고급한 것의 범위가 와해되는 현실을 목도하게 된 대중문화 시대가 우리 앞에도 펼쳐져 있는 것이다.

우리는 대중문화를 소비하기 위해 거리로 쏟아지는 무수한 사람들을 본다. 물론 우리는 그들 중 한 사람이다. 거리는 단순히 옷을, 밥을 팔고 있을 뿐 아니라, 옷을 사고 밥을 먹는 틈틈이 쉬고 즐길 공간을 만들어두었다. 사람들은 먹고 사는 문제, 건강과 안전의 문제뿐 아니라 볼 거리, 들을 거리, 읽을 거리, 멋과 맛과 쾌락을 찾아 그들의 감각을 곤두세운다. 그들 중 상당수는 스스로가 그 감각적 거리를 개발 제공하는 판매자로 바뀌어 있기도 한다. 그리고 그 끝없는 대중들의 욕구와 관심을 끌기 위해 광고선전물들이 대중들 사이를 떠다니게 된다. 제공되는 무수한 '거리'들과 그것을 선택하고 향해 가는 대중의 욕망 사이를 일차적으로 이어주는 기능에 머물던 광고선전물들이, '거리'가 욕망을 부르고 욕망이 '거리'를 낳는 무한 생산, 무한 소비 사회의 가장 강력한 권력으로 자리잡아 간다. 즉, 자본주의의 가장 선진적인 사회인 정보화사회에 우리의 대중문화가 깊이 들어와 있게 된 것이다. 광고가 전하는 무수한 '거리'들을 향해 우리의 욕망은 꿈틀거린다. 그리고 영원한 결핍은 시작된다. 우리는 읽으면서 즐기고 보면서 즐기고 만지면서 즐기고 부수면서 즐기고 외치면서 즐기고 휴식하면서 즐기고, 그럼에도 더 끝없이 향유할 '거리'를 찾아나선다. 우리는 그런 대중문화의 한복판에서 살고 있다.

이 대중문화가 대중들의 생산에 기여하는 정신적 활력소를 제공한다거나 고급문화의 확장, 과학문명의 대중화 등 결국 문화 민주주의에 기여한다는 등의 긍정적 견해가 있음에도 불구하고, 여전히 많은 지식인들의 대중문화관은 비판 일색이다. 이 비판을 다음과 같이 요약해 볼 수 있을 것이다. (1) 대중문화는 필연적으로 자본주의적 생산논리 아래에서 생산되고 보급되기 때문에 처음부터 그 안에 인간의 정신을 고양시키려는 문화의식이 개입되지 않게 된다는 것, (2) 때문에 대중문화는 상품화되고 저속화되고 대중을 획일화시키는 경향으로 발전된다는 것, (3) 그로부터 초래되는 대중사회의 쾌락주의, 정치적 무감각증, 균형 상실 등에 대해 대중문화는 속수무책이라는 사실, (4) 특히 우리 사회에서의 대중문화는 지극히 전통파괴적이고 서구지향적이며 나아가 민족 정체성의 위기를 초래하는 결과를 빚어왔다는 강력한 비판은 아주 근거 있는 것이다(오늘날 다국적 자본이 이끄는 문화산업의 국내 유입은 국내의 저질 자본주의 유형들과 손잡고 활개를 치도록 방임할 수밖

에 없는 저간의 대중문화의 민족문화적 정체성 상실을 예증해 주
고도 남는다).

　어쨌든 오늘날의 사회는 점점 대중문화를 내세워 사회의 전반
적인 문화 분위기를 만들어가고 있으며, 늘상 대중문화에 대해 비
판적인 자세를 견지하고 있는 상층부 사람들, 엘리트 계층들 역시
대중문화의 홍수를 경계하면서도 때로는 무의식적으로 때로는 자
포자기인 채로 방임하고 수용해 왔다. 그리고 이제 그 고급하기
이를 데 없었던 우리의 문학계가 이 대중문화 속으로 기꺼이 편입
되려는 경향마저 있는 것처럼 보이는 것은 어떤가?

2. 소설이라는 대중문화 상품

　대중문화 속에서 소설이 대중화 양상을 보인다는 것은 당연하다.
그런데, 대중문화의 전반적인 상품화 논리와는 좀 다르게, 나아가
다른 예술 장르와는 좀 다르게 문학의 대중화 양상은 결코 급진적
일 수 없었던 사정이 있었다. 무엇보다 현대사회의 문화 안에 여전
히 고급문화가 존재하고 있다는 말이 가능한 만큼 역시 고급문화
속의 소설도 성립된다. 실제로 우리의 문학, 우리의 소설은 우리 사
회 속에서 엄존하는 삶의 질을 높이려는 무수한 열망들에 부응하여
부단히 도덕적이고 엄숙 장엄하며 교훈적이거나 미학적인 세계를
구축해 왔다. 우리의 문학사는 부지런히 그 문학들을 인간적이며
민족적인 정신의 총화로 평가하고 그 가치의 계보를 세우려고 애써
왔다. 보다 근원적으로는 문학이란 장르 자체가 하나의 인문적 행
위이기 때문에 집단적인 분위기에 맹목적으로 젖게 되기보다 그것
과 거리를 두고 반성해 보고 비판해 보는 과정이 내재된다는 것이

다. 이 점, 문학이 본연적으로는 고급문화적 속성을 지닌 장르다라는 말도 될 뿐더러 문학이라는 문화 생산자는 어쩔 수 없이 엘리트 계급일 수밖에 없다는 말도 된다. 더구나 우리 사회에서 엘리트 계층에 대해 요구하는 것은 무수히 많았다. 당장, 통일이라는 절대명제 앞에서 느껴야 하는 분단국 지식인의 비애며 울분이며 사명감이 그렇고, 눈앞의 독재체제며, 갖가지 제도 모순들, 게다가 우리들 문화를 오래 점유했던 유교적·명분론적 세계관이 우리의 글쓰기에 보다 확실한 명분을 얻도록 강요하고 있었다. 그런 까닭에 우리의 문학 대중화는 단지 대중을 향한다는 명분만으로 창작되고 보급되는 결과를 낳기가 어려웠다. 이 일은 대중들, 독자들의 처지에서도 마찬가지다. 그들 역시 한 권의 책, 특히 한 권의 문학작품을 읽고 재미있다는 말만 하는 것을 부끄러워한다. 대중 취향으로만 무장된 문학을 읽으면서도 그들 대다수는 그것이 마음의 양식이 되는 문학작품을 읽은 것으로 이해하는 사람들인 것에서 우리 문화 속에 자리잡고 있는 문학의 명분주의를 읽을 수 있다.

그랬기 때문에, 그러는 사이 대중에게 잘 읽히는 소설은 문학사에서 평가되는 소설과 다르다는 보이지 않는 격언을 낳게 될 만큼 대중이 즐겨 찾는 소설이 따로 생겨나고 있음을 우리의 문화 평가자들은 무심코 보아넘기고도 마음이 편안했다. 이를테면, 〈춘향전〉 같은 소설이 대중화되는 문화사적인 경험도 우리는 서민정서 또는 민중정서의 문화 유형이라 생각했고, 한말 정치 체계가 붕괴되면서 와해되는 봉건 관습과 유입되어 정착되는 외래 제도와 문명 들이 혼재되는 와중에서 대도시 중심의 상권이 형성되던 20세기 전반기를 잠재적 산업화 시대라 생각하면서도 당대를 풍미하던 이광수의 소설들을 대중문화 소비 욕구와 관련지어 궁구하지는 않았던 것 같다. 비록 그 대중들이 이광수의 소설을 읽는 명분을 '애국 계몽'에서 찾는다 할지라도, 그의 소설이야말로 도시화되고 문명화되고 감각화되는 선남선녀들의 사랑 이야기가 주조를 이루고 있으며, 그들의 취향에 여가를 즐길 수 있는 우여곡절 많은 남녀간의 사랑 이야기를 즐기고자 하는 쾌락주의나, 그런 이야기를 통해 대리 만족을 찾는 문화 상승적인 욕구 들이 들어 있었다고 볼 수도 있지 않을까. 이런 연장에서 보면 〈무영탑〉으로 대표되는 현진건의 신문연재 역사소설이며, 심훈의 〈상록수〉 등도 '계몽주의적 명분'으로 치장되었다 해도 사실 품위 있게 여가를 보낼 만한 복고적이거나 감각적인 이야기로 읽히지 않았을까. 또는 그들 작가는 그런 것을 지향하지는 않았을까. 계속 그런 점에서만 본다면 더 대중 지향적인 것으로 일제 때로부터 해방 후의 60년대까지 이어가면서 보여졌던 다양한 대중소설 유형들, 김내성의 추리소설, 박계주의 〈순애보〉류, 방인근의 연애소설들, 박종화의 역사소설들, 정비석의 〈자유부인〉 등이 대표적으로 대중 취향에 값하는 소설들 아니겠는가. 대중이나 작가나 표면적으로는 모두 수긍하고 있지는 않았다 하더라도 우리의 소설들은 날이 갈수록 그런 대중화의 길을 열어오지 않았을까. 적어도 우리의 소설은 그 소설을 실은 '책'이 상품화되는 길은 활짝 열어왔던 게 분명하다. '문학-책'이라는 상품은 그 유통 과정 속에서 다른 대중문화 상품들의 유통 과정에서와 다름없이 이익의 극대화가 꾀해지는 가운데 독자에게 소비되고 있었던 것이며, 어떤 형태로든 자본주의적 문화 소비 과정 위에 소설이 있다는 인식은 이미 뿌리를 내리고 있었다고 볼 수 있다. 이후 한 평론가는 간단히 예를 들었다. "문고판의 성행은 문학의 상품화를 단적으로 예증한다."[2]

그러나 우리가 보다 본격적으로 대중과 대중사회와 대중문화와 관련지을 수 있는 소설의 출현을 말할 수 있는 시대는 70년대다.

말하자면 우리나라에 역사적으로 말할 수 있는, 또는 사회학자들이 말하는 산업화 시기가 있었다면 대체로 60~70년대였던 것이다. 거대 도시가 이루어지고 그 도시의 근로 계급들이 미약하게나마 자기의 다양한 미적·감각적 관심과 욕구를 표출시킬 수 있었던 시기가 이때였고, 서구적인 문명이 국민 다수에게까지 미치게 되고 서구화되거나 적어도 도시화된 대중문화 형태가 도시의 한복판에서 확고하게 그 자장을 넓혀가고 있었던 것도 이때였다. 이 무렵에야 비로소 대중문화 속의 소설문학을 말할 만한 사정이 생겨나지 않았을까. 그리고 이 무렵부터 대중문화를 소비하는 유형 그대로 소설이라는 문화 상품을 소비하는 대중들의 취향이며 유형이 설정될 수 있었다. 이 무렵부터 소설이 대중문화의 소비 품목으로 유통되던 양상을 몇 가지 유형으로 따져볼 수 있다.

(1) 도시소설 : 산업사회 이후 대중문화로서의 소설이 소비되는 첫번째 유형. 최인호의 신문연재 소설 〈별들의 고향〉을 필두로, 〈영자의 전성시대〉로 대표되는 조선작의 소설들, 조해일의 〈겨울 여자〉가 줄을 이어간 70년대 초중반, 그 소설들은 당대 대중의 삶을, 그러니까 도시화되고 서구화된 한국 대중사회의 삶의 모습을 반영하면서 대중의 인기를 폭발적으로 끌었던 대중적 문학이었다. 쓰고 읽는 사람들이야 여전히 어떤 문학적 명분을 말할 수 있을 테지만, 이 소설들은 대중사회의 인간의 삶의 모습, 아주 구체적으로 예를 들어 육체적 사랑의 표현을 당연하게 여기는 젊은 세태, 대학과 카페와 자동차와 호텔과 유곽이 주요 공간인 감각적이고 낭만적인 도시 정서를 주요 매개로 삼았으며, 그리고 그런 내용에 걸맞으면서도 문학에서 요구되는 지적으로 통제된 세속어의 구사, 사물을 직관해 보이는 감각적인 문체 등으로 그 매개들을 양식화하고 있었다. 이후 70년대를 지나 80년대로 넘어오면서까지 다시 대

중성을 확보하는 데 성공한 한수산, 박범신, 그리고 〈추락하는 것은 날개가 있다〉로 대표되는 이문열의 상당 소설들이 이런 유형의 소설들에 맥을 대었다고 볼 수 있겠다. 우리나라 소설의 가장 분명한 대중적 요소는 바로 '도시소설'인 셈이다(그 점에서 보면 산업화 시대의 첫머리를 장식한 대중적 소설 양상은 김승옥에게서 얻어졌다). 대중성을 확보한 '도시소설'의 대중 취향 요소는 또 이렇게 정리해 볼 수 있다. 첫째, 도시로의 편입, 도시 속의 소외를 내용으로 한다는 점(말을 좀 바꾸면, 우리나라 중앙집권적 산업사회에서 도시적이라는 것은 계층적·문화적 상승 욕구, 자기 동일시 성향과 불가분의 관계를 맺고 있고, 서구문명 지향적이라는 뜻도 내포하게 된다. 물론 여기에서 산업사회 내의 인간소외 문제가 다루어지는 경우도 많다). 둘째, 젊은 세태를 반영한다는 점(전통적 가족주의나, 권위주의적인 사회 체제, 교육 모순에 의한 억압 등에서 해방되려는 무의식이 여기에 개입되어 있는 셈이다). 셋째, 육체적 성 문제를 주요 매개로 하는 사랑 이야기(역시 둘째 항과 관련되는 것이기도 하면서 특히 성의 상품화라는 쾌락주의, 황금만능주의를 내세우기도 하고, 한편으로 그것을, 가령 〈머무르고 싶었던 순간들〉의 박계형처럼 청순가련한 사랑으로 치장한 사랑 이야기로 대중과 쉽게 만나는 점으로 보면 우리 대중사회의 독자들은 한없이 서구지향적이고 개인주의적인가 하면 여전히 보수적 취향이 강하다고 볼 수 있다)가 펼쳐진다는 점.

 (2) 민중문학의 대중문화적 가치 : 산업화 시대에 이런 유의 대중적 소설만 있었던 것은 아니다. 우리의 대중들은 여전히 문학에서 명분을 찾는 경향이 두드러지는데, 그 명분 또한 유형이 몇 가지로 단순화된다. 가령, 70년대 후반 문학계를 강타했던 조세희의 〈난장이가 쏘아올린 작은 공〉 같은 반체제적 소설이 대중화에 성

공한 것은 동시대의 '반체제적인' 사회 분위기에 결부된 것이라
볼 수 있으며, 이 현상은 민중문학으로 대표되는 황석영의 「객지」
나 〈장길산〉, 그리고 김주영의 〈객주〉 들이 읽히는 문화 분위기와
같은 유형인 것이고 나아가 80년대 중후반을 장식한 조정래의 〈태
백산맥〉이 대중화되는 일과 곧바로 맥을 대는 일이라고 보아진다.
역사소설류, 금기시된 이데올로기를 내세우는 시대소설류를 포함
하여 억압받는 민중의 울분과 한과 저항의지를 드러낸 민중문학들
의 대중화 성공, 이 현상은 시문학에서 신동엽, 김수영, 신경림, 고
은 등이 80년 중반 박노해의 〈노동의 새벽〉으로 이어지며 대중화
에 성공한 일과 함께 가히 우리 사회사에서 '민중문학의 대중화'
라는 독특한 문화 유형을 기록하게 만든다. 그리고 이 현상은 80
년대의 세칭 '좌파 상업주의'의 면모를 낳게 되는 모태가 되기도
했고, 역사소설의 한켠으로는 영웅주의적 역사관, 국수적 민족주
의가 피력되는 '소설 ○○○' 류로 전이, 탄생되기도 했다(역사소
설의 주인공을 자기 동일시하는 현상이 대중들 사이에 있다).

　(3) 종교소설, 한국 대중의 선적(禪的) 경향 : 또한 우리 문화의
종교적 경향도 빼놓을 수 없는 대중적 요소가 아닐까. 79년에 나
란히 출간되었던 이문열의 〈사람의 아들〉과 김성동의 〈만다라〉.
이 두 편은 각각 기독교적·불교적 완성을 지향하는 젊은이의 고
독하거나 실천적인 행로를 보여주는 소설이었고, 역시 대중화에
성공했다. 80년대 후반 김정빈의 〈단〉이며, 남지심의 〈우담바라〉,
강인봉의 〈구나의 먼 바다〉 등의 소설과 윤재근의 고전 풀이 에세
이집을 정점으로 하는 명상류들, 그리고 무수한 선적·종교적 잠
언집, 우화집, 시집 들이 쉽게 대중화되는 우리 문화의 독특한 양
상을 기억해 두고 넘어가자.

　(4) 무협지, 자본주의 세태 고발, 그리고 카타르시스 : 또하나 빠

뜨릴 수 없는 베스트셀러가 80년대 초반을 장식한 김홍신의 〈인간 시장〉. 권선징악의 명백한 주제와 무협지적 주인공의 공력을 섞어 대중들에게 무한한 카타르시스를 제공하는 데 성공했다. 급진적인 산업화가 졸부와 재벌의 문화를 낳게 된 모순의 은밀한 현장을 찾아가 시원스럽게 그자들을 처치하고 손을 툭툭 터는 가난하고 순결한 사나이 '장총찬'의 통쾌무비한 활약상. 지금까지도 위력을 잃지 않고 있는 대표적인 대중소설인 무협소설에다 세태 고발 정신을 얹은 이 소설이 대중화에 성공할 수 있었던 이유 역시 그리 간단하게 설명될 수 있는 것은 아니다. 현대판 무협지로 재미있게 읽힌다는 점, 주제성이 단순명료하다는 점, 당대의 악을 후련하게 제거해 주는 카타르시스 효과가 만점이라는 점 등이 그 성공 이유라 말한다면, 분명한 것은 대개 우리의 본격문학이 재미없고 복잡하고 카타르시스를 제공하지 못하고 있었다는 말이 된다. 만화가게를 떠돌던 무협지가 아연 서점가를 장악하기 시작한 것은 80년대, 그리고 또 상당수의 무협지 독자 대중들은 지금 안방에서 비디오로 수십 개씩 되는 무협 드라마를 시청중이다.

여기에 (5) 가장 대중 취향적인 소설 장르로 평가되는 추리소설(〈최후의 증인〉을 시발로 하는 김성종의 추리소설류는 신문연재소설의 총아로 발돋움해 있다)들, (6) 소리 소문 없이 판매된 포르노소설 등등이 대중화에 성공했을 테지만, 대체로 70~80년대 초반까지 소설이 대중문화의 한 문화 상품으로 소비되는 현상 속에서 소설은 때로 소위 질 높은 고급문화로서의 본격문학의 자리에서 대중에게 소비되는 행복을 누리기도 했고(그러니까 그때의 소비는 재생산을 의미한다), 때로는 저급하고 상투화된 이야기와 언어로 대중들의 쾌락 취향에 소비되기도 했다. 소설이 대중문화 속의 한 가지 문화 상품이 되었을지언정 그 속에는 여전히 고급문화

적 요소가 남아 있었고, 따라서 팔리는 작품인가 아닌가 하는 문제
보다 늘 그 작품이 가지는 문학적 진실이 논의되는 것이 먼저였다.
오히려 팔렸기 때문에 폄하되는 문화 풍토까지 있었다고 본다면
대중성 문제로 문학의 위기를 논하게 된 지금의 처지에서는 행복
한 때로 회상할 수 있다.

3. 후기 산업사회의 대중문화, 가치 혼돈에 직면한 문학

그런데, 이제 사정은 더욱 달라졌다고 말하는 사람이 늘어나고
있으며 실제로 정말 사정은 달라졌다. 상업주의적인 면모를 다분
히 가지고 있으면서도 그런대로는 기껍게 문학 현장에서 논의되곤
했던 70년대 대중적 소설들과는 다르게 지금 우리 눈앞의 베스트
셀러들은 인기를 많이 누리는 작품일수록 아무런 문화적 가치가
없는 문화 상품으로 치부되는 경향이 나타나고 있다. 대중문화에
대해 긍정적인 견해를 피력했던 에드워드 쉴즈의 말을 빌려 대중
문화의 정당성이 "모든 개인의 감수성"에 있음을 말하면서도 그러
나 대중문학이 "개성의 확산일 뿐, 몰개성의 복사일 수는 없다"고
미리 경고해 두었던[3] 한 평론가는 오늘날의 대중지향의 문학작품
에 대해 이렇게 극단적으로 말할 정도이다. "많은 베스트셀러의
소설들이 오직 베스트셀러가 되기 위하여 쓰여지고 있다는 인상을
지울 수 없다. 많은 소설들이 각기 다른 저자들을 갖고 있지만, 그
들은 마치 하나의 메이커에 의하여 대량으로 생산되는 상품처럼
여러 가지 면에서 같은 모습을 취하고 있다."[4] 과연, 우리 시대의
많은 소설들은 실제로 베스트셀러가 되기 위하여 쓰여지고 있는
게 사실일까. 그렇다. 그것은 어김없는 사실이다. 증거를 대라면

백 가지 증거라도 댈 수 있을 정도다. 서점에 나가보면 한번 인기를 끈 소설 유형을 닮은 소설들이 부지기수로 나와 있다. 그 소설이 모두 베스트셀러가 되기 위해 주문 생산된 것인가 하면 물론 다 그렇지는 않다. 그중에는 옛날에 쓴 것을 새로 낸 것도 있고, 쓰고 있었는데 한 발 늦게 출간된 것도 있다. 어쨌거나 비슷비슷한 베스트셀러 문화 상품들이 쏟아져 나온다. 무슨 이유든 간에 그래야 팔린다고 생각하기 때문이며, 실제로 그것들이 얼마간 상업적 성공을 거두는 게 보통이다. 이미 앞에서 말했던 감각적·쾌락적 카타르시스, 위안, 휴식, 문화적 상승욕, 자기 동일시 등등의 대중 취향 요소를 단순히 확대하여 오늘의 상품 전략으로 가져오는 작품들도 부지기수다. 무슨 말인가 하면 지금 소설이 포함된 출판계에 상업주의가 판을 치고 있다는 말이며, 책과 독자 사이를 이어주는 가장 주요한 교량인 서점이 그 상업주의를 주도하며 출판사와 독자가 그것에 호응해 주고 있다는 말이다.

사실, 상업주의가 어디 출판 유통에만 찾아온 현상이겠는가. 가깝게는 문학을 주요 거점으로 여기는 영상 매체의 드라마류들을 둘러보자. 개그화된 연극, 성 풍속도를 그리는 연극, 표절 시비에 오른 작품이라는 화제성을 관객 동원으로 이어가는 영화, 신문소설만 골라 만드는 텔레비전 드라마 기획, 유명한 작가만을 모셔오는 방송 프로그램들, 영화 개봉에 때맞추어 출간하는 시나리오 번안 소설들……. 화제와 추문과 광고가 만들어놓은 대중의 무의식을 상업적 성공으로 이어가는 숱한 대중문화 전략들이 판을 치고 그 영상산업이 가시적으로 제시하는 돈의 액수로부터 우리의 문학이 영향을 받지 않는다고 말할 수 없다.

그런 것쯤은 문제도 아닐지 모른다. 날이 갈수록 중요한 문제로 떠오르게 된 것은 그렇게 문화를 소비해 오던 문학 대중들에게 다가가는 길이 쉽지 않게 되었다는 것이다. 우선, 대중들에게 가까이 가 있는 다른 문화 상품들이 지나치게 증가되기 시작했다. 역시 자본주의 총아인 텔레비전은 대중에 가장 가까이 가 있는 문화 상품이다. 그리고 그것은 고스란히 각종 문화 상품들을 집약적으로 선전하는 선전 매체로 떠올랐다. 문학은, 소설은 대중에게서 상대적으로 멀리 떨어지게 되는 것은 말할 것도 없고, 가까이 가기 위해 텔레비전으로 대표되는 매체를 통해 자기 존재를 알리는 일을 동시에 해야 된다. 위에 예든 70년대의 상당수의 대중적 소설이 대부분 산업사회에서 위력을 떨치고 있었던 일간 신문들에 연재된 소설들이었다는 점은 오늘날 우리 소설에 던져진 숙제를 생각할 때 시사하는 바 매우 크다. 그 무렵 그 신문들을 지탱하는 일차적인 재정은 독자들의 구독료에 의해 채워졌다. 그런데 이제 어떤가. 그 구독자수는 신문의 재정을 직접 담당하지 않는다. 바로 그 구독자수는 그 신문에 게재되는 광고액을 결정하는 척도로 전락해 있다. 텔레비전은 시청료를 징수하는 국영방송조차도 광고 수입에 의존한다. 오늘날 모든 전달 매체는 겉으로 정보를 전달하지만 안으로는 광고주, 그러니까 대자본의 이익논리를 대변하고 있다는 혹평도 근거가 명백한 것이다. 원래 주체는 정보 생산자와 그 소비자였건만, 그 유통의 권력은 선전언어를 담당하는 자의 손에 있다 (물론 그 권력자도 그 언어의 하수인이다).

오늘날 우리의 대중문화는, 포스트모더니즘에서 설명하는 대로, 이렇듯 알맹이의 시대에서 껍데기의 시대로 바뀐 그런 문화로 전이되었다. 대중사회, 대중문화를 확장시켜 주던 소통 매개인 매스컴이 오히려 소통 주체들이었던 것들의 가치를 무화시키는 결과를 빚었다. 광고가 상품의 내용을 대신해 버리는 이 가치 전도 현상이 새로운 자본주의 사회를 형성해 갔다. 이름하여 후기 산업사회라는 말이 이로부터 가능한 것이었고, 그 사회는 자기가 필요한 것이 어디에 무엇으로 존재해 있는지 하는 정보 취득이 산업의 핵심에 들어와 있는(그러므로 마땅히 선전언어, 대표적으로 광고의 권력화는 필연적이다) 일명 정보화 시대로 함께 탈바꿈해 있는 것이다. 정보화 시대의 병폐는 바로 정보에 의한 대중 조작이 가능하다는 점이다. 바로 문학도 그 영향 아래 놓인다. 상품보다 광고가 빛나는 시대, 시보다 광고 카피가 진실을 반영하는 시대로의 전이가 이루어지고 있는 것 같다. 이 사이 대중문화가 고급문화의 벽을 붕괴시키고 그 양 문화는 서로 삼투해 버리듯, 대중문학이 본격문학의 아성을 허물고자 하는데, 그때의 대중문화로서의 강력한 무기가 곧 광고를 비롯한 숱한 화제와 풍문들이다. 그리고 그렇게라도 풍문화된 문학이라야 어느 정보 매체고 되풀이 거론되는 대중문화의 한가운데 서 있을 수 있다. 〈동의보감〉〈토정비결〉〈목민심서〉 등으로 역사공부, 인생공부에 민족적 자긍심을 드높인 독자 대중 다수는 〈토지〉의 작가 박경리의 왕년의 대표작 〈김약국의 딸들〉을 약업 분쟁과 관련 있는 약국집 이야기로 알고 선택하는 경향마저 보이고, 최대 부수의 신문에 실린 최고 인기작가의 독후감을 보고서 그 책을 찾아 서점으로 나가는 경향을 보인다. 불과 몇천의 독자가 읽을까말까 했던 소설 한 편이 영화화되어 백만 관객의 심금을 울리는 중에 그 다수의 관람객이 마침내 원작소설을 되찾아 읽으며 뒤늦게 문학의 향기를 맛보는 경험도 우리의 대중문화가 했다. 그리고 그 현상은 우리의 대중 매체들이 끝없이 정보화한다. 무엇을 읽어야 하는가. 소설 소비자인 대중들은 이제 본격문학이라 할 만한 것과 대중문학이라 할 만한 것을 구분하지 않는다. 아니 못하는 게 아닌가. 고급한 것과 저급한 것이 뒤섞여 있는 문화, 대중들이 그 경계 와해, 가치 혼돈을 어떻게 감당할 수 있겠는가.

문화 생산자인 작가는 어떤가? 작가는 의연히 제 길을 더 깊이 간다. 그리하여 깊어진 자기만의 세계가 우리 문학의 높은 경지를 증명해 줄 것이다. 문제는 부지불식간에 야기되어 있다. 제 갈 길을 가고자 하는 그들도 제 갈 길을 모르는 혼돈을 느낀다는 사실이다. 후기 산업사회의 대중문화 체험을 해가는 사람들이 그들이며, 그들 역시 이미 혼돈된 문화 속에 있으며, 더구나 나날이 혼돈 속으로 걸어오는 후배들을 만난다. 이제 그들의 가치 기준도 혼돈스럽다. 최근 우수 소설을 재수록한 소설선집들의 선정 이유를 보면 우리 시대에 좋은 소설이 얼마나 부족한지, 무엇보다 우리 스스로의 가치 기준이 얼마만큼 구심점을 잃고 있는지를 잘 느낄 수 있다.[5] 이제 대중사회를 의식하면 할수록 우리 소설은 지향점을 잃고 대중문화의 저급한 속성에 대중적 지평을 내맡겨버리게 되는 것일까?

4. 새로운 문화 세대, 소설의 붕괴와 확산

이렇게 대중문화 속의 우리 소설은 진지하고 심오한 것들이 축소되거나 저급한 것들과 혼재된 현상을 보이는바, 그 헤쳐나갈 길이 멀고 험할 뿐 아니라 잘 보이지도 않게 된 실정이다. 이런 처지에서 우리 소설계는 대중성 문제를 놓고 대체로 두 가지 점에서 의미 있게 시달리고 있는 것으로 보인다. 하나는 본격문학의 무게를 지니면서 대중에게로 다가가려는 대중화 전략이 대두되고 있다는 점이고, 다른 하나는 대중문화 자체를 하나의 소설 매개로 삼고 있는 소설이 많이 등장했다는 점이다.

이중 첫번째 문제를 보충해 보자. 우리 소설이 위대한 명분에 시달리는 동안 그것을 담는 방법적인 면에 소홀했다는 것을 염두에

두어야 할 대목인 것 같다. 바꾸어 말하면, 분명히 시대 변화, 그러
니까 대중문화의 폭발적 소비 현상을 느끼고 그 점을 비판하고 그
점에 시달리면서도 그 점을 자기 소설 속에 투영해 본 경험이 별로
없다는 사실. 대표적으로 하창수, 구효서, 채영주 등등이 발표하는
일명 소설가소설 유형들은 안 팔리는 작가가 겪는 생활고와 정신적
갈등을 담으며 무엇을 담는 게 소설인가 하고 묻는다. 그중 어떤 소
설들은 대중사회, 또는 후기 산업사회라는 배경과 소설이라는 예술
장르 사이의 운명적 부조화 문제를 심도 있게 다루기도 하지만, 대
부분 대중사회에서 소외된 예술가의 한풀이에 머물고 있다는 인상
을 지울 수 없다. 이렇게 본다면 우리 소설이 대중화에 실패하고 있
는 큰 이유는 다른 무엇보다 작가가 자신이 장기로 삼는 애기조차
본격적으로 깊이 있게 다루지 못했다는 데 있지는 않았을까. 이렇
게 보면, 자기 장기, 자기 특징의 극대화로 대중화를 꾀할 수도 있
다는 애기가 된다. 가령, 연전에 베스트셀러에 올랐던 양귀자의 〈나
는 소망한다, 내게 금지된 것을〉에서 보이는 페미니즘의 극대화 같
은 유형은 어떨까? 이 작품이 영락없는 대중소설이라 할지라도 적
어도 이 작품이 작가 양귀자를 떠나서는 존재할 수 없는 작가의 것
이 아닐까. 고원정은 어떨까? 그가 자랑하던 "정치적 알레고리 소
설"(성민엽의 말) 유형을 그는 극대화시켜 〈최후의 계엄령〉이라는,
또는 〈빙벽〉이라는 추리와 시사 멘트의 나열이 뒤섞이거나 금기시
된 소재의 벽을 허무는 쾌감 어린 대중소설을 만들어놓았다. 안정
효는 어떨까? 그는 걸어다니는 백과사전(〈하얀 전쟁〉의 주인공이
발휘하는 기억력을 보라)으로서의 정보량과 기억력을 발휘하여 그
가 살아온 시대의 보편적 문화 경험인 '영화광' 체험을 〈헐리우드
키드의 생애〉라는 향수 어린 대중소설로 엮어놓았다. 이인화의 〈영
원한 제국〉은 어떨까? 문헌을 해석하고 방법을 짜맞추는 그의 장기

는 잘 아는 일로, 조선 후기의 당쟁사를 추리소설 기법과 어우러지게 만들어놓았던 것이다(이를테면 이 소설들은 본격문학과 대중문학의 경계에 있는 이른바 중간소설의 계보에 드는 작품이라 볼 수 있다. 그리고 이 중간소설의 뛰어난 성취는 복거일의 〈비명을 찾아서〉에서 확인할 수 있는 것이 아닐까). 우리가 이들 대중소설의 방법을 흉내내야 한다는 말은 아니다. 우리의 본격문학이 이런 방법을 거의 체험하지 못하고 있는 가운데 일상적이거나 의식과잉된 체험의 마당만 제공함으로써 독자 대중들이 호기심을 가지지 못했던 감이 있다는 말이다. 자기의 존재 방식을 극대화시키는 노력이 다양하고 진지하게 이루어질 때, 그리하여 그중 어떤 것이 대중문화의 촉수를 건드리게 될 때 대중화의 길은 일차적으로 열릴 게 아닌가. 그런 노력 없이 잘된 소설이 안 팔리는 풍토를 비탄하는 것은 코웃음거리밖에 되지 않는다. 이러는 사이 우리 문학의 유통 경로 안에 끼여든 아마추어 작가들의 출현에 독자 대중들은 더욱 갈피를 못 잡고, 전문 작가들은 할말을 잃는다. 아마추어 작가의 작품이라고 깔보면 안된다. 그들이 〈베니스의 개성상인〉을 쓰고 〈무궁화꽃이 피었습니다〉를 쓰면서 바친 시간적 정열이나 방대한 지식량과 정보량, 체험의 넓이에 대해서만큼은 그런 소재거리보다 소재거리의 명분화와 심미적 표현화에만 신경을 써오면서도 독자 대중의 수준을 탓하던 기성 작가들이 각성해야 할 대목이 아닐 수 없다(이 점에서는 등단작가 운운하는 유사 엘리트문화도 마땅히 사라져야 한다). 아마추어 작가들이 보여주는 어설픈 민족주의나 시대착오적인 문화주의 등이 한낱 허울좋은 것일 뿐이라는 사실을 미학적으로 증명해 줄 수 있는 통쾌한 대중적 소설을 기대하는 일이 단지 조바심의 소산만은 아닐 것이다. 그리하여 아마추어와 전문가가 뒤섞이면서도 전문인이 존중되고 그들의 심오한 가치가 하나의 문화 척도가 되는 그런 문학적 확장이 없을 것인가.

　다음으로, 우리 소설은 대중문화를 온몸으로 겪고 있는 사람들을 대거 소설 속으로 편입시킴으로써 여러 가지 유형의 혼재 양상을 드러낸다. 이중에서 두드러진 현상은 문화적 간텍스트성(intertextuality)이다. 이를테면 영화·연극·시·소설·음악·무용·광고 등에서 얻어진 정보를 직접 작품의 주요 모티브로 삼는 소설들을 말한다. 하재봉의 〈블루스 하우스〉는 그런 문화들에 탐닉하는 주인공이 제시된다. 장정일의 〈아담이 눈뜰 때〉의 첫 문장은 이렇게 시작되어 같은 말로 끝난다. "내 나이 열아홉 살, 그때 내가 가장 가지고 싶었던 것은 타자기와 뭉크 화집과 카세트 라디오에 연결하여 레코드를 들을 수 있게 하는 턴테이블이었다. 단지, 그것들만이 열아홉 살 때 내가 이 세상으로부터 얻고자 원하는, 전부의 것이었다." 주인석의 〈희극적인, 너무나 희극적인〉은 니체의 〈인간적인, 너무나 인간적인〉에서 제목을 따왔을 뿐 아니라 각종 고대·현대 연극의 대사들을 빌려 주인공의 의식을 표현한다. 박상우의 〈술병에 별이 떨어진다〉는 술에 대한 보고서라 할 만한 문헌들이 혼재된다. 이 문화적 간텍스트성은 점점 후기 산업사회가 자랑하는 정보 매체, 선전언어들과의 간텍스트성으로 소설을 몰아간다. 구병천의 〈포유강 사람속〉은 광고 카피로 대화하고 사고하는 젊은 남녀를 그려놓는다. 마희정의 「거품씨와의 통신」에는 컴퓨터 모니터를 통해서야 비로소 자신의 감정을 정리할 수 있는 세대가 묘사된다. 이제 간텍스트성이 아니라도 좋다. 대중문화와 관련 있는 것들이 소설에 내재적 사실로 군림해 온다. 앞에 예든 양귀자의 〈나는 소망한다, 내게 금지된 것을〉에도 대중 매체에 의해 조작된 남성상을 해체하려는 납치극이 그려져 있다. 고원정의 〈최후의 계엄령〉은 가짜 기사나 인터뷰가 주종을 이룬다. 안정효의

<헐리우드 키드의 생애>는 아예 영화처럼 인생을 살다가 자기 혼을 환상에다 주어버린 인간이 설정된다.

소설이 대중문화를 직접 담아내는 일이야말로 이 시대에는 괄목할 만큼 세력으로 성장해 있다. 그런 만큼 우리의 삶의 정체성에 위기가 와 있음을 인식해야 할 것이다. 이 사실을 모르고 막연한 문화적, 또는 대중 매체적 간텍스트성이 우리 소설에 팽배해져 있는 게 아닌가. 그 때문에 무비판적인 대중문화 수용과 즉물적인 베끼기 현상이 나타나고 있는 게 아닐까. 소설 <살아남은 자의 슬픔>이나 <내가 누구인지 말할 수 있는 자는 누구인가> 등의 소설은 그런 즉물적인 문화적 간텍스트성의 본보기가 아닐까. 게다가 이런 유들이 모두 대량생산적이라는 점도 비판되어야 한다. 또는 그러는 사이, 소비적이고 향락적이고 신분상승적인 욕구를 반영하는 한편으로 그런 것들을 순결로 치장하는 대중문화의 상품화 전략을 소설로 옮겨온 <여자의 남자>의 대중성이 너무 손쉽게 가능하지 않았을까. 이런 일을 주체성·창작성의 소멸 현상으로 보고 우리 문학의 포스트모더니즘적 성취라 말하는 단견 역시도 대중문화와 문학과의 관련상을 제대로 보지 못한 즉물적 문예관이라 말할 수밖에 없다. 대중문화와 진지하게 대화하고 교류하며 언제나 비판적인 자세를 잃지 않으려는 노력을 우리 소설은 보여주어야 할 것이다.   (1994)

---

1) Allan Swingewood, *The Myth of Mass Culture* 중 제1장, 강현두 편 <대중문화론> 나남출판사, 1987).
2) 김현, 「대중문화 속의 문학」, <반고비 나그네 길에> 지식산업사, 1978.
3) 김주연, 「대중문학 논의의 제문제」, <변동사회와 작가> 문학과지성사, 1979.
4) 김주연, 「작가는 신인가, 대중인가」, <문학정신> 1993, 10.
5) 손경목 외, 「90년대 소설의 새로운 경향과 진정성의 문제」, <오늘의 소설> 1993 상반기, 참조.

자본주의의 미궁을 헤쳐가는 모험과 지혜와 질문의 드라마
— 우리 시대를 위한 새로운 추리소설을 기다리며

1.

나는 오늘 추리소설(mystery story)에 대해 말하고자 한다. 과문하기 이를 데 없는 내가 내 전공 분야를 넘어서서 이제 추리소설을 말하는 사연은 어떤 것인가? 주지하다시피 추리소설이란 세계적으로 인류가 발견한 가장 재미있는 소설 양식으로 평가되고 있으며, 그 평가에 걸맞게 내로라 하는 추리작가들이 누리고 있는 인기와 명성은 그야말로 '세계적'인 것이다. 그리고 이 추리소설의 패턴은 고스란히 영상 무대로 옮겨져 세계 어느 곳이거나 어느 한때라도 추리영화가 상영되지 않은 적은 없다고 말해도 무방할 지경에 이르렀다. 우리나라에서도 그 현상은 예외가 아니다. 어린 시절 밤잠 못 자게 만들었던 '셜록 홈즈'의 이야기(코난 도일)이며, 괴도 '루팡' 이야기(모리스 르블랑) 등에서부터, 살인 용의자를 한자리에 다 모아두고 명쾌한 논리로 범인을 밝혀내곤 하던 명

탐정 '포와로' 이야기(애거서 크리스티) 들에다, 최근 들어 자본주의의 거대한 욕망 체계 내의 범죄 심리를 파헤치는 시드니 셀던, 동서 냉전 구도를 가상의 세계전쟁의 인과관계로 설정한 톰 클랜시 등이 꾸미는 추리소설 세계에 대해 모르긴 해도 누구나 한 번쯤은 빠져들어 그 재미와 추리와 긴장에 젖은 경험을 갖고 있을 것이다. 아니면, 적어도 '007 시리즈'(이언 플레밍 원작)나 히치콕(영화 감독)의 영화들, '형사 콜롬보'로 상징되는 숱한 추리영화들 중 어느 한 편이라도 보지 않은 사람은 없을 것이다.

그것도 아니라면, 우리가 추리 양식이라고 인식하지 못하는 가운데 읽거나 보곤 했던 영화나 소설들이 사실은 온전한 추리소설 구조(쉽게 말해서 범인이 있고, 탐정이 있으며, 범인은 탐정의 추리에 의해 잡히는 스토리)를 가지고 있음을 지적해 둘 수도 있겠다. 이를테면 연전에 엄청난 관객 동원에 성공한 바 있는 〈원초적 본능〉은 연쇄적으로 발생되는 살인 사건을 풀어가는 형사(탐정)의 추적(추리) 과정과 그 범인이 밝혀지는 구도로 설정되어 있는 대표적인 추리영화다. 그 바로 전에 세계의 뭇 영화팬들의 심금을 울린 바 있는 〈사랑과 영혼〉도 어떤가 하면, 자신의 피살을 죽은 영혼 스스로(추리소설에서의 탐정의 역할을 이 죽은 영혼이 대신하고 있는 셈이다)가 추리하여 그 살인자를 밝혀가는 과정이 줄거리를 이루고 있다는 사실도 되새겨봄직하다. 물론 그 영화들이 모두 그 추리소설 구조만으로써 흥행에 성공했다는 것은 아니겠으나 그 영화에서 추리소설 구조를 제거했다고 가정해 본다면, 아마도 역으로 추리소설 구조의 위력이 어느 정도인지 짐작할 수 있을 것이다.

이 모든 추리소설의 보편성 또는 그 구조의 보편성을 인정하지 못하는 사람의 경우에도, 오늘날 세계 명작이라 할 만한 소설의 상당수가 추리소설 구조를 가지고 있다는 사실을 알면 늦게나마 고개를 끄덕여줄지도 모르겠다. 한 예로 움베르토 에코의 〈장미의 이름〉 같은 소설은 역시 쉽게 얘기해서 수도원에서 일어난 살인 사건을 한 수도사가 추리해 나가는 줄거리가 아닌가. 이도 싫다면 도스토예프스키의 〈죄와 벌〉은 어떨까? 적어도 이 소설은 주인공 라스콜리니코프의 살인의 동기와 추이를 추적하고 있는(물론 이 경우는 그 추적자가 살인자인 주인공 자신이지만) 소설로, 추리소설 구조의 변형이라 해도 무방하다. 〈죄와 벌〉의 예가 부적절했다면 우리의 소설, 이문열의 출세작 〈사람의 아들〉을 예로 들어볼까? 이 소설이야말로 온전한 추리소설 구도 위에 존재하는 소설이 아닐까? 형사(남 경사)가 우연한 살인 사건(민요섭의 피살)을 추적하여 그 범인(조동팔)을 밝혀내고 있는 것이다. 그 살인 사건 자체가 추리소설이 자랑하는 권선징악적 교훈을 주고 있는 것은 아니라 해도, 그러니까 남 경사가 조동팔이라는 살인자를 찾아낸 일로써 범죄에 대한 경각심을 불러일으키는 것과 같은 일반 추리소설의 주제적인 결과를 낳고 있는 것은 아니라 해도, 문제의 핵심(신의 아들과 사람의 아들 사이, 또는 예수와 아하츠페르츠 사이, 또는 민요섭과 조동팔 사이의 차별성과 갈등)을 점층적으로 부각시키는 가장 중요한 매개로서 이 범인 체포의 추리소설 줄기가 내세워져 있음은 틀림없는 사실이다. 추리작가 이상우의 재미있는 저서 〈이상우의 추리소설 탐험〉에 따르면 우리나라의 추리소설 역사도 만만찮은 것으로 지적되는바, 고소설 〈박문수전〉이나 〈장화홍련전〉 등 공안소설(公案小說) 유형으로부터 이해조의 신소설 〈구의산〉을 지나 정통 작가 채만식의 신문연재 탐정소설 〈염마〉, 한국 추리소설의 아버지라 불리는 김내성의 〈마인〉 등이 설명되고 있다. 이어 최근 추리소설의 대명사로 군림하고 있는 김

성종의 데뷔작 〈최후의 증인〉이나 추리계의 중견 이상우의 인기
작 〈악녀 두 번 살다〉 등 추리소설로 아예 앞세워져 있는 경우는
말할 것도 없고, 황석영의 중편 「심판의 집」이나 잘 알려진 베트
남 전쟁 체험소설 〈무기의 그늘〉, 고원정의 대하소설 〈빙벽〉, 이청
준의 「소문의 벽」 〈제3의 현장〉 〈자유의 문〉 〈인간인〉, 양귀자의
〈나는 소망한다, 내게 금지된 것을〉 등등의 유명 작가 작품들이
추리소설이라 명명되지는 않지만 〈사람의 아들〉과 같은 추리소설
유형의 좌우에 놓여 있다고 볼 수 있겠으며, 아시다시피 그 작가
또는 그 작품들이 누린 인기는 우리나라의 소설계 현상으로 보면
아주 상당한 성과로 나타나 있는 실정이다. 그리하여 최근 어느
일각에서는 소위 순수 작가들이 추리소설에 대한 관심을 직접적
인 창작 작업으로 잇겠다는 공시를 이승우의 〈황금가면〉으로, 익
명의 공동 필명 하길상 추리소설 〈존재의 위협〉으로 가시화해 놓
기도 했다. 우리는 추리소설을 중심으로 한 문화 장르 속에서 살
아왔고, 살고 있으며, 날이 갈수록 추리소설의 인기를 필요로 하
는 시절에 이르러 있다고 느끼고 있는 것 같다.

처음부터 추리소설이 누리는 인기를 중심으로 그 유용성을 너무
장황하게 말한 것 같다. 그렇다. 추리소설의 유용성이라면 그 인기
에 대해서부터 말함이 옳고 소설에서의 인기는 아무리 강조해도
지나치지 않다라고 나는 말한다. 그렇다면, 나는 지금 그 전한국적
으로, 전세계적으로 인기 있는 추리소설을 이제 모두 함께 쓰자라
고 말하려 하고 있는 셈인가? 다시 말하거니와 나는 문학작품이
같은 값이면 많이 읽히는 편이 낫다고 생각하는 많은 사람 중의 한
사람이다. 더욱이, 많이 읽히게 하는 힘이 특히 소설과 같은 대중
취향 짙은 장르 안에서는 보다 적극적으로 궁구되고 모색되고 실
험되어야 한다고 나는 생각한다. 말할 것도 없이 대중문화 시대에

이르러 점점 소외의 길을 치닫고 있는 우리 문학의 현상으로 보면 소설의 대중화 운동을 대중성 확보의 최상 장르인 추리소설을 중심으로 벌여나가야 할 실정이라는 게 솔직한 진단이다. 나는 이처럼 한국의 소설이 왜 많은 독자들을 확보하지 못하고 있는가에 대해 고심하고 있는 사람 중 한 사람이며, 한국 소설을 주로 상품화하는 많은 출판사들과 그 생산자들인 작가들이 왜 그 생산품을 통해서 생존과 재생산의 물질적 근거를 마련하지 못하고 있는가에 대해 안타까워하고 있는 사람 중 한 사람이며, 한국 소설이 대중성을 확보하자면 특히 창작 방법면에서 어떤 방법이 유효할 것인가를 제법 생각해 본 축에 속하는 문필가이며, 따라서 추리소설의 대중성을 늘상 염두에 두어왔고 염두에 두고 있는 사람 중 한 사람이다. 나는 "한국의 그 자랑할 만한 작가들이여, 독자들이 소설을 안 읽는다고 말하지 말고, 출판 상업주의가 좋은 소설 시장을 망치고 있다고 개탄하지 말고, 어떤 형태로 쓰면 잘 읽히겠느냐 공부 좀 하면서 자존심 버리고 세계가 인정하는 대중적 양식인 추리소설에서 그 돌파구를 마련하라"고 소리치고 싶은 때가 한두 번이 아니었다. 그러나, 그러나 나는 그렇게 소리치지는 않았으며, 더욱이 그 추리소설에 대해 말하고 있는 지금 이 순간에도, "우리 함께 추리소설을 쓰자"라고 결코 말하지 않는다. 뿐더러 나는 "우리 함께 추리소설을 쓰다간 다 망한다"라고 말하고 싶은 사람이다. 이 같은 역설이 또 어디 있을까? 나는 처음에 추리소설이 얻는 대중성을 인정했고 강조했으며 그 유효성을 중시한다고 했다. 그리고는 방금 "그 추리소설을 쓰다간 망한다"라고 쓴 것이다. "추리소설은 매우 유효하다. 그러나 추리소설을 써서는 안된다."

2.

“추리소설은 매우 유효하다. 그러나 추리소설을 써서는 안된다.” 사실 이 역설 위에서 이 글은 시작되었어야 했고 시작되고 있는 셈이다. 도대체 왜?라고 묻고 싶을 것이다. 나는 다시 말한다. “추리소설은 유효하다. 그러나 추리소설을 써서는 안된다.” 그리고, 다음의 글을 함께 봐두자.

(1) 이 소설을 쓰는 동안 내 머릿속에서 끊임없이 어른거린 것은 화성의 연쇄살인 사건과 오대양 사건이었다. 이 사건이 나로 하여금 문명사회의 현란한 포장지 뒤에 감춰진 어둡고 깊은 ‘배꼽’을 직시하게 했다. 그것은 광기이다. 성과 속의 세계에 동시에 작용하는 이 광기의 현상은 나의 문학적 상상력에 충격을 가해왔다. 그리고 그 충격이 독자 대중과의 소통을 희망하고 있는 이 위기의 작가를 추리소설의 영역으로 밀어붙였다.

사실 나는 조금 불안하다. 산문은 추리와 논리의 영역이라는 믿음에도 불구하고, 그리고 그 동안 내 소설의 외양에 추리적 구성을 즐겨 사용해 온 것이 사실임에도 불구하고, 이번 작업은 내게는 퍽 낯선 경험이었다. 이 소설에 대해 이러저러한 판단이 서지 않는 것도 그 때문이다.

나의 문학에 대한 대중적 친화력의 가능성이 존재하는 것일까? 그 점에 관하여 나는 오랫동안 회의를 품어왔고, 〈황금가면〉은 그러한 회의로부터 자유로워지고자 하는 나의 전략의, 안간힘의 산물이다.

(2) 우리는 먼저, 상업주의의 범람 속에서 갈수록 대중들로

부터 소외되고 있는 한국의 소위 정통 소설문학을 주목하였다. 어쩌면 하길상 시리즈에 동참한 작가들을 포함하여 한국의 유수한 작가들이 '순수'라는 독방에 갇혀 독자들을 외면해온 사이 문학 상업주의가 너무나 손쉽게 독자들의 손을 굳게 잡아버렸는지도 모른다. 이럴 때 보다 능동적으로 '독자와 함께하는 광장'으로 나아가는 길을 추리소설 양식에서 찾을 수 있으리라는 생각이었다.

한데, 추리소설의 현황은 또 어떤가? 추리소설은 재미있다고들 하지만, 우리의 현 추리소설의 경우 그 재미 위에 과연 문학작품이 결코 놓치지 말아야 할 지성적이며 계도적인 어떤 면이 얹어져 있는가, 라는 질문 앞에서 할말이 없는 처지가 아닌가.

바로 이 지점에서, 순수소설의 의미 있고 아름다운 문체와, 추리소설이 가진 긴장감과 재미를 한곳에다 샐러드처럼 섞는다면, '수준 높은 대중문화 장르'로서의 추리소설이 탄생되어 독자들 앞에 당당히 내세워질 수 있지 않을까 하는 판단이 이루어졌다. 우리의 '하길상 추리소설'은 이렇게 탄생된 것이며 〈존재의 위협〉은 그 첫 작품에 해당된다.

앞으로 하나둘 연이어 발표될 이 '하길상 추리소설'들이, 대중의 다양한 삶의 변화와 욕구를 수용하지 못하고 구태의연한 책상물림식 미학에 집착하고 있는 듯한 순수문학이며, 과다한 섹스와 폭력을 내세워 독자들을 자극하려는 듯한 상당수의 추리소설들, 또는 순수문학적인 것과 대중문학적인 것을 서로 화해되지 않는 것으로 양분시켜 이해하는 편협한 문화인식 등등의 모순을 불식시키는 좋은 계기를 만들 수 있을 것이라 자부하고 싶다.

위의 글 (1)은 이승우 장편추리소설 〈황금가면〉(고려원, 1992)의 '작가의 말' 전문이며, (2)는 하길상 추리소설 〈존재의 위협〉(잎새, 1993)을 기획 출간한 기획자 김수경이 신문 지상(스포츠서울, 1993.3.11)에 논쟁적 성격(같은 지면 1993.3.1자에 실린 추리작가 한대희의 글 「독자와 떳떳이 만나라」에 대한 반박문 「순수 상업 함께 끌어안는 기획」이다)으로 발표한 글의 일부분이다. (1)은 그 소설의 근본 작의, 특히 추리소설이라는 양식을 취하게 된 경위를 밝히는 내용인 셈이고, (2)는 문학과 출판의 전략상 하길상이라는 이름의 공동 필명을 작가로 한 추리소설을 기획 출간한 이유를 밝히는 내용이 되겠다.

(1)에서 작가는 자신이 이 소설을 쓰게 된 이유를 첫째, 우리 시대의 대표적인 미제 살인 사건들이 '성과 속의 세계에 동시에 작용하는 광기 현상'으로 판단되었으며, 그렇게 진단된 광기의 현상이 자신의 문학적 상상력을 자극했다. 둘째, '대중과의 교통' 또는 '대중과의 친화력' 문제에 시달려온 자신이 추리소설 형태(사실은 자신의 소설이 추리적 구성을 즐겨 취해왔음에도)를 취해 창작했는데 그 성공 여부는 미지수이다라고 적고 있는 셈이다.

(2)에서 기획자는 이 소설을 기획 출간한 의도를 첫째, 소위 '순수 정통소설'의 비대중성과 둘째, 한국 추리소설이 지닌 비문학성과 셋째, 순수소설과 대중문학을 비화해적인 것으로 양분하는 편협한 문화 인식 등을 함께 반성하려는 데 있다고 적고 있는 셈이다.

위 두 사실은, 일단 추리소설이 대중을 확보함에 있어서는 매우 유효한 장르이며, 그럼에도 불구하고 그 추리소설을 직접 쓰는 것이 망설여졌는데 이번에 어떤 의도로 쓰게 되었다는 점에서 서로 공통점이 있다. 그 점을 뒤집어 생각하면, 독자층을 확보해야 한다는 명제를 수긍하며 그것을 위해서는 추리소설이 아주 유효하다는 것을 인지하면서도 그들은 그 동안 망설이고 있었다는 얘기가 되며, 망설인 이유는 암시적으로든 직접적으로든 추리소설을 필시 소위 기존 순수소설 형태에 비하면 저급한 소설이라 생각하는 문화 인식 속에 그들이 속해 있었던 탓이라는 사실이 밝혀지고 있다. 더욱이나 (2)의 경우에서는 그 작가 이름조차 이번에 추리소설을 쓰게 된 아무개라고 밝히고 있지 않는 실정이 아닌가. 그리고 그들은 어쨌거나 추리소설의 현장에 뛰어들었고, 그들이 생각한 "수준 높은 대중문화 장르"로서의 추리소설이 얻어졌는지는 아직 미지수로 남아 있다.

문제는 무엇인가. 나는 왜 또 추리소설을 말하지 않고 그 서문이며 기획 의도 따위를 장황하게 붙잡고 있는가. 추리소설을 써서는 안된다 했으니 위의 두 편 소설이 잘못 씌어졌음을 말하고자 하는가. 그게 아니다. 참으로 문제는, 추리소설로써 많은 대중과 만나보자라는 그 의도들이 자신들의 그 작업이 아직은 지극히 부분적이며 미온적이며 임시방편적일 수밖에 없다는 뜻을 내포하고 있다는 사실이다. 말을 바꾸면 추리소설쯤이야라고 생각하는 상당수의 문필가들의 문화 인식 속에 그들이 속해 있다는 말이다. 다시 말을 바꾸면 추리소설쯤이야라고 말해도 맞설 말이 궁한 것이 실제 우리 추리 작단의 현실이며 우리의 문화 현실이라는 얘기이다. 또한 번 말을 바꾸면 우리의 창작문화는 아직 대중을 염두에 두고 있지 않다는 것이다.

물론 일부 추리소설이 많은 대중과 만나는 데 성공하고 그 대중들에게 재미 이상의 어떤 인식적·정서적 감흥을 불러일으키는 데 성공했다. 위의 두 소설이 그런 예에 속하고 있는지도 모른다. 그러나 많은 경우의 추리소설들은 어쩌다가 대중에게 눈요깃감으로

다가가기는 했을망정 결 높은 감흥을 불러일으키는 데는 실패했
다. 그런데도 대충, 적당히, 재미를 만들기 위해서, 어쩌다가 한번
쯤, 추리소설을 써서 많은 대중과 만나보겠다고 하고 있고 그 사실
을 우리 문화 전체가 방조하고 있는 것이다. 대중은 우중이기도 하
고 아니기도 하다. 대중은 선하기도 하고 그렇지 않기도 하다. 대
중은 눈요깃감을 좋아하기도 하고 고도의 정신 경지의 어떤 것을
선호하기도 한다. 그 대중을 보다 폭 넓게 만나겠다는 사람이, 대
중을 휘어잡겠다고 나선 추리소설 작가들이 무엇보다 고도의 계산
을 전제로 해야 할 추리소설을 잠시 잠깐의 전략으로, 아니면 물량
주의적 발상으로 쓰고 있고 그 문화는 그것을 방조해 버린다. "독
자와 함께하는 광장"으로 나아감에 있어 그 독자와의 지적 게임에
대해 연습도 계획도 제대로 해보지 않고 나아가는 이 어불성설 위
에 우리 문화가 서 있는 것이다.

3.

위 (1)의 작가는 "나의 문학에 대한 대중적 친화력의 가능성이
존재하는 것일까?"라고 썼다. 이 말이 우리에게는 "우리의 문학에
대한 대중적 친화력의 가능성이 존재하는 것일까?"라고 들려오고
있지 않은가. 그렇다면 왜 우리의 문학에는 대중적 친화력이 부족
했던 것일까. 이 점에 대해 위 (2)의 글에서 내리는 "대중의 다양
한 삶의 변화와 욕구를 충족시키지 못하고 구태의연한 책상물림식
미학에만 집착하고 있는 듯"하다는 진단은 매우 그럴듯하다. "대
중의 다양한 삶의 변화"라는 것, 좀더 구체적인 한 예로 (1)에서
말하는 '문명사회 내의 광기'라는 것을 말하고 있는 것이리라. 그

리고 '대중의 욕구'라는 것, 좀더 직접적으로 말해서 재미와 새로움을 느낄 수 있는 어떤 문화 형태, 한 예로 이 시대에서 흥미와 관심이 유도되는 이야기를 담은 추리소설 같은 것을 말하는 것이리라. 기존의 문학이 바로 이 같은 점을 외면함으로써 독자로부터 소외되어 오고 있지 않았는가.

　무엇보다 우리 소설은 삶의 다양한 변화를 반영하고 있지 못하다는 점을 반성해 두지 않으면 안되겠다. 분업을 가속하여 업무를 전문화하고 그리하여 생산성을 높여온 자본주의 산업 구조의 복잡다단한 삶의 양태를 우리 소설은 세세하게 따라잡지 못해왔다. 물론 얻은 것은 있다. 이를테면 분단에 대한 각성이나, 자유에 대한 신성시 따위의 민족주의적이거나 자유주의적인 자긍심을 고양시켜 준 점, 소통 불가능한 인간 개개인의 미세한 심리 세계를 미학의 차원으로 끌어올린 점 등등이 그 성과일 것이며, 우리는 그 성과에 대해서 설사 그것이 보다 많은 대중을 참여시키지 못한 아쉬움이 있다 해도 절대로 간과해서는 안된다. 그러나 상당 부분 그 좋은 문화 경험은 되풀이되고 관습화되고 정체되기 시작했다. 정체된 문화가 대중을 선도하는 능력을 잃는다는 것은 불을 보듯 빤한 일이다. 우리 소설은 그 목소리는 크지만 그것이 점점 공허해지고 있다는 사실을 간과하고 있었던 것이다. 지금 이 글을 두들기고 있는 사무실만 해도, 이 글을 보고 있는 당신의 주변만 해도, 얼마나 다양한 직업인이 함께 살고 있으며 얼마나 다양한 직업인이 드나들고 있는가. 그리고 그 직업인들은 모두 제 삶들에 시달린다. 그 삶을 그들의 자리에서 반영하라. 오늘날의 근대소설 양식이 바로 다양해지기 시작한 자본주의의 삶의 층위를 반영하면서 하나의 장르로 굳어졌다는 사실을 상기하면 우리 소설이 무엇을 잃고 있었는지 자명해진다. 자본주의의 다양한 경험들을 내면화하라. 그 위에 어떤 정신을 얹든 그것은 자유다. 이데올로기든 세태 비판이든 여성해방이든, 심지어 현실의 반영 자체를 거부하는 메타픽션적 구도나 포스트모더니즘 정신이든 모두 이 내면화된 다양한 경험층 위에서만 비로소 제 값을 발할 수 있다. 그 반성 없이는 추리소설 아니라 어떤 재미있는 소설 양식과도 결코 행복하게 조우할 수 없다. 안타깝게도 우리나라에서 추리소설을 쓰는 사람의 상당수가 이 반성에 대해서는 무지한 게 아닐까. 내가 이 글의 처음에 추리소설 쓰다가는 다 망한다고 한 이유의 하나가 바로 여기에 있다.

게다가 추리소설이야말로 그 내면화된 경험층이 없으면 절대로 발휘될 수 없는 양식이다. 한 남자가 어떤 범죄를 저질렀다고 가정하자. 탐정(또는 그와 같은 역할을 하는 주인공)이 범죄와 관련된 범인의 내적·외적 흔적을 추스려 내면화하지 않고 그 사건을 추리하여 범인을 밝힐 수 있을까. 삶의 다양성만큼이나 다양한 범죄의 세상 아닌가. 그리고 그 범죄들은 대부분 이 자본주의 사회와 인간 본성 간의 가장 근원적인 묵계인 '부를 추구하는 욕망의 정당성'에서 비롯되고 변형된 어떤 결과물이다. 이 자본주의 사회 내에 일어나는 거의 모든 범죄는 자본주의가 그 스스로를 모순의 세계로, 미궁으로 만들고 있음을 증좌해 주는 것이기도 하다. 그리하여 소설 속에서 범인 이야기로 내면화된 자본주의적 경험은 고스란히 자본주의의 본질을 대변해 주기도 하고 나아가 인간 본성을 상징해 줄 수 있는 것이다. 추리소설에서는 경험의 내면화에 있어 더욱 적극적으로 경험 내용이 풍성해지도록 애써야 한다. 나날이 세분화되고 전문화되고 첨단화되는 자본주의의 일상들이 잘 반영되도록 세세한 관찰과 묘사가 이루어져야 한다. 이 점의 연장선에서 보면 추리소설은 자본주의 사회의 모순을 직시하고 고발해 보이며 나아가 그것을 극복하는 정신을 표출하는 훌륭한 리얼리즘 문학이 될 가능성마저 있는 것이다.

그리고 그 다양한 삶들의 어느 자리에서 독자들이 이 소설을 본다는 사실을 명심해야 한다. 그러니까 전혀 예측할 수 없는 곳에 있는 독자가 작가보다 더 정확하게 그 범죄를 추리해 버린다면 이 추리소설은 수준 미달이 되고 만다. 하나의 문제에 있어 추출될 수 있는 여러 실마리의 어떤 것도 다 확인시켜 주는 세세함이 없어서는 안된다. 작가는 독자보다 철저하게 우위에 서서 그 세세함으로써 제법 지능적이거나 아니면 우매한 독자들을 참여시켜야 하고 끝내 지적 카타르시스를 제공해 주어야만 한다. 따라서 추리소설은 철저한 논리의 세계로 표면화된다는 점을 중시해야 한다. 당연히 추리소설은 저질러진 범죄를 은폐하려는 지능이 존재하고 그 범죄를 캐는 탐정의 더 높은 지능(그러니까 작가가 탐정의 성품을 고려해 투사시키고 있는 지능)이 존재하며, 그 지능간에 생기는 긴장이 곧 재미로 이어지는 것이거니와, 그런 만큼 작가는 그 낮고 높은 지능을 적절히 갈등케 하고 마침내 그 갈등을 해소시켜 가는 고도의 지능을 무기 삼아야 한다. 게다가 설정된 범죄가 자본주의의 문명 발달과 관련된 고도로 지능적인 범죄 유형이라면 이때의 추리소설은 우리 문학 전반의 취약 지점인 과학소설 유형으로 확대될 수도 있다. 추리소설과 과학소설이 만나는 이 범주 안에서 우리는 공상과학 위에 추리를 얹는 로버트 하인라인, 의학에 추리를 얹는 토마스 해리스·다니엘 키스·로빈 쿡, 생물학·지질학에 추리를 얹는 마이클 크리튼, 환상과 공포에 추리를 얹는 스티븐 킹들과 같은 작가 유형을 얻을 수 있지 않을까.

아울러 추리소설은 무엇보다 인과관계가 명백한 유형(당연히 이 인과관계의 대부분은 결과가 먼저 제시되고 원인이 추리되어 드러나는 형태가 될 것이다)이라는 사실을 염두에 두자. 이 점, 인과관계를 중시해야 할 우리의 리얼리즘 소설들 또한 아쉬운 대목이 많다는 사실에 대한 지적도 될 수 있겠다. 사람의 처지에서 보면 현실은 우연의 연속이지만 소설 속의 모든 일은 필연이라는 사실을 잊어서는 안되겠는데, 그것은 바로 작가가 그것을 창조한 신이기 때문이다. 진정한 신은 전혀 그 모습을 드러내지 않으면서도 자신이 창조한 생명들이 자신의 존재 가치를 분명히 하도록 규제하는 법이다. 풀 한 포기에 머무는 바람 한 점도 그때 그곳에 머물러 있어야 할 당위성을 설명할 수 있어야 한다. 그런데 우리 소설은 너무 쉽게 생명을 탄생시키고는 그 생명의 본분을 제대로 알려주지 않는가 하면 뒤늦게 나타나 전혀 예측하지 못하는 본분을 지시하곤 한다. 작가가 책임 못 지는 인물이나 상황을 독자가 어떻게 책임지겠는가.

추리소설이 이처럼 자본주의의 미궁을 설정해 보이고 그것을 지적으로 해명해 가는 모험과 지혜의 세계가 되어야 한다는 것은 욕심이나 기대가 아니라 일차원적인 당연한 귀결이다. 그것은 자본주의의 난제를 반영하고 싸운다는 점에서 리얼리즘 문학에 맥을 댈 수도 있으며, 범죄와 모험이라는 대중적인 이야기들이 서로 뒤얽히고 거기서의 죄악들을 징벌하고 완전한 평화와 번영을 이루게 되는 행동소설(novel of action)의 전통에 맞닿아 있을 수도 있다. 그러나 나는 여기서 현실, 특히 자본주의의 미궁을 헤쳐가는 모험과 지혜의 이야기 세계에만 추리소설이 머물러서는 안된다고 말하고자 한다. 만약 어떤 문학이고 그 정도에만 그친다면 그것은 대개 현세적이고 따라서 전근대적인 문학일 수밖에 없는 것이다. 추리소설 양식이 어떤 문학 유형 못잖은 높이를 지니자면 나는 그것이 범죄 사건을 추리하는 이야기이면서 인간을 추리하는 형이상학적 형태를 유지해야 한다고 믿는다. 이 지점에서 다음의 말에 귀기울여봄은 어떨까?

독자들로 하여금, 우리를 전율하게 할 만한 일(말하자면 형이상학적인 전율을 느끼게 할 만한 일)을 기쁨으로 받아들일 수 있게 하고 싶었기 때문에 나는 (무수한 플롯 중에서) 가장 형이상학적이고 철학적인 구조, 즉 탐정소설의 구조를 선택하지 않을 수 없었다.

이 글은 움베르토 에코가 〈장미의 이름〉의 창작 의도를 밝힌 〈나는 장미의 이름을 이렇게 썼다〉(이윤기 역, 열린책들)의 한 대목이다. 같은 책에서 에코는 또 이런 말을 하고 있다. "결국 철학(가령 분석 심리의 철학 같은)의 기본적인 문제는 탐정소설의 기본적인 문제와 같다." 여기서 말하는 탐정소설이 추리소설의 다른 이름임은 말할 것도 없다. 덧붙일 것도 없이 독자들을 형이상학적으로 전율시킬 수 있는 최상의 장르가 추리소설이라는 것, 〈장미의 이름〉에서 그 형이상학은 범인이 밝혀지지만 그 범죄에 탐정도 공범이었다는 사실, 탐정도 함께 패배하는 양식이었다. 에코가 말하는 철학의 경지는 거의 학문적인 의미를 띠기도 하겠지만, 중요한 것은 추리소설을 형이상학을 담는 더할 나위 없이 좋은 그릇으로 이해하고 있다는 점이다. 우리는 이제 우리 시대에 필요한, 그러니까 대중을 만나러 가면서 더욱 높은 품격, 더욱 형이상학적인 주제를 유지하고 추구하는 소설 양식으로 추리소설을 내세울 수 있지 않을까에 대해 깊이 궁구해야 할 차례이며 내가 처음에 "추리소설 쓰지 말자"고 엄포를 놓은 이유도 바로 이런 데 있었던 것이다.

추리소설이 형이상학을 유지하자면 무엇보다 먼저 탐정이 범인을 색출하고 평정을 얻는다는 귀결점이 귀결로 마감되지 않고 진정한 범죄자가 누구인가에 대해 섬뜩하게 질문하는 지점까지 나아가야 한다. 과도한 섹스니 엽기적인 폭력이니 하는 한국 추리소설이 가지는 병폐쯤은 아무것도 아니다. 인간이 원했던 자본주의가 결국 인간의 범죄적 욕망을 부추기는 거대한 미궁의 인간 세계를 축조하고 있는 마당에 우리의 의식 있는 추리소설이 그 미궁의 밑바닥을 드러내는 질문을 만들지 않고 어떻게 삶을 반영했다고 볼 수 있을까. 탐정으로 대표되는 선과 범인으로 대표되는 악의 흑백논리식 이분법과 권선징악의 관계에서 나아가 서로 똑같이, 탐정이나 범인이나, 작가나 독자나 함께 범인일 수 있음을 자문하게 하는 양식이 필요한 때이다. 그리하여 우리 시대에 필요한 추리소설은 단순히 독자들을 부르는 모험의 재미에 그쳐서도 안되고, 사건을 파헤치는 지적 추리의 재미에 머물러서도 안되며, 좀더 나아가서는 자본주의의 미궁을 파헤치고, 인간의 욕망과 비밀의 참과 거짓이 어디에 있으며 끝내 신은 어디에 존재하는가를 심각하게 질문해 주어야만 한다. 이 질문의 유형에서는 가령, 범죄 사건 위에 참으로 형이상학적인 제재를 얹는 것이 유효하리라고 본다. 마치, 에코가 아리스토텔레스의 〈시학〉을 얹었듯이, 우리는 우리의 역사와 문화와 예술과 문학과 신과 책을 얹을 수도 있을 것이다. 그리하여 내가 꿈꾸고 기대하는 추리소설은 바로 '인문주의 추리소설'이라 명명하고 싶다. 자본주의의 미궁을 헤쳐가는 모험과 지혜와 질문의 드라마로서의 추리소설이 이 시대의 발전적인 요청에 닿고 있는 지점이 내가 명명하는 바의 '인문주의 추리소설'이며, 나는 그 징후를 〈황금가면〉에서도 〈존재의 위협〉에서도 약간 읽었을 뿐더러, 이미 「소문의 벽」〈사람의 아들〉 등에서 읽어왔듯이, 복거일이나 고원정이 쓰는 역사 추리적 소설들을 보아왔듯이, 오늘날 각종 문화 경험, 역사적 지식, 대중예술 체험이 소설 자체의 줄거리로 끼여드는 소위 '포스트모더니즘' 구조의 소설들에서도 강렬하게 느끼고 있다.   (1993)

울며 겨자 먹기냐, 개미 맷돌 돌리기냐
—출판 광고의 허와 실을 따져보며

1. 상품 광고, 숙제가 아주 많아졌다

모든 상품 광고는 그 상품을 많이 판매하려는 목적 아래 존재한
다. 그때의 판매란 이익을 남기기 위한 장사를 의미한다는 것 또한
두말할 나위 없는 일이다. 그러니 상품 광고를 하면서 그 상품을
많이 팔아 보다 많은 이익을 남기겠다는 생각을 하지 않는다는 말
은 어불성설이다. 많이 팔리도록 하는 상품 광고가 왕이다. 하지만
어떤 광고가 그런 왕 노릇을 할 수 있을 것인가? 그것이 쉽게 설명
될 수 없는 까닭은, 실제로 상품이 판매되는 직접적인 이유를 설명
하기가 여간 까다롭지 않은 탓이다. 여기서 우리는 그 문제를 이렇
게 바꾸어 설명할 수는 있을 것이다. 무엇보다 소비자가 그 상품을
구매할 수 있는 여건을 조성하는 데 최선을 다한 상품 광고야말로
최고의 상품 광고가 된다.
　소비자가 하나의 상품을 구입한다고 할 때, 우선은 어떤 의미로

든 그 상품이 자신이 사서 쓰기 편하고 필요하다고 생각하는 물건이어야 하고 그리고 어떤 경로로든 그것을 구입할 수 있어야 한다. 그렇다면 여기서 모든 상품 광고는 그 상품의 다량판매를 가능하게 하는 여건 조성을 위해 두 가지 차원의 사업적인 기반을 함께 필요로 한다는 사실을 알 수 있다. 하나는 실제로 그 상품이 상품 광고가 제공한 정보와 어떤 형태로든 맥을 대고 있어야 한다는 것이고, 두 번째로는 적어도 주소비자층이 가서 구할 수 있는 자리에 그 상품이 가 있도록 해야 한다는 것이다. 가령, 맵고 얼큰한 것을 광고한 라면이었다고 치면, 실제로 그런 맛이 있는 것처럼 여겨지게 하는 힘이 있어야 하고(이 경우 문제되는 건 실제의 맛보다 그 맛을 느낀다고 생각하는 소비자의 심리 상태이다), 또한 실제로 슈퍼마켓 라면 진열대 위에 그 라면이 다른 라면들 틈에서 어떤 형식으로든 끼여들어 있어야 한다(물론 상품을 내놓지 않고 광고를 먼저 하는 등 여러 가지 예외가 있을 수 있지만 그런 것 역시도 결국에는 소비자가 그 상품을 살 수 있도록 하는 광고라는 점에서 볼 때 사실은 예외가 아닌 셈이다).

이렇게 본다면, 많이 판매하게 하고 그래서 많은 이익을 남기게 하기 위한 판매 전술의 일환으로 시작된 상품 광고가 사실은 이처럼 그 상품의 실제적 판매 경로나 소비 심리와 뗄래야 뗄 수 없는 관계로 서로 밀접하게 연계되어 있다는 사실을 쉽게 알 수 있다. 다시 말하거니와, 요란한 상품 광고를 믿고 소비자가 그 상품을 구하려고 하는데 시장에서 그 상품을 구할 수 없다거나 구매한 상품이 광고에서 말한 것과 달라서 그 광고의 진위를 의심받게 된다거나 할 때는 그 상품 광고는 그 상품의 다량판매와 이익 창출을 위해 거의 수행한 일이 없는 결과가 되고, 나아가 그 광고를 집행하기까지 소요된 모든 비용이 오히려 그 상품의 판매에서 생긴 이익을 넘어서는 결과와 만나고 만다. 그리하여 오늘날의 상품 광고는, 이전까지 단순히 소비자를 겨냥하여 시장에 나와서 사게끔 하는 식의 광고만이 아니라, 더 적극적이고 포괄적으로 상품 판매 전반에 관계해야 될 처지에 놓여 있다.

바로 이 점에서 오늘날 정보화 시대의 자본주의 시장 경제 속에 놓인 상품 광고의 가치 상승이 말해질 수 있다. 오늘날의 거의 모든 상품 광고는 그 상품의 판매 경로가 얼마나 원활한가, 그리고 실제로 그 상품이 광고가 전한 정보를 얼마만큼 책임질 수 있는가 하는 문제를 그 유통, 소비 관계자에게 일임하는 게 아니라 거의 온전히 광고 자신의 과제로 떠맡고 있다. 즉, 오늘날 상품 광고는 "이런이런 상품이 시장에 있으니 사가시오"라고 각인시켜서 소비자를 시장으로 나가게 하는 차원 정도가 아니라, 무수한 상품들의 숲 사이로 나아가 그 상품이 당당하게 시장의 한 자리를 차지하게 만드는 힘에다, 이미 구매자가 그것을 구입해 소비하고도 여전히 그 상품의 가치를 믿을 수 있도록 만드는 힘까지도 수행해야 하는 단계에 와 있는 것이다. 상품에 대한 정보 전달이 상품 광고의 첫번째 단계였다면, 상품에 대한 구매 욕구 상승의 극대화라는 두 번째 단계를 거쳐 이제 상품 광고는, 상품 그 자체가 가지는 가치의 위력보다도 더 강력하게 상품의 유통 확장과 소비자 심리의 최면화라는 서로 종류가 다른 두 가지 기능까지 아우르는 세 번째 단계로 나아가 있는, 그야말로 후기 산업사회의 총아로 부상해 버린 것이다.

2. 상품 광고의 역기능, 출판 광고가 가장 잘 낳는다

상품 광고가 상품의 판매 경로도 확장해야 하고 소비한 후의 소비자 심리까지 억압해야 하는 정도라면, 상품 광고의 제작에서부터 집행까지 상당한 자본과 제도적 효율성이 필요할 것이라는 점은 상식적인 차원에서도 충분히 짐작할 수 있다. 광고의 내용이나 효율적인 집행에 또한 신경써야 한다는 건 굳이 말할 필요도 없다. 기업주는 적어도 광고가 일정한 위력을 발휘할 정도까지는 광고비를 준비해 두어야 한다. 더구나 소비자가 상품을 소비하고 나서까지도 그 상품이 과연 광고에서 말한 대로구나라고 믿게 할 정도의 위력을 발휘하자면 광고에 대한 부담은 훨씬 더 커질 것이다(물론 무엇보다 상품의 질적인 면에서 신뢰를 주어야겠지만, 그 신뢰감 또한 광고에 의해 지속되고 증폭될 수 있다는 점을 기억해 두어야 한다).

이때 그 광고비가 상품 원가에 반영되는 것은 말할 것도 없고, 뒤이어 광고비로 인한 상품 원가 상승이 소비자 가격을 높이게 되는 만큼, 마땅히 상품가와 광고비는 비례관계에 놓이게 된다. 박리다매건 고가 고마진 형태건 간에, 상품 광고를 하는 어떤 상품도 그 광고비를 고스란히 소비자 가격에 반영하지 않을 수 없다. 따라서 일단 상품 광고 대상이 된 상품은 결과적으로 다량생산, 다량판매, 그리고 대량소비로 이어지는 유통 고리가 원활할 때 경쟁력을 가질 수 있다. 하지만 여기서 고려해야 할 것은 이러한 생산과 소비의 상승적 순환고리가 바로 기업주 또는 소비자를 파탄에 이르게 하는 악순환의 고리가 될 수도 있다는 점이다. 가령 매장은 좁고 상품은 많다면, 결국 유통업을 제압할 정도의 위력이 없는 기업은 살아남기 힘들게 된다. 마찬가지로 많은 상품 중에서 그 상품만을 선택하게 할 정도로 소비자의 심리까지 억압할 수 있는 상품이라야 살아남는다. 그러한 위력이란 오늘날 정보화 시대에는 무한한 광고 집행력을 의미한다. 결국 그 엄청난 광고비는 모조리 소비자 부담이 되고 그 때문에 소비자의 가계는 점점 위험수위에 다다르게 되며, 그 피해가 나중에는 기업 스스로에게 돌아올 것이고, 나아가 국민 경제를 파탄으로 모는 결과가 될 수도 있다. 지금 우리나라의 상품 생산, 상품 소비의 순환고리가 실제로, 상당 부분 광고의 위력을 만끽하는 가운데 과연 그런 지경에 이르렀는가 하는 점은 접어두고라도, 적어도 심각한 유통 모순에 따라 엄청난 광고 집행력이 가능한 기업들끼리 일대 난전을 치르고 있다고 감히 말할 수 있다.

그렇다면, 산업 생산물 중에서도 문화 생산물에 해당되는 출판물의 경우는 어떤가. 출판물은 비록 그 생산 재료가 물질적인 것이 아니라 정신적인 것이라 해도 엄연한 상품으로 이 자본주의 시장 경제의 한 품목으로 자리잡아 있다. 이 시대가 정보화 시대라 말한 것에서도 알 수 있듯이, 정보가 곧 돈인 사회, 그래서 정보의 집적물인 책이 바로 주요 소비품목인 사회니까, 오히려 이 시대의 어떤 상품보다도 더 중심적인 상품이 바로 출판물이라고 해도 좋을 것이다. 이 상품도 그 나름으로 동시대의 여타 상품들처럼 다양한 유통 경로를 거쳐서 소비자에게 소비될 뿐만 아니라, 이중 어떤 상품들은 유수한 기업의 어떤 대량복제 상품보다도 더 많은 이익을 가져다주기도 한다. 당연히 그런 이익을 노리는 생산업자들이 양산되어 있고, 상품 광고 역시 그들의 필연적인 전술로 자리잡힌 시대가 되었다.

출판물의 광고도 다른 상품과 마찬가지로, 많이 팔 수 있기 위해 "이 책 나왔으니 필요한 분 사가십시오" 이상으로, 적어도 앞에서 말한 두 가지의 사업적인 기반까지 내재시켜야만 한다. 쉽게 말하면, 독자도 붙잡아야 하고 매장도 확보해야 한다는 것이다. 이 상품의 유통 과정 역시 상품 광고, 즉 출판 광고에 힘입어 다량생산, 다량판매에 대량소비가 순환고리를 이루게 되는 게 당연할 것이

다. 한데 문제는 그 생산과 소비의 상승적 순환이 악순환으로 전환
될 소지를 그 어느 상품 유통 경우보다 더 심각하게 내재하고 있다
는 사실이다. 바로, 이 출판물 시장이 우리나라의 다른 어떤 상품
시장 이상으로 기형적이라는 얘기다.

　당장, 출판사가 서점에 책 판매를 위탁하고 판매분에 대해 후불
받는 거래를 해오던 관례가, 출판량에 비해 매장이 상대적으로 협
소해지는 현상이 심화되면서 더욱 심각한 거래 모순을 낳고 있는
가운데, 출판 광고 부담은 더 커질 수밖에 없다는 사실을 말할 수
있겠다. 이를 좀더 쉽게 설명해 보자. 책을 낸 출판사(특히 대부분
의 출판사가 영세한 형태로 출범을 했다)가 그 책을 직접 독자에게
팔 수 없기 때문에 서점에다 주고 판매를 위탁하는 것도 다른 상품
경우보다 더 조건이 열악한 채로 이루어지는데, 그나마 판매되더라
도 서점에서 일정한 마진을 제한 금액을 나중에 출판사 측에 전해
주는, 이른바 위탁판매 후불 결제 방식이 역시 책이라는 상품의 성
격상 어쩔 수 없는 결제 방식이라 해도 애초부터 모순을 낳을 소지
(판매한 금액을 아주 늦게 결제해 주어도 책을 판매할 경로가 많지
않은 대부분의 출판사에서는 그 서점과 거래를 끊고 또다른 서점과
거래를 틀 만큼의 여유가 없다)를 다분히 안고 있는 셈이었다. 또한
출판물이 점점 더 늘어남에 따라 책을 진열해주는 서점측이 출판사
에 대해 우위에 서서 거래를 주도할 수밖에 없게 되어 있다. 서점측
에서는 안 팔리는 책을 반품하는 형식으로 출판사측의 결제 요구에
대응하기도 하고(이 반품 절차에도 출판사의 부담이 따른다), 때로
는 "많이 팔도록 광고를 해달라"는 요구를 하고는 좁은 매장에 광
고를 한 책들을 위주로 올려놓기도 한다. 더욱이 서점들과 처음 거
래를 트고자 하는 출판사에서는 판매 예상치와 상관없이 서점의 매
장 확보를 위한 차원에서 광고를 해야 할 처지가 되어 있다.

사정이 그렇다면, 소비자의 구매 욕구를 극대화시키는 일보다도 매장 확보를 가능하게 하기 위한 광고는, 매장 확보가 곧 판매, 판매가 곧 수금이라는 등식이 성립할 때라야 온전한 위력을 가질 수 있는 것인데, 거의 대부분 그런 등식에서 빗나가게 마련인 것이 오늘날 우리 출판계의 현실이다. 즉 광고까지 해서 책이 잘 진열되도록 해도 소비자가 과연 그 책을 살 것인가에 대한 예상을 어떤 상품 이상으로 하기 어려운 것이 우리의 독서 현실이고, 다행히 많은 독자가 그 책을 사간다 해도 서점측이 출판사에 결제하는 과정에서 많은 자금 누수 현상이 생겨나는 게 우리의 출판 유통 현실이다(수금을 위한 절차상 인건비에다 교제비까지 들어야 하고, 그나마 결제된 어음이 현찰화되는 시일 때문에 그에 따르는 이자 손해를 출판사에서 고스란히 감수해야 한다. 나아가 현찰이 급한 출판사에서는 수금한 어음을 사채시장을 통해 할인이라는 불법적인 방법을 써서 현찰화하고 있기 때문에 이자 손해는 엄청나게 커지는 셈이다).

한편 책 광고가 늘어난다는 것은, 광고비가 인상된다는 뜻이기도 하고 광고 효과가 감소한다는 뜻이기도 하다. 즉, 출판사로서는 독자를 생각하기 이전에, 효과는 감소되고 집행 비용은 상승된 광고를 서점의 매장에 자신의 상품이 오래 자리잡아주기를 바라는 뜻에서 해야 한다는 결론이 나온다. 게다가 판매 예상치와 상관없이 일단 광고부터 해주는 관례나 저작자에 대한 의리를 견지하는 출판사일수록 광고에 대한 부담은 더 커질 수밖에 없다(저작자의 권리가 크지 않은 우리 출판계의 현실에서는 이러한 관례와 의리마저 없어진다면 그나마 대중성 약한 저자들이 경제적 소외감에다 정신적 빈곤에마저 시달려야만 하는 실정이다).

다음으로, 울며 겨자 먹기 식으로 집행된 그 광고 비용이 모조리 책값에 반영되어야 한다는 결론으로 이어지는데, 다시 책 광고의 경우는 광고비를 상품(책)에 반영하기 쉽지 않다는 모순이 또 눈앞에 가로놓여 있음을 알면 출판 현실은 거의 절망적으로 느껴진다. 책은 생필품이나 여타 일상적인 소모품이 아니라서 처음부터 대량생산도 할 수 없고, 그렇다고 고급 기호품도 아니니까 가격을 함부로 책정할 수도 없는 상품이다(약간씩 인상되어 왔음에도 불구하고 어쨌든 책값은 지금보다 더 비싸서는 곤란하다고 생각하는 국민적 정서는 적어도 수십 년 동안 변함이 없을 것이다). 그런데 모든 상품 광고는 앞서도 말했듯이, 박리다매건 고가 고마진 형태건 일단 더 많은 판매와 더 많은 이익을 얻기 위한 방책이라고 했다. 대부분의 책은 고가 고마진은 물론 아니고, 다만 박리는 분명한데 다매가 과연 가능한가 하는 문제는 독자의 호응이 있어야 대답할 수 있는 것임에도, 그 또한 잘 알 수 없는 게 우리의 독서 풍토인 것이다. 게다가 책의 원가 상승 요인은 엄청나게 많아져 있다. 대표적으로 종이값 인상은 수년 새 거의 50% 이상의 인상률을 보이고 있으며, 그나마 많이 쓰이는 종이는 구할 수도 없는 실정에 이르렀다. 출판사끼리의 과잉 경쟁 속에서 국내외 필자들로부터 원고를 얻기 위한 비용 부담도 엄청나게 커졌으며(또한 이 때문에 좋은 작가를 잡기 위한 방편으로 광고를 많이 내야 하는 부담까지 안고 있다), 인건비 또한 날로 상승중이다.

3. 독자도 외면하는 출판 광고, 어떻게 해야 하나?

이런 악조건 속에서도, 놀랍게도 80년대 후반부터 광고에 힘입어 몇 개월 만에 수십만, 아니 수백만 부가 팔린다는 책들이 나타났고, 마치 외화 한 편 수입 잘하면 십년 빚을 다 갚고도 십년은 놀고 먹을 수 있다는 영화판의 소문과 흡사하게, 광고 한번 잘해서 밀어붙이면 된다는 식으로 광고 크기며 광고량은 엄청나게 커졌다. 그런 광고 덕을 보아 대형 베스트셀러 제조에 성공한 사례는 지금도 나타난다. 그러나 그나마도 그런 과다 광고의 풍토 아래 광고 효과를 반감시키는 일의 연장선에서, 급기야 독자들이 그 광고의 진위를 의심하기 시작했다. 광고에서 선전한 내용이 과연 책 속에 있는지 의심스럽다고 책 광고를 외면하기 시작한 것이다. 가령, 재미있다고 말하는 소설들은 늘어나는데 실제로 갑작스럽게 재미있는 소설이 그렇게 늘 수도 없을 뿐더러, 독자들도 확장되지 않은 상태에서 그것들에서 특별히 재미를 느낄 수 있는 경우란 지극히 한정될 수밖에 없는 것이다. 사실 오늘날 신문 5단 통광고를 자랑하는 출판물의 대부분은 광고에서 자랑할 만한 재미를 실제로 느낀다고 독자들에게 판단케 할 만한 위력이 거의 없어보인다. 한편으로는 "이 책이 한국 문학을 대표하는 기념비적인 작품이니까 필독서다" 하고 광고하는 그 '기념비적 작품'마저도 과거 말하던 좋은 작품에 비해 오히려 퇴보한 작품이 더 많은 게 지금의 저작 현실이고 보면, 독자들이 그렇게 떠드는 광고를 믿어야 할 까닭은 점점 더 없어져버렸다. 재미있다는 책도, 문학성 높다는 책도 선전에 비해 재미도 문학성도 느껴지지 않는 책들이라는 독자들의 판단은 이제 막을 수 없이 굳어져가는 듯하다. 그런 와중에 요즘에는 안타깝게도 그나마 독자에게 재미를 인정받은 책들은 광고가 뒷받침되면 될수록 서점 못지않게 도서 대여점에서 독자를 장악해 버린다. 서점을 통해 10권짜리 대하소설을 사자면 5만 원이 들지만, 5천 원이면 그걸 대여점에서 모두 빌려볼 수 있는 모순을 안고, 한국의 출판사는 재미도 있고 문학성도 높은 책이 나왔다고 수천만 원대, 수억 원대 또는 그 이상의 광고비를 내야 한다.

　광고를 안하면 책을 팔 수 있는 최소한의 공간 확보조차 어렵게 되어 있는데 광고를 하지 말라고 말할 수도 없고, 잘못 광고했다가 원가를 뽑기는커녕 파산당할 수도 있는데 광고를 자꾸 해보라고 권유할 수도 없는 이 시점, 그렇다고 심각한 유통 모순에 빠진 출판 시장을 하루아침에 개선할 수도 없는 이때에, 우리가 취해야 할 태도는 어떤 것인가. 여기서는 최근 출판물 유통 실무자들이 한자리에 모여 서로 나눈 말(《출판저널》 1995. 6. 20. 좌담)들을 참조하는 게 좋겠다. 그들 실무자들은 광고 효과가 반감되었으니(특히 독자들이 책 광고 때문에 책을 사는 풍토가 사라지고 있으며, 특히 과다 광고로 도산하는 출판사가 속출하고 있다고 입을 모은다) 광고를 줄이는 것이 옳다고 충고한다. 그들은 또한 영향력 있는 신문사가 비디오나 영화를 다채롭게 소개하듯이 책도 그렇게 소개할 수 있지 않느냐고 요구한다. 한편, 출판사를 향해서는 보도자료를 언론사에만 보낼 것이 아니라 소형서점까지 보내서 신간을 진열할 일차적인 준비를 하게 하는 것이, 요즘처럼 신간이 많아 독자가 알아서 많이 찾는 책이 아니면 그냥 반품 창고로 내려보내는 상황에서는 실제 진열에 도움을 준다고 말한다. 또한 광고료 부담이 큰 신문 광고보다 독자와 서점이 함께 볼 수 있는 출판 정보지 같은 지면을 적절히 활용하면 소액의 광고비로 나름의 효과를 올릴 수 있다고 알려주기도 한다.

　하지만, 출판물에 대한 전반적인 대책을 강구하지 않으면, 출판사가 광고에 의존하는 정도는 여전할 것이고, 그렇게 되면 이젠 좀처럼 탄생하기도 어렵게 된 대형 베스트셀러 제조를 여전히 꿈꾸는 기형적인 출판 풍토가 더욱 당연시될 것이며, 결국은 출판 유통만 복잡하게 하고 빚만 잔뜩 지고 사라지는 출판사가 속출할 것이고, 좋은 저작물들은 더욱 큰 빈곤에 허덕이게 될 게 틀림이 없다.

말할 것도 없이 출판 유통의 개선을 위한 노력이 다각적으로, 지속적으로 이루어져야만 한다. 자기네 출판물만은 예외라는 출판 영웅주의나 한탕주의 따위를 이제 정말로 자제하지 않으면 안된다. 국어사전 한 권 없이 출판사를 차려놓고 원고를 찾아나서는 교양 없는 장사꾼들, 돈은 안 벌어도 좋으니 좋은 책을 많이 내서 저작자들을 돕고 싶다고 나서서는 정말 좋은 원고를 단숨에 쓰레기로 만들어버리는 무계획적인 문화 사업가들, 돈 한푼 없이 외상으로 책 만들고 광고를 펑펑 해대고는 잘 안되니까 돈벌면 갚겠다고 버티는 철면피 출판장이들이며 그들을 그냥 기다려줄 수밖에 없는 결제 관행들, 잘 팔리는 책들만 골라잡아 대여점으로 장사해 보겠다는 문화 파괴자들(그런데 이런 파괴자들이 너무 많아서 그들 스스로도 돈을 못 벌고 있는 이 웃기는 현실!)…… 이들 모두가 심각한 출판 불황을 낳은 두드러진 주범들이다.

한편으로 정부는 세계화 시대에 문화 전략 개념이 조금이라도 설정되어 있다면 책이 세계 시장에 내놓을 문화 상품의 핵이 될 수 있음을 인지하는 가운데, 적어도 우수한 저작물을 팔리지 않을 줄 뻔히 알면서도 마구 광고를 해대야 하는 우리의 의리 있는 출판사들이 생겨나지 않도록 양서 보호 차원의 노력만이라도 해주기를 당부한다(독자들이 무료 도서관보다 유료 도서 대여점을 왜 선호하는지 단 한 번만이라도 생각해 주기를!). 정보 전쟁 시대의 혼란의 외중에서도 각 언론사들은 또다른 중요한 정보산업인 출판업에 대해서도 근원적으로 바라보는 전문성을 키우면서 스스로의 매체 모순 또한 출판 시장의 모순과 동궤에 놓인다는 인식을 가지고 이 문제를 함께 풀어가는 적극성을 보여야 할 때다. 출판사나 소형서점은 망해도 절대로 망하지 않을 줄 알고 있던 도매서점이나 대형 서점 들도 사실 이 엄청난 출판 불황을 낳은 유통 모순의 핵심에 있다는 사실을 자각하는 가운데, 신빙성도 없는 베스트셀러 판매 놀음에서 벗어나 이제 진정으로 바람직스런 출판문화 정착을 위해 발벗고 나서야 한다. 자신의 저작권만 보호받으면 그뿐이라고 생각하는 고지식한 저작자들을 출판 환경이 끝내 보호해 주어야 마땅하지만, 왜 저작 환경이 이토록 나빠졌는지를 저작자 스스로도 자신의 저작 정신이나 방법을 따져보며 헤아려야 한다. 끝으로 지각 있는 독자들은 광고 홍수 속에서도 좋은 책을 가려 읽고 이웃에 전할 수 있는 적극적인 문화 창조자가 될 수 있다는 점을 강조해 두고 싶다. (1995)

20세기 말, 우리의 소설은 어디로 가고 있는가

20세기 말, 우리의 소설은 지금 어디로 가고 있는가? 이런 질문이야말로 막연하기 이를 데 없는 것이지만, 어떻든 한 번쯤은 가슴 깊이 싸안고 번뇌와 고뇌를 거듭해야 마땅할 주제일 것이다. 우리의 소설은 지금 어떤 모양을 하고서 어떤 단계로 나아가고 있는가? 그리하여 이제 우리의 소설은 어디로 갈 것인가?

실은 이 문제 이전에 오늘의 우리 소설이 심히 위태롭게 보인다는 사실이 전제되고 있음을 솔직히 시인하고 시작하자. 특히, 이미 한국소설 현장의 중심에 자리해 있으며 아마도 2천년대 전반까지 우리 문단을 이끌어나갈 젊은 세대 작가들의 작품을 바라보는 눈에는 근심 걱정이 크게 어려 있다. 어떤 사람들은 문제를 제기할 것이다. 올해도 수많은 작품이 쏟아졌고, 문학상 수상작이니 올해의 문제소설이니 하는 수작들이 예전 못지않게 관심을 끌었으며, 이듬해도 그 이듬해도 또 어떤 작가들이 한국의 문학을 빛내줄 것이라고.

그러나 이러한 낙관론은 당장, ‘문자문화’ 시대에서 ‘시청각문
화’ 시대로 변화해 가는 이즈음 인류사회의 변동 사실에만 관련짓
더라도 쉽게 머리를 숙여야 한다. 무궁무진하게 생산, 유통, 소비
가 되고 있는 정보의 틈바구니에서 천천히 자기를 성찰할 의식과
시간을 배려해야 하는 문학의 본령이 크게 위축당하고 있음을 아
무도 부인할 수 없게 된 것이 우리의 현실이다. 텔레비전이나 영화
가 가지는 가공할 만한 영향력뿐 아니라, 대표적으로 컴퓨터 통신
을 매개로 한 소위 사이버문학의 위력이 벌써부터 싹을 틔우고 있
는 현상에 대해 기존 문학의 자리가 변함없이 견지되고 공고해지
리라고 믿기는 어려운 일이다.

　소설은 그나마 얼마간 행복한 장르랄 수 있다. 왜냐하면 소위
‘인문학적 성찰’을 결과로 노정해 두어야 하는 ‘문자언어’ 중에서
도 소설은 상당히 직접적으로 ‘시청각언어’의 속성에 연계될 수
있는 장르에 속하는 까닭이다. 가령, 한때 우리 민족의 주장르였을
뿐 아니라 암울한 시대를 뚫고 나가는 선봉에 섰던 시의 지금 모습
을 우리의 소설 장르와 비교해 보라(뛰어난 시 분석과 유려한 문
장을 자랑하던 비평가들이 뒷전으로 밀려나고, 다독과 속필을 장
기로 삼는 현장 비평가들이 돋보이는 최근 우리 평단의 현실은 이
러한 장르적 부침을 잘 드러내준다). 소설은 시청각문화가 요구하
거나 원자재로 삼을 수 있는 빠르고 다양한 정보이며 풍성하고 때
로 자극적이기까지 한 화제 등의 장기로 제법 의연하게 제 모습을
견지하고 있을 수 있다. 사정이 이렇게 되어버렸다면, 소위 뼈를
깎는 창작 과정을 거칠 시간이 날로 부족해질 수밖에 없는 작가들
에게, 한 편의 짧은 이야기로 인생의 질서를 통찰하는 심오한 경지
를 치밀하게 개척한 소설 작품만으로 독자에게 다가가라고 요구하
기란 쉽지 않다. 마찬가지로, ‘자기 반성적 독서’를 수행할 시간과

의식을 가질 수 없는 독자를 마냥 질타할 수도 없게 되었다.

　우리의 소설이 위태로워보인다는 말을 이제 보다 정확하게 해명해 보자. 우리의 소설은 '문자문화'에 뿌리를 두고 있을 수밖에 없는 처지로서 이미 '시청각문화'에 깊이 몸이 젖어가는 가운데, 그 젖어가는 몸에 대해 전혀 무감각해져 있는 것으로 보인다. 어쩌면 자신의 뿌리가 뽑힐지도 모르는데, 아예 그 현상에 휩쓸려버리거나, 아니면 전혀 그런 사실이 없다는 듯이 외면하고 있는 현실이 우리 소설의 현단계인 것이다. 여기서 '시청각문화'에 휩쓸려버린 다분히 대중추수적인 소설들을 경박하게 예로 들 필요는 없다. 좀 덜 경박하게, 최근 우리의 환심을 사고 있는 소설 얘기만을 하자. 소위 '후일담소설' '성장소설' '여행소설' '신화소설' '소설가소설' 등등, 상당한 성과를 낳기도 한 90년대 소설 유형들은, 그러나 대부분이 변화의 한가운데 있는 '오늘의 우리', '나의 현실'과의 끈을 너무 느슨하게 붙잡고 있다. 문학적 서정의 회복이라느니, 고향으로의 여행이라느니 하는 수사가 동원되는 가운데 어느새 시청각문화의 소비전략에 이용당하는 신세로까지 전락하면서도 기실 그 소설들은 그렇듯 자신의 본질을 위협하면서 복잡다기하게 변화하는 현실의 그림자조차도 담아내려 하지 않고 있다.

　소설은 현실에 바탕을 두어야 한다는 해묵은 미메시스 논의를 되풀이하자는 게 아니다. 한때 우리 소설이 지나치게 현실만을 인식해서 분단이며 민중이며 소시민적 일상이며 하는 소재주의에 빠졌다는 비난을 감행했던 게 언제이더냐 싶게, 지금 우리 소설은 그 시절 '거대담론'의 관습을 제대로 반성하지도 못한 채, 어느새 한 세월 다 살아버리고 현실을 초탈했다는 듯이 '멀리 떠난다'거나, '아득히 뒤돌아본다'는 어법에 익숙해져 버렸다. 분단문학에서 이

316

제 마땅히 통일을 말하는 문학으로 나아갈 법한데도 갑자기 민족의 울타리에서 멀리 시원의 세계로 넘어가버린 공소함, 유교적 관습에 식민지적 첨단유행 문화가 기형적으로 뒤섞이는 한국적 세계화 시대에 고향의 동산으로 돌아가버리는 퇴행심리, 불 잘 나는 단란주점은 가보지도 않는다는 듯이 철 지난 이데올로기 시대로 몸을 돌리고 그 시절의 노래는 장엄했노라고 지나간 청춘을 과시하는 여전한 교훈주의 등등……. 우리 소설에서는 삶의 현재가 빠져나가버리고, 과거와 환상과 시원과 이국적 정취가, 사실은 별로 다채롭지도 않은 지형도를 그려내고 있다. 그 편편의 소설들이야 참 개성적이기도 하고 나름대로 운치와 격조를 자랑할 만한 것들이 많지만, 문화 전체로 보면 그런그런 유형의 소설들로 편중돼 버렸다는 사실은 마땅히 경계해야 한다.

그 반면에, 우리는 그들의 그러한 특징들이 다시금 우리들 삶의 현장과 접합되는 지점에 대해서도 관심을 기울여줄 필요가 있겠다. 이 점 손쉽게는, 우리 문단의 중심에 서버린 젊은 세대 작가들이 문자문화 시대의 정통적인 소설 작법과 시청각언어의 기술 방법의 접맥을 시도하고 있다는 사실에서 확인할 수 있다. 예를 들어, 추리소설 양식의 미세한 심리 추적이나 컬트영화 식의 서술의 생략과 이미지의 몽타주, 쇄말주의와 탐미주의가 결합된 것으로 보이는 일본소설의 신조류, 미국 포스트모더니즘의 한 양상이던 미니멀리즘 기법 등등 그들 작가들에게서 나타나는 새로운 면모는 아예 시청각언어 시대에 호응하는 것이기도 하지만 세밀하게 보면 문자문화 시대의 고도의 문장 테크닉이며 시적인 상상력이 현대적으로 전환되고 있다고 볼 만한 대목이다. 물론 앞서 말한 대로 이들은, 일부는 유년으로 일부는 80년대 담론으로 일부는 시원의 세계로 일부는 소시민적 일상으로 퇴행하거나 일탈하기도 하지만,

다시 복잡다기하게 분화하는 세계의 한가운데서 자기 분열을 감당해 가고 있는 인간 파편들을 다채로운 감수성으로 어떻게든 추적해 담아내는 일에 게으름을 피우지 않는 작가들이 또한 있다. 아쉬움 속에서도 본질이 뿌리째 흔들리는 시대에도 그 본질의 위기를 현실로 파악하고 있는 이런 작가들의 노력이 어쨌든 우리 소설에 찾아든 위기를 극복할 새로움으로 가능성으로 이어질 것이 기대되고 있다.

　이 가능성을 진정으로 확인하기 위해서는 보다 구체적이고 엄밀한 평가를 위한 지면이 따로 있어야겠지만, 우리 소설을 향한 애정 어린 시선은 그들 작가들이 이미 지나칠 정도로 잘 갖추고 있는 특기를 향하기보다 그들이 가지고 있음에도 어쩌면 스스로는 잘 모르고 있는 것, 바로 우리 소설문화가 빠뜨리고 있는 그것, 무엇보다 세계 변화에 내재되어 있는 가공할 만한 폭력을 아주 작고 보잘 것없지만 견뎌내려는 그들의 현실 인식에 관심을 기울일 필요가 있겠다.　　　　　　　　　　　　　　　　　　　　　　　(1995)

사랑을 노래하라

초판 1쇄 인쇄일 · 1999년 2월 25일
초판 1쇄 발행일 · 1999년 3월 3일
지은이 · **박덕규**
펴낸이 · **임성규**
펴낸곳 · **문이당**

등록 · 1988. 11. 5 제1-832호
주소 · 서울시 성북구 동소문동 4가 111번지
전화 · 928-8741 (영) 927-4991~2 (편)
팩스 · 925-5406
ⓒ 1999 박덕규

ISBN 89-7456-099-2 03810
천리안 · 하이텔 ID munidang

값 · 8,000원